电网新视界

墨染时光

（上）

主编　刘振梅

中国电力出版社
CHINA ELECTRIC POWER PRESS

图书在版编目（CIP）数据

墨染时光：全2册 / 刘振梅主编. —北京：中国电力出版社，2016.12

（电网新视界）

ISBN 978-7-5198-0268-4

Ⅰ. ①墨… Ⅱ. ①刘… Ⅲ. ①通讯－作品集－中国－当代 ②报告文学－作品集－中国－当代 Ⅳ. ① I25

中国版本图书馆 CIP 数据核字（2016）第 314883 号

中国电力出版社出版、发行

（北京市东城区北京站西街 19 号 100005 http://www.cepp.sgcc.com.cn）

三河市航远印刷有限公司印刷

各地新华书店经售

*

2016 年 12 月第一版 2016 年 12 月北京第一次印刷

710 毫米 ×980 毫米 16 开本 37.75 印张 486 千字

定价 99.00 元

编 委 会

主　　任：刘予胜　　张　涛

副 主 任：康成平　　张永斌　　张学荣　　雷　利
韩冬臣　　刘虎生　　郝密雅　　籍满田
张一龙　　何文锋

委　　员：刘振梅　　刘绕菊　　王　霞　　武　芳
张　敏　　乔琳会　　王　强　　陈　磊
畅宏斌　　杨　栋

编 写 组

主　　编：刘振梅

副 主 编：郝利军　　张宏艳　　赵亚男　　刘绕菊
柴　晶

成　　员：畅宏斌　　石文贞　　李美玲　　葛巩佳
李小龙　　李　全　　张天杰　　杜剑楠
吴秋兵　　王浩亮

丛 书 序

2014年10月15日，习近平总书记在全国文艺工作座谈会上讲话强调，文艺是时代前进的号角，最能代表一个时代的风貌，最能引领一个时代的风气。实现“两个一百年”奋斗目标、实现中华民族伟大复兴的中国梦，文艺的作用不可替代，文艺工作者大有可为。好的文艺作品就应该像蓝天上的阳光、春季里的清风一样，能够启迪思想、温润心灵、陶冶人生，能够扫除颓废萎靡之风。

近年来，国家电网公司高度重视职工文学创作，坚持“为电网放歌，为职工抒写”的创作导向，繁荣电网文学创作和职工文化生活，增强企业软实力、品牌影响力。2016年4月，国网山西省电力公司成立了职工文学创作爱好者协会（简称文协），公司400余人入会。公司积极落实国家电网公司文学创作重点选题工作，结合实际制定文学创作三年规划，确定了26项文学重点选题，提出了“通天气，接地气，聚人气”的工作思路。半年多来，成立了诗歌、小说、散文、纪实、影视、朗诵6个兴趣小组，形成了微信群、公众号、会员管理系统等6个网络平台，拓展了《晋电文学》期刊、“电网新视界”丛书、北田职工文化创作与展示基地、职工书屋电力作家作品专柜等四个职工文学成果的实体展示平台，与《脊梁》《黄河》等重点文学期刊联合建成了 3 个外部文学培训基地。我们组织了 20 余次集培训、采风、笔会于一体的文学专项活动，形成了公司文学创作组织、培训、沟通与提升的常态机制。文协成为国网山西省电力公司文学创作队伍的一个重要平台；公司职工文学创作队伍成为国家电网公司文学创作群体中的一支劲旅。

在文协之“家”的温暖中，文学队伍日渐发展壮大，一批作者脱颖而出。他们在深入生产一线、深入员工生活的创作中，用心灵和爱，去触摸每一根导线、每一座铁塔，创作了大量具有地域与行业特色的诗歌、散文等文学作品，鲜活生动地抒写了电网人的感人故事，丰富了电网人的精神世界，展示了电网人的靓丽风采。何文锋、赵晨宇的诗歌在中国电力诗歌“重走长征路”征文中荣获三等奖。文协副主席郝密雅的诗《穿越会宁》荣获公司在国家电网公司系统的第一个文学作品一等奖。公司管培中心拍摄的《第八个》微电影荣获国家新闻出版广电总局网络视听节目一等奖、山西新闻广电总局网络视听节目一等奖、英大传媒金奖、中电传媒一等奖，被英大传媒集团选送参加亚洲微电影节。

为了让更多的员工能够分享公司职工文化成果、让更多的文学爱好者能够从优秀文学作品中学习和借鉴，文协从其众多平台汇集的作品中，选出一批有代表性的作品，汇集成“电网新视界”丛书，即《春到北田》《阅读的力量》《在路上》《守护》《第八个》《撷英拾贝》《墨染时光》《微尘闪烁》，共八个专辑。

《春到北田》是“中国电力作家走进山西电力”文学采风培训活动和国网山西省电力公司职工文学创作爱好者协会成立大会期间，国家电网系统作家和山西文友在北田培训基地共同创作的诗歌散文集。作品激情澎湃，读来如沐春风，是文协的发轫之作。

《阅读的力量》是一本电网员工的读书感悟和心得文集。作者从书籍中汲取知识和力量，结合工作实际，写出了自己的真感受、真性情、真灼见。各种主题读书活动不断开展，并先后建成各级各类职工书屋 200 多个，成为员工的精神家园。

《在路上》是一线输电员工运用“互联网 +”的新武器，反映自己丰富多彩的学习、工作和生活的新“视”界文学作品。作者捕捉精彩瞬间，凝练优美诗文，用诗、文、书、画、音、像等多维立体的艺术形式，表达山西电力输电人的苦与乐。书中将图文巧妙结合，相互补充映衬，真实生动反映一线电力员工的工作生活和思想境界，是现实生活的电力写真。让读者在享受光明的同时，不忘记输电人跋山涉水的身影，不忘记输电人一双双黑亮的眼睛。

《守护》是“我的父亲母亲”和“电网退伍兵”主题征文选编。人生路上，亲情是最持久的动力，感恩父母才会感恩企业。“我的父亲母亲”征文活动，从 400 多篇征文中选出 70 余篇，其作者多为近年来分配到企业的大学生，综合素质较高，作品温馨、亲切、生动、感人。“电网退伍兵”征文活动，从 100 余篇征文中选出 10 篇优秀稿件，真实再现了一个个退伍兵在电网建设和运行中的感人事迹，体现了“国防绿”那特有的精神品质。

《第八个》是一本微电影剧本集。作者把身边的人写入剧本，把身边的事拍成微电影，以喜闻乐见的方式将电网人的故事展示给大家。文协在收集基层单位已经拍摄或未拍摄的微电影剧本的同时，多次组织研讨与培训活动，请省内外知名编剧进行了点评指导，进一步丰富了创作内容，拓展了剧本体裁，提升了微电影剧本创作水平。

《撷英拾贝》是一本由小说、报告文学、散文、游记汇集而成的文集。作者多维度、多视角、多体裁抒写了电网人工作、生活、家庭中的苦与乐，是社会从另一个侧面了解电网人思想情感的“窗口”，也是电力文学爱好者迈向文学殿堂的“阶梯”。

《墨染时光》是近年来《山西电力报》上发表的通讯和报告文学集。作者在作品中以写实的笔法，真实记录了电力员工服务客户、奉献社会的风采，塑造了国家电网品牌形象。作品中反映的人物，来自最平凡的岗位，却是最可爱的人；作品中反映的故事，传递的是最寻常的心声，却是最动听的声音。

《微尘闪烁》是一本诗歌集。诗里刻录时光，诗中讲述人生。微尘闪烁群星，星光照亮眼睛。在诗中，能读到银线与铁塔，能读到阳光与背影，也能读到作者创作中的稚嫩与真诚。

三晋大地，古风犹存，文人辈出。企业需要精神，文学需要激情，文协的成立给文学爱好者搭建了一个学习、创作、交流的平台。老年人的睿智、中年人的冷静、年轻人的热情，在这里汇聚；文思与场景、文字与岗位、文学与电网，在这里交融。他们分享文字的盛宴、拓展思想的深度、汲取创作的能量。文学爱好者用擅长的文体、真挚的情感，向电网人表达由衷的敬意。

企业文化是企业发展的软实力，要建设一流企业，必须以强大的企业文化来支撑。电网人的生活多姿多彩，电网人的工作充满挑战，作为一名电网文学爱好者，既要做企业勤恳的建设者，也要做忠实的记录者，为企业发展鼓舞与欢呼。国网山西省电力公司将不断丰富文学创作内容和形式，拓展培训与提升的模式，多方面鼓舞员工的文学创作热情，让他们尽情挥洒，为电网放歌！

前　　言

新闻是记录历史的一行行文字，文字是点亮心灯的一盏盏烛火；品牌是人人称颂的一个个佳话，佳话是口口相传的一道道彩虹。当清晨的第一缕阳光洒向你我，山西电网，走进又一个崭新的天地；当原野的第一朵小花绽放美丽，山西电网，迎来又一个发展的春天。

近年来，国家喜事连连，企业蓬勃发展。作为国网山西省电力公司媒体人，我们与公司共成长，共同见证了山西电力发展的生动实践和非凡经历：奥运保电、晋电百年、特高压建设……在这份寄托着公司发展愿景的报纸上，我们与广大员工同关注，分享了那些温暖我们胸怀的光荣与感动：奥运保电、王家岭抢险、山西电网十大感动人物出炉，解黎明、范家顺、王晓兵、赵巧云等先进人物涌现……

报道过的事件和人物是我们生产的精神产品。通过对这些产品的传播，传递文化关怀、情感关怀、人文关怀，最终作用于个人、企业、社会，促进文明进步。人们从这里得到真的告知、善的教化、美的享受，并借此认知我们负责任的企业形象、肯奉献的员工群体、善服务的社会价值。

品牌建设新闻宣传，许许多多的事件和人物，构成了我们共同的记忆，并在历史上定格成永久的印记。那些美丽而安静的文字可以作证，记录与传播，我们一直在路上；那些精彩而沉默的图片可以作证，建设与塑造，我们始终在守望。

一沓沓铅字氤氲馨香，那是热情点燃理想，是勤奋成就荣光；一篇篇报道静默流淌，那是责任担在肩上，是内心满溢阳光。与文字共舞，激情满怀；墨染时光，真情永驻。

花开的声音，春知道；喜悦的感觉，心知道。传播“国网故事”、唱响“晋电声音”，让人人知品牌、人人塑品牌、人人为品牌、人人是品牌根植人心，提升国网品牌知名度、美誉度，使她像彩虹一样，高悬天际，永远是我们的追求和理想。

编者

2016 年 12 月

上册目录

丛书序

前言

第一辑　印痕·时代之光

省城发展的先行官　田晓君　王文斌 / 3

光的报告　吴素青　张瑞峰 / 7

晋商故里雄风扬　郭桂柱　邱桂芳 / 11

光耀河东　崔宏伟　段晓鸣　张春娟 / 15

灯电照亮魅力山城　李怀军 / 18

踏歌而行　郭灵芝 / 22

让魅力长治绽放异彩　桑丽军　张丽丽 / 25

晋城电网：今非昔比　张志芳 / 28

数字见证发展　雷　利　刘银库 / 32

鱼水情　李振华 / 44

果园里的灯光　王　春　常　擎 / 47

"是我们的错" 白雪梅 杨慧琴 / 50
风雨中的抢修 赵晨宇 / 52
今夜，明月作证…… 康 云 王整转 / 53
亲历 95598 服务 赵 毅 / 55
千树万树梨花开 刘绕菊 范晋宁 陈爱红 / 58
甘雨已来春满城 柴 晶 侯捷敏 曹彦军 刘 荣 / 62
凤翔太行 电亮万家 张宏艳 王 东 宁 静 / 67
点亮老区 幸福发展新生活 金 霞 孟志捷 要晓丽 / 71
英雄故里展新姿 雷 利 刘振梅 郭灵芝 温永刚 / 75
光明洒太行 银线跃清漳 张一龙 李 斌 / 80
实至名归的山西省一级报纸 王震华 / 85
坚持正确舆论导向 高奏三晋电力强音 祝福训 / 88
坚持"大专小" 办好企业报 《山西电力报》编辑部 / 92
责任·创新·品牌 《山西电力报》编辑部 / 97
革命圣地的光明足迹 许少华 / 101
电为革命老区添光辉 孙 健 李 斌 / 105
做红色精神的传承者 赵亚男 白雪梅 / 109
电亮巍巍太行山 宁 静 / 114
忆昔抚今话光明 高岸柳 刘新宇 / 118
踏着英雄足迹 谱写光明新篇 王静薇 / 121

第二辑 足迹·发展之章

中国特高压从这里起步 雷 利 刘振梅 / 129

崇山峻岭架彩虹　张丽丽 / 137
大显身手铸精品　王正锋　张燕燕 / 140
晋商故里起通途　仇晓静　孙建峰　赵云飞 / 143
为了这一刻，他们也“蛮拼的”
李　强　力振国　王静薇　张　雁 / 148
直面最大　迎战最难　冉　涌　陈　鹏 / 153
迎难而上的开路者　冉　涌　李　强　宋宏雄　力振国 / 158
飞越煤海　张一龙 / 163
沧海一粟　精彩演绎　王整转　郑多佳 / 170
希望的田野　张春云　陈爱红 / 174
年轻的超高压人　李美玲　赵　蕾 / 178
款款而来的春天　孟志捷　要晓丽 / 182
新架构运转顺畅　郝利军 / 187
精心绘发展蓝图　刘振梅 / 191
电网建设　步履铿锵　陈爱红　于国强　景晓玢 / 194
“同心”传递正能量　武　丽 / 197
站立潮头舞长风　陈　帅 / 201
“五子连珠”解难局　张一龙　武雅丽 / 207
行者常至　勇往直前　陆　晨　宋　康　张旺鲲 / 210
勇立潮头唱大风　赵亚男 / 216
提升管理　向着卓越迈进　张宏艳　郭　丽 / 221

第三辑　情愫·心灵之音

倾听心底的声音　聂晓俭 / 229

“狼性”呼唤　张　敏 / 231

生命的礼赞　侯捷敏 / 233

用创新咬出的“苹果”传奇　程　曦 / 236

阅读异乡人　朱　琳 / 238

从书中走来　乔琳会 / 241

岁月静好　以书为伴　张　洋 / 244

淖马英雄杨凤鸣　支翠平　柴　晶　郭灵芝 / 248

穿越枪林弹雨　寻着革命的脚步前行　支翠平　柴　晶　郭茂有　张　敏 / 253

峥嵘岁月　情漫天　支翠平　柴　晶　田晓君 / 259

那段硝烟弥漫的记忆　支翠平　柴　晶　仇晓静 / 263

八小时之外的幸福生活　曹明德 / 268

一个“笨人”的业余生活　李芸欣 / 271

时刻为八小时以内准备着　赵杰英 / 275

话苏州　邱　扬 / 278

“广而不精”我的快乐生活　张丙寅 / 282

爱心构筑和谐　助学成就梦想　支翠平　柴　晶 / 286

金秋助学　圆梦在行动　支翠平　柴　晶 / 292

受助贫困生　求学路上传递爱　支翠平　柴　晶 / 299

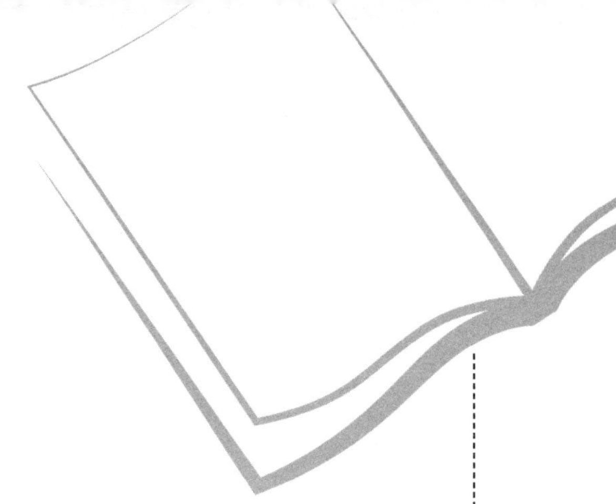

第一辑

印痕·时代之光

你的气魄如愚公移山
用电能驱动着历史
你是雕刻者
把灰色琢磨成斑斓
你是五色笔
把三晋大地点亮
你是铺路石
繁荣在你的身上延伸

你是三晋光明之源
寄托着发展的使命
热血烙出青筋
蜿蜒如丝丝银线
巍巍太行
映照着你的坚定
滚滚弱水
涌动着你的豪情

1. 一座城市的 30 年电力记忆

因为电，人们不再简单地“日出而作，日落而息”；因为电，人们了解了外面精彩的世界；因为电，人们充分享受到了现代文明的成果。

2008 年，改革开放历时 30 年。《山西电力报》策划推出“一座城市的 30 年电力记忆”系列报道，全面反映全省 11 个地市 30 年来电网发展、用电状况和人民生活的变化，以此讴歌我国伟大的改革开放 30 年壮举。

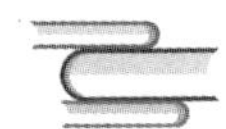

省城发展的先行官

田晓君　王文斌 | 国网太原供电公司

乘着改革开放的春风，太原市经济社会发展和人民生活发生了翻天覆地的变化。与此同时，作为先行官的太原供电事业，历经沧桑，由弱变强，在获得自身蓬勃发展的同时，更为省城经济发展和城市建设提供了不竭的动力。

电网建设　成绩斐然

1978 年，太原市用电量为 28.8 亿千瓦时；2007 年，用电量增长到 182.17 亿千瓦时，增长了近 7 倍。

快速增长的用电量离不开坚强的电网。30 年来，勇于担当的太原供电人，用辛勤和汗水艰苦创业，用“忠诚企业、奉献社会”的宗旨书写着对社会的责任。

1979 年 12 月，太原首座 220 千伏南社变电站建成，太原电网从 110 千伏迈上 220 千伏的台阶；1992 年，我省首座 500 千伏变电站在阳曲县建成，全市供电可靠性大大增强。

进入 21 世纪，太原电网建设快马加鞭。2006 年 6 月 17 日，国网

山西电力报

国家电网 STATE GRID

山西省电力公司主管 主办
山西电力报社出版
国内统一刊号：CN14—0043
邮发代号21-46

2008 年 11 月 11 日 第 1272 期
星期二出版（今日 4 版）
全国优秀企业报 山西省一级报纸

省公司服务特高压建设工作获各方赞许

（本报记者 陈 萍）

SHANXI DIANLI BAO

放眼谋发展

——省公司考察团赴潞安集团参观学习纪行

□ 本报记者 郝利军

600 米井下的体验

标准化管理的启示

持续创新的思考

特高压线路工程山西段通过竣工验收

（本报记者 祁文瑞）

总经理部

工会

思政部

营销部

电力交易中心

机关工作部

（本报综合消息）

省城发展的先行官

□ 特约记者 田晓君 王文斌

电网建设 成绩斐然

优质服务 贴近民心

保障社会 勇担重任

媒体查询：http://press.gapp.gov.cn/ 新闻热线：（0351）4269115 4269118 Email: liuzhenmei@sx.sgcc.com.cn haolijun01@sx.sgcc.com.cn 责任编辑：刘振梅

山西省电力公司与太原市政府举行太原电网“十一五”发展会谈，共同签署了会谈纪要。将电网建设项目列入市重点建设工程和城市基础性建设工程之中。

“十一五”期间，太原电网建设投资达51亿元，新建500千伏输变电工程1项、220千伏输变电工程8项、110千伏变电站16座、35千伏输变电工程22项。改造220千伏工程12项、110千伏变电站20座和35千伏输变电工程17项。目前，太原地区已拥有变电站75座，35千伏及以上主变容量768.31万千伏安、35千伏及以上线路2052.89千米，形成以500千伏为骨干网、220千伏为主网架、110千伏和35千伏电网相配套，结构合理、技术先进的电网格局。

优质服务 贴近民心

30年来，太原供电人始终执着于对服务品质的不懈追求，忠实履行“人民电业为人民”的服务宗旨，按照国家电网公司“四个服务”宗旨和“优质、方便、规范、真诚”的供电服务方针，严格履行“十项承诺”。从推行“微笑服务”到“优质服务”再到“金牌服务”，不仅是服务口号的简单更迭，更是服务意识的不断升华；不仅是服务标准的递进，更是服务内涵的延伸。

2002年，该分公司在全国率先成立“共产党员号”抢修服务队，并获得“全国服务明星”称号。同年，“95598”客户服务热线正式上线，搭建了供电部门与百姓的“连心桥”。

2006年，为加快省市重点工程的用电报装速度，该分公司开辟了用电报装“绿色通道”，由原先“串联”审批变为“并联”审批，一口对外，在最短时限完成所有13项业扩报装流程。

2007年，该分公司创新电费收取方式，先后开通自助收费机、小型无线自助卡表售电终端机、无线POS收费终端机等18种收费方式，解决了市民交费难的问题。

2008 年，该分公司以“金牌服务迎奥运”活动为契机，启用了中英双语“95598”客户服务；完成了 4 个乡、60 个村的农村电气化建设，解决了农村供电设备电压不稳、安全隐患较高等问题，新的供电设备可以满足农村 8 至 10 年的发展需要。

保障社会　勇担重任

30 年来，太原供电人以服务省城和太原市委、市政府工作大局为己任，勇担重任，向社会、用户交上了满意的答卷。

2007 年，为配合市政府对市区主要道路维护改造，该分公司认真抓好配套的架空供电线路入地工程，开通工程建设“绿色通道”，简化工作流程，缩短审批程序。千余名电力职工放弃节假日，日夜奋战在施工现场，按时、圆满完成了 8 条道路 23 条架空线的入地工程。

今年年初，我国南方发生特大冰灾，太原供电人关键时刻伸出援手，17 名队员千里援湘，被湖南人民称作“来自山西的光明使者”。

在奥运保电工作中，该分公司提前半年对电网设备、线路进行了彻底的隐患排查，对查找出的问题进行了整改。成立了 12 个保电专业工作组，制订了 13 个保电实施子方案和 10 余类输电、变电专业等典型抢修方案，并派出上千名职工在重要供电设备、线路下蹲守。稳固的电网、忠诚的供电职工，保证了太原电网在奥运会、残奥会期间的安全可靠、运行平稳。2007 年，该分公司售电量达到 162.66 亿千瓦时，城区供电可靠率达到 99.86%，电压合格率达到 99.26%，很好地服务了太原经济发展和人民生活。

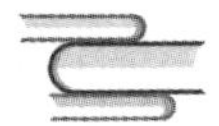

光的报告

吴素青　张瑞峰 | 国网忻州供电公司

变电站星罗棋布、鳞次栉比、点亮山川；主配网纵贯南北、横跨东西、彩虹飞架。30 年来，伴随着改革开放的节拍，忻州供电事业在晋北这块古老而又充满生机的黄土地上，蓬勃发展，蒸蒸日上。特别是近 3 年来，30 多亿元的电网建设投资，为忻州经济的跨越发展提供了不竭动力。

30 年前，忻州地区电业局仅有 35 千伏变电站 21 座、110 千伏变电站 6 座、220 千伏变电站 1 座及 35 千伏线路 16 条、110 千伏线路 7 条、220 千伏线路 1 条，总长为 594 公里。全区用电客户仅为 14207 户，售电量 4.67 亿千瓦时。

30 年后，更名为忻州供电分公司的供电企业已成为省公司直属的国家大型一类企业，拥有 35 千伏及以上变电站 91 座、总容量 560 万千伏安，35 千伏及以上输电线路 196 条、4336 公里；年最大供电负荷达到 115 万千瓦，年售电量近 70 亿千瓦时。

电网建设　助推地方经济

建设网架科学、技术先进、运行灵活、供电可靠的坚强电网，是供电企业服务经济发展的物质基础和前提条件。

1978～2008 年，忻州电网建设累计投资 57.1 亿元，建成 220 千伏为主网架、覆盖全市 8 大供电区域、辐射忻州城乡的庞大供电网络。特别是 500 千伏忻州变电站的投运，使忻州有了超高压电网骨干网架，初步解决了“网上有电、难落忻州”的尴尬局面，使电网结构进一步优化，供电可靠性和质量大幅度提升。2006 年年初，省公司与忻州市政府就忻州电网“十一五”发展规划举行会谈，并签署会谈纪要。其间，省公司投资 30.8 亿元建设和改造忻州电网，以满足忻州经济社会发展的需要。忻州市政府及时出台 4 个文件保障电网建设，为忻州经济快速发展提供了有力的电力支撑。

四大工程　照亮新农村

忻州市是典型的革命老区和集中连片贫困地区，所辖 14 个县中有 11 个国家级贫困县，自然环境恶劣，经济基础薄弱。

20 世纪初，省公司投资 10 多亿元实施农村电网改造工程和农村电力体制改革，实现了广大农民期盼多年的“同网同价”。近年来，省公司投资 2831 万元，实施农村“户户通电”工程，使全市 8 个县、140 个村、2992 户的 10018 名农民告别了“油灯火烛”的历史。同时，投入 1.39 亿元完成全市 13 个县的城网改造，极大地改善了当地人民的生活质量。全市新通电的农户纷纷购买电视机等家用电器，并利用当地自然优势和便利，发展电磨坊、小杂粮加工厂等农副产业，全市农村用电量增长了 11.4%，通电村的生产、生活展现出勃勃生机。经过一年多的施工建设，忻州市第一批 121 个新农村的路灯亮化任务全部完成，第二批 40 个电气化村和 231 个村主干道路亮化工程将于近期竣工，两批亮化工程共完成投资 1700 余万元。省公司向忻州投资 1200 万元进行了饮水安全电力配套设施建设。目前，全市 135 个

饮水建设村已完成 66 个村的建设任务，繁峙、代县、静乐、保德 4 个县已全部完成饮水配套工程，进一步解除了人民群众的忧难。

真诚奉献　服务和谐忻州

按照忻州市委、市政府“魅力忻州”工程的总体部署，忻州供电分公司配合市政建设，投资 1834.2 万元，圆满完成了城区新建路、七一南路（北段）缆化入地工程，共敷设主干电缆 6500 米、分支电缆 3950 米，接续高压用户 18 户、低压用户 46 户，为美化市容市貌、建设靓丽忻州增光添彩。

超前谋划，服务于招商引资大项目建设。该分公司主要领导带领有关职能部门人员深入基层，先后同全市县（市、区）委、政府及大用户座谈交流。2007 年，针对定襄钢厂、五台工业园区等一批重点开发项目，确定了忻州庄磨、定襄河边、五台西村、原平苏龙口等一批 110 千伏输变电工程，

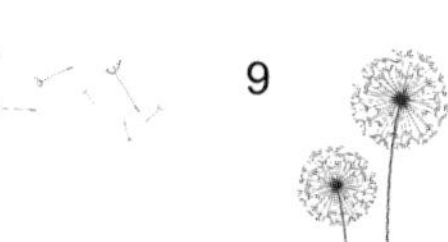

为全市“开放引进、大项带动”战略的顺利推进奠定了坚实基础。

真诚奉献，使忻州电网多次“渡过难关”，保证了全市工农业生产和生活的正常用电。2007 年年初，忻州电网遭遇了 30 年不遇的覆冰灾害，共造成 5 条主网线路 12 次掉闸。危急时刻，该分公司干部员工踏雪卧冰、众志成城，用热血捍卫电网，取得了抗冰抢险的全面胜利，成功化解了大面积停电的风险。今年，在迎峰度夏的关键时刻，由于全省电煤供应不足，忻州市用电缺口一度高达 60%，但在合理的调度下，电能得到有效分配，基本上做到限电不拉路，使有限的电能得到最大的利用，有效缓解了缺电对全市经济发展带来的不利影响。在历时 3 个月的奥运保电期间，面对确保电网安全稳定运行的任务，忻州电网和忻供员工经历了时间最长、任务最重、范围最广、标准最高、难度最大的一次保电考验。整个奥运期间，忻州电网没有发生任何异常，不但确保了向北京的安全供电，还保障了全市经济社会和城乡居民的正常用电。

30 年励精图治，30 年拼搏赶超。忻州供电分公司广大干部员工满怀激情、汗洒热土，用激情和奉献谱写了一部波澜壮阔的光的报告。

晋商故里雄风扬

郭桂柱　邱桂芳 | 国网晋中供电公司

30 年来，晋中供电传承晋商勤奋、诚信的优秀品质，与改革开放同行，无论是电网建设还是生产经营，无论是供电服务还是企业实力，都发生了前所未有的变化，取得了辉煌的成就。

到 2008 年 10 月，晋中供电分公司已拥有 500 千伏变电站两座、220 千伏变电站 10 座、110 千伏变电站 26 座。坚强的电网为晋中经济社会发展提供了强大的动力。

电网建设　质的飞跃

改革开放前，晋中电网非常薄弱。城乡办电推行边勘测、边设计、边施工的“三边”做法，形成大批“两线一地制”劣质线路和简易变电站。从 1980 年开始，原晋中电业局逐年对原有电网形成的弊端和后遗症进行“填平补齐”，重点对劣质线路和变电站做了恢复性大修与完善化改造，晋中电网质量得到明显提高。

1999 年，晋中供电分公司启动农电“两改一同价”工程。2001 年以来，围绕市委、市政府发展目标，该分公司连续 7 年实施大规模电网建设与改造。投资 134445.6 万元，进行了大规模的农网建设与改造，新建 110 千伏输变电工程 9 项、35 千伏工程 27 千项，新建和改造 10 千伏配电线路 8475.77 公里、低压线路 7985.9 公里，完成各类县域城网改造 267 项。晋中电网规模和现代化装备水平有了质的飞跃，电网安全技术素质得到很大提高。

网架结构　日趋合理

1978 年，晋中市仅有两座 220 千伏变电站、24 座 35 千伏变电站。1980 年，全市用电户为 33590 户，最大负荷 16.65 万千瓦，用电量 10.46 亿千瓦时。1982 年，按照国务院“政企分开、省为实体、联合电网、统一调度、集资办电”的方针，晋中电力投资体制得到改革，制定并实施了一系列有利于集资办电的政策和措施，全市电网建设跨上了一个新台阶。到 1990 年，全市公用 35 千伏与 220 千伏线路达 1562 公里、变电站 52 座、主变总容量达 127 万千伏安。

进入 20 世纪 90 年代，该分公司大力开展“标准变电站”、“标准线路”创建工作，晋中各级电压等级的输电线路大幅度增加，变电站布点逐年增多。

2001 年以后，晋中市生产总值年递增 12.6%。在用电需求不断增长的形势下，该分公司加快电网建设步伐，2001～2008 年，共建成投运 500 千伏变电站两座、220 千伏变电站 5 座、110 千伏变电站 11 座。其中，2004 年 12 月投运的首座 500 千伏晋中变电站，不仅优化了山西电网的网架结构，提高了我省“北电南送”的输电能力，使大电网、高电压、新技术的应用上了一个台阶，而且在一定程度上缓解了我省电力供应紧张状况。

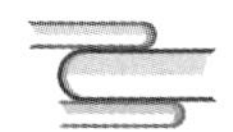

目前，晋中电网已形成一个以 500 千伏为枢纽、220 千伏和 110 千伏为骨干网架、高中低压协调和一、二次系统同步发展的格局，晋中电力资源配置更加优化，结构更加合理，供电可靠性进一步提高，最大限度地满足了人民生活和经济社会发展对电力的需求。

绿色电网　全面履责

30 年来，该分公司牢记责任，全力助推晋中经济发展。

2000 年，晋中撤地设市，市委、市政府大力推进产业结构调整与国有企业改组。该分公司抓住全市经济跨越式发展这一难得机遇，大力加强电网建设，提高供电服务质量。

2006 年 6 月，以省公司“双五百”工程为主线，晋中电网建设取得突破性进展。省公司和晋中市政府举行友好会谈，签订了《关于共同推进晋中电网建设发展的会谈纪要》。省公司对晋中电网建设投入进一步增加，晋中市委、市政府对加强电网建设也给予了一系列政策支持，实现了晋中“十一五”电网建设的良好开局。该分公司全面实施农村“户户通电”工程，解决了 36 个村、1540 户农民的用电问题。

2007 年，晋中市政府在全省率先召开加快电网建设动员大会，市政府与各县（市、区）政府签订了《电网建设目标责任书》。该分公司投资 1694.1 万元，建成 1 个电气化乡、32 个电气化村、225 个路灯亮化村，有效改善了当地农民的生活质量。配合省公司完成了中南部电磁环网解环工程。全市 110 千伏及 35 千伏无人值班变电站达到 33% 以上。晋中电网技术装备水平得到进一步提升，电网结构进一步完善，运行更加灵活，安全更加可靠，供电能力不断提高。2007 年，该市最大用电负荷达 113.95 万千瓦，用电量达 71.40 亿千瓦时。

2008 年，该分公司以建设安全、高效、节能的现代化“绿色电网”为主线，上半年完成投资 6.5 亿元，新增 35 千伏及以上变电容量 125 万千伏安，为晋中经济社会又好又快发展提供了安全可靠的电力保障。

光耀河东

崔宏伟　段晓鸣　张春娟 | 国网运城供电公司

运城古称河东，是一个具有五千年悠久历史的文明古都，同时，也是以生产粮棉为主的农业大区。改革开放30年来，作为先行官的运城电力以“人民电业为人民、运城供电为运城”的宗旨，积极服务于运城经济和社会发展，奏响了一曲曲“电流涌动、光耀河东”的壮丽之歌。

电网　跨越式发展

经过30年的电网建设与改造，运城无论是主网还是配网，无论是城网还是农网，都发生了质的飞跃。

20世纪70年代末至80年代初，运城境内仅有7座小火电厂、12台机组、14.35千瓦，35千伏及以上变电容量57万千伏安、线路长1320公里。2008年，运城境内拥有6座大电厂、20座小火电厂，装机总容量470万千瓦，增幅为31.75倍；35千伏及以上变电容量826万千伏安，增幅13.5倍；35千伏及以上输电线路3500公里，增加了2180公里。同时，农村电网和设施也有了很大发展。“五五”至“七五”期间，全市13个县及乡镇相继通电。“八五”至“十五”期间，全市增加 35 千伏变电站 22 座、输电线路 27 条，改造 10 千伏进村分支线 1864 公里、低压线路 12304 公里、配电台区 6713 个，改造涉及 3085 个村，覆盖面达到 94% 以上。“十一五”期间，运城供电分公司全力实施“新农村、新电力、新服务”战略，按期完成 237 个山区农村、4620 户、17468 人的“户户通电”任务，加快建设电气化县、乡（镇）、村和农村亮化工程，有力地促进了社会主义新农村建设。

30 年电网的跨越式发展，运城电网已形成以 500 千伏、220 千伏为主干，110 千伏、35 千伏为辐射状的坚强网架，连通陕西渭南、河南三门峡的电网，为地方经济发展提供了更加强大的电力支撑，为广大客户提供了更加可靠的电力保障。20 世纪 80 年代初，该市用电量仅有 10 多亿千瓦时，2008 年，售电量达到 260 亿千瓦时，增幅达 20 倍。特别是近几年，该分公司售电量一直处于全省第一的领先位置，为全市经济发展和 500 万人民群众生活安康做出了突出贡献。

服务　全方位提升

电力的普遍性和广泛性，以及安全性和专业性，决定了供电优质服务在社会和在企业中的重要性和必要性。运城供电分公司从成立之日起，坚持“优质、方便、规范、真诚”的服务方针，把优质服务作为一项长期的重要任务来抓，全力服务市委、市政府工作大局、服务地方经济发展、服务电力客户、服务发电企业。

该分公司与时俱进，不断创新服务体制和机制，当好电力先行官，助力运城大发展。从改革开展头十年的计划用电，到 20 世纪 90 年代经济社会的加快发展，再到现在的又好又快发展，除了以坚强电网作基础保障外，供电优质服务的作用更加显现，全社会对供电服务的要求越来越高。

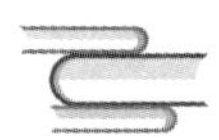

“十五”期间，面对一度的“电荒”局面，坚持“内强调度、外引电能”，确保了重要客户和农业生产的可靠供电。通过开通 95598 客服热线，开展明察暗访，参与当地政府的监督热线，以“三公开”、“四到户”、“五统一”，不断优化服务机制。相继开展了“电力市场整顿和优质服务年”、“民心工程”、“阳光田间行”等活动，突出用电报装“透明化”、电力抢修“限时化”、重要客户“个性化”等服务，满足各级客户的用电需求，提高客户满意度，塑造了企业良好形象，实现了企业与社会和谐发展、电力与客户的和谐双赢。

业绩　全社会赞同

一分耕耘、一分收获。30 年艰辛、30 年奋斗、30 年发展，运城电网从小到大、从弱到强，发生了翻天覆地的变化，企业综合实力不断提升，企业社会地位不断提高。特别是在改革开放 30 年不断发展的进程中，该分公司勇担社全责任，彰显国企形象，始终不渝地履行“科学发展、安全供电、卓越管理、优质服务、合作共赢、服务三农、环保节约”等责任，越来越受到当地政府和社会关注和赞同。

30 年来，该分公司先后荣获上级的各项荣誉 1200 余项，包括国家电网公司抗冰抢险电网恢复重建功勋集体、山西省集体一等功、山西省文明和谐单位、山西省模范单位、山西省电力公司先进单位、运城市政风行风评议先进单位等称号。

成绩振奋人心，未来更加美好。展望新的前景，供电责任更加艰巨，供电使命更加崇高，相信在科学发展观的引领下，电力与社会的联系一定会越来越紧密、越来越和谐，电力的光芒一定会更加灿烂和辉煌。

灯电照亮魅力山城

李怀军 | 国网阳泉供电公司

20 世纪 50 年代，著名诗人郭沫若到阳泉时，留下了“飚轮迎月入阳泉、灯电照明半壁天”这一不朽名句。进入 21 世纪，倘若老人在天有灵，再来阳泉，一定会惊异于阳泉日新月异的巨大变化，惊异于前所未有的电力发展，一定会高兴地称赞：灯电照亮了魅力山城。

电网发展　经济腾飞的“催化剂”

翻阅《阳泉供电志》，上面记载着：1978 年，阳泉市用电量 5.76 亿千瓦时，其中工业用电 4.90 亿千瓦时。到 20 世纪末，全市用电量已达到了 17.02 亿千瓦时，其中工业用电 14.63 亿千瓦时，全市用电量相当于 1978 年的近 3 倍。而今年，全市用电量预计将达到 65.89 亿千瓦时，是 1978 年用电量的 11 倍多。山城的发展因为有电而日新月异，2008 年，全市国民生产总值有望突破 70 亿元。30 年来，阳泉供电分公司以“人民电业为人民”为宗旨，不断加强电网建设，促进电网大发展。目前，阳泉电网已建成投运 220 千伏公用变电站 5 座，主变 9 台，容量 129 万千伏安；220 千伏公用线路 14 条，长 393.27 公里。220 千

山西电力报

国家电网 STATE GRID

山西省电力公司主管 主办

山西电力报社出版

国内统一刊号：CN14－0043

邮发代号21－46

2008年11月25日 第1276期

星期二出版（今日4版）

全国优秀企业报 山西省一级报纸

SHANXI DIANLI BAO

省公司ERP项目建设全面展开

落实责任查隐患 标本兼治见实效

国网公司督查组充分肯定省公司安全隐患排查治理工作

固化隐患治理常态运行机制

□本报评论员

发挥桥梁纽带作用 建设“一强三优”现代公司

省公司工会副主席 郭世华

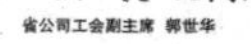

晋城供电多项举措保主网平安度冬

忻供严格问责促电费回收

灯电照亮魅力山城

□ 特约记者 李怀军

电网发展 经济腾飞的“催化剂”

用电变迁 点滴记忆见证

坚强电网 诉说无限豪情

媒体查询：http://press.gapp.gov.cn/ 新闻热线：（0351）4269115 4269118 Email：liuzhenmei@sx.sgcc.com.cn haolijun01@sx.sgcc.com.cn 责任编辑：刘振梅

伏用户变电站1座，主变6台，容量391.216万千伏安；用户线路两条，长14.14公里。110千伏公用变电站17座，主变34台，容量1263万千伏安；线路 46 条，长 349.357 公里。110 千伏用户变电站 6 座，主变 16 台，容量 588.60 万千伏安。35 千伏公用变电站 18 座，主变 30 台，容量 175.30 万千伏安，线路 45 条，长 351.18 公里。如此坚强的电网，带给阳泉人民群众的已经不只是夜晚的明亮和满足，更成为阳泉经济快速发展的“催化剂”。

用电变迁　点滴记忆见证

说起电，人们最多的记忆还是生活中的那些点点滴滴。20 世纪 70 年代末，阳泉地区的电力供应虽然已经达到了一定的水平，但是停电在那个时代还是经常发生。从煤油灯到后来的蜡烛，几乎是每家每户的生活必备品。每户人家的用电，往往只是照明和家中仅有的一台电视机。一个月下来，消费 10 个“字”（千瓦时）是最正常不过了。岁月走到了今天，一般人家已经很少有准备蜡烛为应急照明的了。即使在非常偶然的情况下停了电，人们也往往是拿出准备好的应急灯来临时用用，或者干脆等上一会儿，因为人们心里都知道：“等不了一会儿，电就会送过来的。”这种心理上的认同，是人民群众对可靠电力供应最大的信任。

为了满足居民的用电需求，阳泉供电分公司一直在进行着电网的扩容改造，仅在 1990 年，阳泉市区就新装配电变压器 43 台 9630 千伏安，比 1965 年净增 29 台，新增用电负荷 4500 千瓦以上。有了电力的支持，居民家中逐渐用上了热水器、微波炉、电磁炉等，广大用户用上了方便电、安全电、便宜电。

电力发展的成果，不仅惠及城市，而且延伸到广大农村。20 世纪 90 年代以来，阳泉供电分公司启动“两改一同价”工程；跨入新世纪以来，又实施了大规模的农网建设与改造和农村“户户通电”工程，阳泉所有的村庄不仅通上了电，而且农村电气化改造工作正在向纵深推进。郊区桃林沟村，是

全市农村电气化改造的一个试点村。过去村里曾流传着这样的顺口溜："走进村里看一看，电灯稍亮是村干（村干部），电工是个蛮横汉，一不高兴就掐电。"为什么出现这种情况？说白了是"物以稀为贵"啊。一名村民回忆说："'两改一同价'之前，桃林沟村用电是村里自管，电价最高时一千瓦时比一斤猪肉还贵，电视机、电风扇更是摆设。现在，桃林沟村的家家户户都用上了各种各样的电器，陌生人猛然到村里转转，还以为是到了城市居民家里呢"。

坚强电网　诉说无限豪情

1978～2008 年，阳泉电力发展不仅仅是从茧到蝶的蜕变，更是"努力超越、追求卓越"企业精神的体现和深化。今年 11 月，一个更加让阳泉人兴奋的消息在传递着——阳泉 500 千伏变电站已经进入接续改造阶段，不久将正式投入运行。该变电站投运后，阳泉电网将增加 200 万千伏安变电容量，形成以 500 千伏变电站为中心，500 千伏站和 5 座 220 千伏站组成两个 220 千伏双环网的供电网架，将能为全市的经济和社会的发展提供更加可靠和充足的电力支撑。

阳泉的电力发展，让人由衷地为之自豪和骄傲。

踏歌而行

郭灵芝 | 国网吕梁供电公司

“乾坤动，吕梁生。天工镂，地貌成。北起管涔洪涛，南绝龙门津口，东与太行并驾，西携黄河奔流。”

30年来，伴随着改革开放的大潮，革命老区吕梁发生了翻天覆地的变化。作为经济发展先行官的电力事业，在获得自身长足发展的同时，更为这座城市的发展增添了源源不绝的动力支持。

电网　从小到大，由弱到强

2007年9月19日，吕梁第一座500千伏输变电工程开工奠基。随着该工程的建设，北起朔州，经古交、吕梁至运城稷山的山西500千伏骨干网架南北第三通道将初步形成，吕梁电网在山西电网的位置和作用将得到质的提升。

吕梁有文字记载的用电历史是：1921年，汾阳教会医院用60马力的煤气内燃发电机提供照明和医疗用电。1959年，离石电厂建成后，由该厂引出的一条3.3千伏线路让50余户居民点上了电灯。此后的20

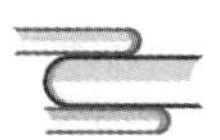

年，吕梁电网建设发展缓慢，在不少没有通电的农村，老百姓依然过着“点灯靠油、磨面靠牛，吃水下沟”的生活。

十一届三中全会以后，吕梁供电分公司在省公司的帮助下，加大电网建设投资，加快电网建设进度，吕梁电网得到质的飞跃。1988 年 9 月，汾阳 220 千伏变电站建成投产，实现了吕梁 220 千伏电网项目零的突破。1995 年 12 月，柳林发电厂首台 10 万千瓦机组投产发电，结束了吕梁长期处于全省电网末端的历史。2005～2006 年，随着孝义、文水 220 千伏变电站相继投运，吕梁形成了 220 千伏主干线作为“空中高速”东西贯穿、110 千伏输电线路纵横交贯的电网结构。

2006 年 6 月 13 日，省公司与吕梁政府举行会谈，共同签署了《关于共同推进吕梁电网建设发展会谈纪要》。“十一五”期间，省公司投资吕梁电网建设突破 23 亿元，几乎是“六五”～“十五”期间的总和。

经过 30 年的发展，该分公司共有 220 千伏变电站 4 座，容量 114 万千伏安，220 千伏输电线路 14 条 583.32 公里；110 千伏变电站 23 座，容量 146.7 万千伏安，110 千伏输电线路 39 条 675.09 公里；35 千伏变电站 36 座，容量 42.94 万千伏安，35 千伏输电线路 62 条 639.69 公里。

在加强电网主干架建设的同时，吕梁农网建设也取得了长足进步。2000～2005 年，该分公司累计投资 5.77 亿元，建设农网变电站 34 座、35 千伏输电线路 55 条、10 千伏配电线路 202 条。该分公司营业区内农村供电末端电压由原来的 150 伏上升到 220 伏的正常水平，电压合格率达到 98.45%。

一组数据可以从另一个侧面反映吕梁电网 30 年的发展：1978 年，该分公司售电量为 2.67 亿千瓦时，今年将完成约 75 亿千瓦时，是 1978 年的 28.09 倍；1978 年全市最大用电负荷为 2.94 万千瓦，2007 年为 112.5 万千瓦，是 1978 年的 38.26 倍。

服务 “电老虎”变“电保姆”

一段时期，“人情电”、“关系电”、“权力电”现象较为突出，供电部门也成了老百姓口中的“电老虎”、“电霸王”，严重损害了供电部门和电力职工的形象。

为扭转这一局面，该分公司大力开展电力为农业、为农民、为农村经济服务的“三为”达标竞赛活动，服务质量得到显著提高。

2000 年以来，该分公司认真贯彻落实国家电网公司“三个十条”，畅通用电报装“绿色通道”，推行首办责任制等特色化服务举措，组织开展了供电服务“民心工程”、“优质服务进万家”、“青春光明行”等活动，以优质、方便、规范、真诚的供电服务树立了“国家电网”的良好形象。

该分公司还认真实施“新农村、新电力、新服务”农电发展战略，全力服务于社会主义新农村建设，先后组织实施了路灯亮化工程、农村电气化建设等项目，为农村经济社会发展提供了强有力的供电保障。

30 年踏歌行。该分公司以高度的社会责任感，以“努力超越、追求卓越”的企业精神，为吕梁经济社会发展和人民生活提供了坚强的供电保障。

让魅力长治绽放异彩

桑丽军　张丽丽｜国网长治供电公司

改革开放30年，对长治电力来说是极其不平凡的30年。30年间，长治供电人不断解放思想、改革创新，创造了无愧于时代的辉煌业绩。从1978年长治地区全年用电量8.83亿千瓦时，到2008年攀升至90多亿千瓦时，直逼100亿大关，用电量增加到1978年的12倍。这其中凝聚了长治供电人的心血和汗水。

坚强电网　服务地方经济

1978年年底，长治地区还没有统一的电网，最高电压等级为220千伏。随着全市经济迅速发展，供需矛盾日益突出，拉闸限电频繁。

2006年8月，1000千伏特高压试验交流试验示范工程在长治开工建设。

2008年，长治已有两座500千伏变电站、9座220千伏变电站、33座110千伏变电站和46座35千伏变电站，10千伏配网线路达10569公里，输电能力显著增强。

到2008年年底，长治电网将形成以特高压变电站为支点、以500

千伏网络为支撑、以 220 千伏为骨干网络和 110 千伏及以下配网实现双源双变的目标网架，成为长治经济社会发展和招商引资、扩大开放的“闪亮名片”。

履行责任　点亮魅力长治

30 年来，长治由一个贫困落后的小城，发展为全国“十大魅力城市”，这其中包含了长治供电人的辛勤努力。

按照全市打造“魅力长治”，实施“蓝天碧水”工程，大力发展循环经济和建设节约型社会的要求，长治供电分公司在城市电网建设上，大力推行电气设备小型化、紧凑型线路、无人值守等新技术，以减少对土地的占用和生态环境影响，不断实现电网、社会与自然的和谐发展。2000 年以来，该市城网建设与改造工程总投资达到 5.2 亿元，新建 5 座 110 千伏变电站，建设改造 10 千伏线路 463 公里，市区主干道和商业区 10 千伏线路高、低压电缆全部入地。

该分公司不断深化“新农村、新电力、新服务”农电发展战略，加快完成农村路灯亮化、饮水解困电力配套设施建设，取得了农村电网建设的丰硕成果。1998 年，实施农村电网建设改造工程，新建和改造 10 千伏配电线路 7190.5 公里、配电台区 6706 台，完成“一户一表”改造 60 多万户，全市农村和城市实现“两改一同价”。2006 年，在全省率先完成农村“户户通电”工程，为 13 个县(区)132 个村送去了光明。2007 年，投资 1321.5 万元，建设 197 个路灯亮化村和 29 个电气化村。“十一五”期间，该市农村电网建设投资将达 5.5 亿元，长治城乡用电一体化建设已初具规模。

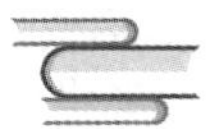

真诚奉献　诚信赢得民心

长治供电人牢固树立“超前服务客户需求”的理念，不断创新服务机制，大力推广多种缴费方式，58.9 万余户居民实现了一户一卡、刷卡收费，极大地方便了用户电费交纳。同时，加强窗口规范化建设，“三个中心”全部挂牌运营，为客户提供集中受理“一站式”服务，95598 客户服务热线 24 小时向客户提供用电情况咨询，通过多种渠道，主动接受社会各界监督。该分公司行风建设得到各界好评，连续 5 年获得当地行风评议服务类第一名。

今年奥运期间，该分公司积极备战，采取定点蹲守和沿途巡视方式，对重点变电站和线路全程看护，确保了长治电力供应充足有序，展示了国家电网人“特别能吃苦、特别能奉献、特别能战斗”的精神风貌。

忆往昔，电力建设辉煌犹在眼前；看未来，电力发展宏图再谱新篇。长治电网人将继续以建设坚强电网、深化优质服务为己任，在探索中积累、在继承中发展、在发展中创新，让魅力长治异彩纷呈。

晋城电网：今非昔比

张志芳 | 国网晋城供电公司

1993 年 1 月 1 日，晋城供电分公司正式成立。与年轻的晋城市一道，该分公司走过了从小到大、从弱到强的历程，开创了晋城电网的新局面，谱写了壮丽辉煌的发展诗篇。

电网建设：告别“瓶颈” 迈向辉煌

成立之初的晋城电网仅有 1 座 220 千伏变电站、5 座 110 千伏变电站、16 座 35 千伏变电站，并存在着 220 千伏电网结构薄弱、110 千伏电网布局不健全、35 千伏设备“卡脖子”等问题。

面对严峻的局面，该分公司从成立伊始就把电网建设提到重要的议事日程。15 年来，晋城电网共投资 30 多亿元，用于电网建设和改造。其中，2006 年 10 月 21 日投运的晋城 500 千伏变电站彻底改善了晋城电网网架薄弱、无电源支撑的缺憾，从根本上解决了长期困扰晋城电网有电落不下、送不出、用不上的难题，极大地提高了晋城电网的抗风险能力，标志着晋城电网跨入了超高压供电的时代。

目前，该市共有 500 千伏变电站 1 座、220 千伏变电站 8 座，除

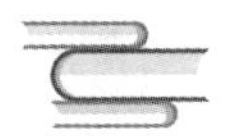

珏山站之外，其余 7 座均具备无人值守条件；110 千伏变电站 21 座，且全部具备无人值守条件；共有输电线路 119 条，1791 公里，其中 500 千伏线路 1 条，130 公里；220 千伏线路 16 条，472 公里；110 千伏线路 40 条，568 公里。晋城电网逐步形成以 500 千伏为主骨干网架、220 千伏为主网，110 千伏及以下为输配网的坚强电网。

安全生产：摆脱被动　走向主动

截至 2008 年 11 月 4 日，晋城电网连续安全生产 1866 天无事故，创下历史最高纪录。这一成绩的取得，反映了晋城电网 15 年来安全生产发生的深刻变化。

1993 年，该分公司正式升格为省公司直管的一级供电单位。该分公司职工还没来得及享受自豪愉悦的时候，该分公司所辖的东沟 220 千伏变电站发生了主变掉闸事故；1993 年 6 月，城南 110 千伏变电站又发生人身死亡事故……一连串的事故，敲响了该分公司重视安全生产的警钟。

该分公司抓住国家“两网”改造良机，加大电网建设步伐。同时，在全面改善硬件设施的同时，不断提升电网建设科技含量，晋城调度数据网、光纤主干网建成投运，光纤网络覆盖到所有供电所。开展科技项目创新活动，并广泛应用到生产经营一线，电网科技含量逐步提高。强化电网安全规律研究，发布 26 项电网安全生产应急预案。成立涉电犯罪侦察队，完善打击涉电犯罪长效工作机制。信息网络安全、多种经营、消防、交通、治安综合治理全面加强，一系列的措施，从方方面面固化了安全生产基石，确保了安全生产的良好态势。

今天，晋城电网网架结构、设备运行水平、安全管理经验已今非昔比，具备了把握安全局面的能力。

经营管理：逐步提升　不断飞跃

晋城市供电量从 1993 年的 14 亿千瓦时到 2007 年的 74 亿千瓦时，一年一小变，五年一大变，供电量增长了 5 倍多；供电线损率从 10.49% 到 4.47%，15 年间足足下降了 6.02 个百分点……每一组数字的变化，都是该分公司管理水平逐步提升，实现一次又一次飞跃的最好见证。

15 年来，晋城供电营销管理经历了电力市场从计划经济向市场经济转轨的历史性巨变。立于改革潮头浪尖，该分公司与时俱进，及时调整营销策略，确立了面向市场、面向客户、面向服务、面向售电的营销定位，进行了全方位转变。与客户“零距离”沟通，为客户提供“零距离”服务，将优质服务送进千家万户。积极推进电气化县、乡、村建设和农村路灯亮化工程等，有力地助推了晋城经济社会全面快速发展。

15 年来，该分公司站在晋城国民经济发展的高度，以电力先行官的姿态，全力保证了晋城改革发展安全可靠用电，真正履行了企业社会责任，践行了“人民电业为人民，优质供电为晋城”的服务宗旨。

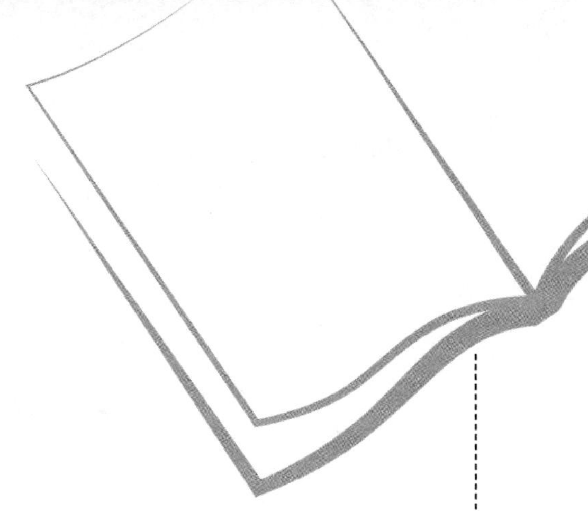

2. 百年晋电　光耀山西

从 1908 年晋商刘笃敬创办太原电灯公司，到 2008 年国内首个特高压电网试验示范工程投运，山西电力走过了百年征程。

电力工业是关系国计民生的公用性基础产业，是经济社会发展的命脉和动力。山西电力依托山西能源资源优势，在山西走向文明、富裕、和谐的伟大实践中，发挥了引领、推动和支撑的作用。历经几代山西电力人的艰苦创业、不懈努力，山西电力步入了科学发展、集约发展、安全发展、和谐发展的良性循环，山西已成为全国的电力强省。

数字见证发展

雷利　刘银库 | 国网山西新闻中心

1908～1949 年，山西电力工业历经清朝末期的腐朽统治、民国初期的军阀混战以及日本侵略者的疯狂掠夺和阎锡山官僚资本统治，发展缓慢。

第一阶段　1908～1937 年

1908 年，刘笃敬创办山西第一座火电厂——太原电灯公司，安装 1 台 60 千瓦直流发电机。

1911 年辛亥革命前后，随着近代民族工业的兴起，太原、大同、太谷、榆次、祁县、新绛、五台、临汾、忻县、平遥等地共兴建发电厂(所、公司)31 个，容量 28582 千瓦。

第二阶段　1937～1945 年

1937 年“七七”事变后，山西电力工业遭受日本侵略者的压榨和掠夺而畸形发展。其间，新建电厂 15 座，扩建 3 座，共新增发电机组

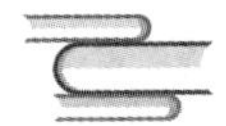

32 台，装机容量 50204 千瓦。

1945 年抗日战争胜利时，山西省各地可运行的电厂共 25 座，发电设备总容量 69712 千瓦，8 年中电厂减少 6 座。同时，在太原、大同出现了电压为 33 千伏和 77 千伏的输变电设备。

第三阶段　1945～1949 年

这一阶段，山西电力工业在两种体制下运营。一方面是国民党占领区的电力工业因战火破坏惨重，一方面是中国共产党领导下的解放区出现了“人民电业”的萌芽。

1945 年 8 月，中国人民取得了抗日战争的全面胜利。此时，阎锡山从晋西南的深山里复返太原，重新统治了山西。除长治西关电厂由太行解放区军民接管外，其余 24 座发电厂（所）全部被国民党第二战区西北实业公司接管。不久，国民党挑起内战，山西电力工业遭受战火的厄运，损失惨重。其间，西北实业公司电业处仅于 1946 年完成太原城外发电厂 5000 千瓦机组安装，但在投产的同时，烧毁了 1 台 4000 千瓦发电机。

1946 年，太行军民又在长治市郊西白兔村筹建发电厂，俗称“刘伯承发电厂”，1947～1949 年每年投产 1 台机组，总容量 2170 千瓦。

1947 年 8 月，在晋绥边区首府兴县，“贺龙电厂”建成投产，在窑洞内安装 50 千瓦和 66 千瓦发电机各 1 台，装机容量 116 千瓦，电压 3.3 千伏，线路 16.5 公里。

1949 年前的山西电力工业由于战争破坏，能够运行的机组容量仅 3.68 万千瓦。到 1949 年 5 月 1 日山西省全境解放，总装机容量减至 4.08 万千瓦，输电线路只有 286 公里，变电容量 1.75 万千伏安，最高输电电压 33 千伏，输电范围极为有限。

山西电力报

100年电力光耀三晋

纪念山西有电一百年 一九〇八——二〇〇八

特2 时空

时空跨越百年

1949 年 4 月 24 日太原解放，山西电力工业获得新生。太原公营轻重工业管理处接管太原西北实业公司电业处，组建为太原电力公司。从此，山西电力工业在中国共产党和人民政府领导下，开始了新的征程。

第一历史时期 1949～1957 年

1949 年 10 月 1 日，中华人民共和国成立。山西电业职工怀着对共产党的热爱，夜以继日地抢修设备，恢复生产。到 1952 年年底，全省发电装机容量回升到 5.62 万千瓦，发电量达 1.53 亿千瓦时，比 1949 年增长 14 倍。

随着社会主义建设高潮的到来，山西被国家确定为重工业发展地区。到 1957 年年底，全省装机容量达 16.71 万千瓦，年发电量 5.72 亿千瓦时，分别是 1952 年的 1.9 倍和 2.7 倍。其间，山西省第一条 110 千伏太原—榆次—阳泉输电线路建成。

第二历史时期 1958～1965 年

1958 年“大跃进”，由于“左”倾冒进，盲目追求高速度，1959 年山

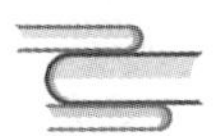

西省发电量 14.84 亿千瓦时，1960 年达到 21.8 亿千瓦时。后因中苏关系紧张，苏联单方终止合同，撤走专家，山西电力工业发展受到很大影响，大中型建设项目比重由“一五”时期的 90% 下降到 65.7%。

山西电力报

100年电力 光耀三晋

纪念山西有电一百年 一九〇八—二〇〇八

特3 数字

数字见证发展

1963～1964 年，经过国民经济调整，一些停建缓建项目陆续恢复建设，发电设备单机容量也由 1.2 万千瓦、2.5 万千瓦升至 5 万千瓦。到 1965 年年末，全省发电装机容量达 51.98 万千瓦，年发电量 25.7 亿千瓦时，较 1957 年分别增长 3.1 倍和 4.5 倍。

第三历史时期　1966～1976 年

在十年“文化大革命”中，山西电力工业受政治运动的冲击，三年调整出现的正常发展局面和生产秩序又遭到破坏，导致事故频发，发电量下降。

1966 年，全省发电量 30.89 亿千瓦时，1967 年下降为 29.84 亿千瓦时，1968 年又下降到 23.19 亿千瓦时。

从 1969 年起，国家再次对国民经济进行调整，并对电力部门实行“军管”，经济有所好转。

1976 年 10 月，党中央一举粉碎了“四人帮”，激发了山西电力职工把山西电力工业搞上去的决心和干劲。这期间的 1973 年，山西省第一

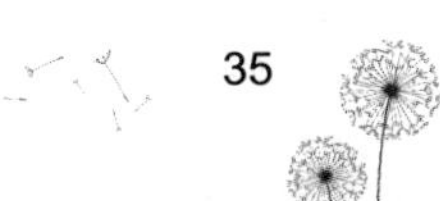

条 220 千伏娘子关—榆次使赵输变电工程投运。到 1975 年，又建设了榆次—霍县、榆次—南社两条 220 千伏输电线路，形成山西中部地区的 220 千伏电网。

第四历史时期　1977～1990 年

粉碎“四人帮”后，山西电力工业逐步走上持续、稳定、协调、快速发展的道路。

1978 年，神头—原平 220 千伏输电线路投产。至此，太原、晋南、雁同、晋东南地区区域性电网通过 220 千伏线路联成全省统一电网。到年底，山西发电装机容量达 212.48 万千瓦，年发电量 106.64 亿千瓦时，分别比 1965 年增长 4.1 倍和 4.2 倍。

1978 年 12 月，党中央召开十一届三中全会以来，电力工业进入新的历史发展时期。经过“六五”、“七五”期间的重点工程项目建设，山西省发电装机以 20 万千瓦机组为主，并首次采用 50 万千瓦大容量、高效率火电机组，逐步淘汰中、小机组。装机容量达 130 万千瓦的神头一电厂成为全省最大的火力发电厂；一期工程安装 6 台 20 万千瓦国产机组的大同二电厂 1988 年全部建成投产，成为山西北部又一座百万千瓦火力发电厂。

1981 年 9 月，娘子关电厂—河北许营的 220 千伏线路投运，实现晋冀两省 220 千伏联网。1984～1985 年，大同—北京房山 500 千伏超高压双回路投运，实现与京津唐联网。

1990 年年底，500 千伏神头—太原输电线路建成，提高了省内“北电南送”能力。至此，山西全省发电装机总容量达 589.14 万千瓦，年发电量 314.16 亿千瓦时，分别比 1978 年增长 2.8 倍和 2.9 倍；35 千伏及以上输电线路 1.75 万公里，变电站 963 座，主变压器容量 1929.9 万千伏安。

山西电力报

2008年12月26日 星期五 第六版

100年电力光耀三晋

纪念山西有电一百年 一九〇八——二〇〇八

山西电力工业100年的历史，是一部艰苦奋斗的创业史。它让我们看到了几代晋电人在创造辉煌历史中的业绩和精神，让我们感受到肩负责任的重大。

我们要继承和发扬老一辈晋电人的优良传统，为电力事业的发展加倍努力，再创新的辉煌。

——题记

特6 人物

刘笃敬：山西电力先行者

"石东澄小组"：安全生产的表率

郝尔孝：工人阶级一面旗

刘宝星：技术革新是能手

王尊德：巡线经验齐赞颂

王凯山：工作法得到推广

第五历史时期 1991～2000年

20世纪末的10年是深化改革、扩大开放，实现电力跨世纪发展目标时

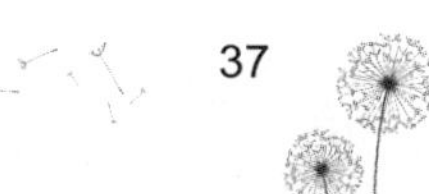

期，山西电力工业发生了巨大的变化。在省政府“输煤输电并重”战略的指引下，山西电力工业充分利用得天独厚的煤炭资源，在阳城建设大型坑口电站，从阳城电厂通过三回500千伏线路向江苏送电；北部通过大同二电厂以双回500千伏线路向京津唐送电，以双回220千伏线路和单回500千伏线路与内蒙古西部电网连接；中部娘子关电厂以双回220千伏线路向河北南网送电；天桥水电厂以110千伏线路向陕西榆林送电，山西由此成为商品电基地。在发电设备上，单机容量由20万千瓦升至30万千瓦、35万千瓦和50万千瓦。到2000年年底，全省发电装机容量达1302万千瓦，发电量620.7亿千瓦时，分别比1990年增长2.21倍和1.97倍。这10年装机容量超过1949～1990年41年的总装机容量。同时，电网的输配电能力显著提高。

至此，全省建成500千伏变电站1座，总容量100万千伏安，输电线路8条824公里；220千变电站48座，总容量1122.6万千伏安，输电线路117条5208公里；110千伏变电站203座，总容量894.14万千伏安，线路总长7739公里。四通八达的供电网络为山西国民经济建设社会发展和改善人民生活提供了可靠保障。山西电力工业实现跨世纪发展目标。

21世纪跨越发展时期

2001年是新世纪元年。全年完成发电量598亿千瓦时，外送电量47亿千瓦时；新增发电装机容量160万千瓦，全省发电装机总容量达到1400万千瓦；投产110千伏及以上输电线路1343.09公里，变电容量349.95万千伏安，新增500千伏线路305公里，变电容量75万千伏安。12月23日，侯村—侯马500千伏输变电工程投运，其中500千伏侯马变电站当年开工、当年投运。

2002年7月27日，随着6号机组投入商业运行，阳城电厂一期210

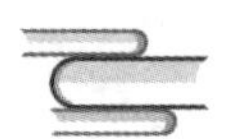

万千瓦机组全部建成投运，全省总装机容量达 1495 万千瓦。到 12 月 31 日，全省发电量完成 839 亿千瓦时。当年，开工建设的发电机组总装机容量达 853 万千瓦。

2003 年 8 月 30 日，山西首座抽水蓄能电站——西龙池水电站主体工程暨下水库工程开工建设；9 月 17 日、12 月 29 日，大同小营、侯马—运城两项 500 千伏输变电工程先后建成投运，全省形成从南到北的 500 千伏主网架结构。

2004 年，环绕整个山西中南部地区的 500 千伏经由太原—晋中—临汾—晋城—长治—榆社—晋中输电工程建成投运，标志着山西自北向南的电力输送高速路全线贯通。

2005 年 1 月 25 日，1000 千伏晋东南—南阳—荆门特高压交流输变电工程被国家电网公司列为示范工程。12 月 24 日，全国第一座 220 千伏 PASS 变电站——清徐变电站投运。以此为标志，山西省建成投运 220 千伏及以上变电容量 255 万千伏安，线路 427 公里，其中 500 千伏变电容量 75 万千伏安，线路 92 公里。电网结构进一步优化，提高输送能力 60 万千瓦，发电装机新增 449.51 万千瓦，其中省内自用电装机 234.51 万千瓦。与此同时，全省农网改造从 2000 年 3 月全面启动，历时 6 年，累计完成投资 103 亿元，惠及农户 625.8 万户，减轻农民负担 1.5 亿元。

到“十五”期末，全省拥有 500 千伏变电站 5 座，总容量 450 万千伏安，线路 13 条 1344 公里；220 千伏变电站 69 座，总容量 1677 万千伏安，线路 170 条 6399 公里；110 千伏变电站 272 座，总容量 1460 万千伏安，线路 573 条 8494 公里；发电装机容量 2302.98 万千瓦，发电量 1311.97 亿千瓦时；售电量 741.12 亿千瓦时，外送电量 94.12 亿千瓦时。

2006 年是“十一五”规划的开局之年。到年底，全省新增发电装机容量 442 万千瓦，总装机容量达 2745 万千瓦；500 千伏变电站增至 9 座，变

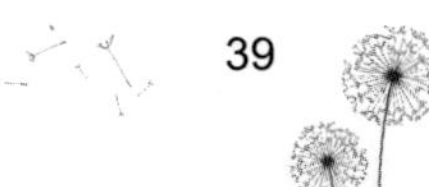

电容量 825 万千伏安，线路 2039 公里；220 千伏变电站 89 座，变电容量 2319 万千伏安，线路 7247 公里；投产 220 千伏及以上变电容量 639 万千伏安，线路 775 公里，分别是 2005 年的 2.5 倍和 1.8 倍，“双五百”目标提前超额实现。当年外送电力 880 万千瓦，电量 399.7 亿千瓦时。

山西电力报

2008 年 12 月 26 日　星期五　第八版

100 年电力 光耀三晋

纪念山西有电一百年　一九〇八——二〇〇八

光影瞬间，见证着山西电力锻钢迸进的脚步。从1908年到2008年，山西电力工业走过了整整100年的历程。站在当今这新的起点，让我们回眸光荣艰苦奋斗的历史，共同展望山西电力美好的明天，为夺取全面建设小康社会的新胜利而不懈努力。
——编记

特 8

光影

今朝

①2007 年，电网建设“双十”工程目标超额完成。山西形成了 500 千伏电网南北双回、中南部双环网供电、东纵电网协调发展的坚强电网。图为 500 千伏霍州变电站。

②山西电力调度中心人员在精心调度，确保电网安全稳定运行。

③2007 年，山西省电力公司营销自动化系统全面建成。全省包括农村供电所和农村用户在内的所有营业网点及用户服务全部纳入营销自动化系统。

奉献

变迁

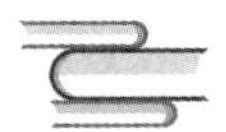

为解决山西电网“卡脖子”问题，以适应全省经济持续增长和满足内需、扩大外需的用电需求，省公司于2007年年初及时滚动修订电网建设规划，力争用三年时间完成五年电网建设目标，并实施“双千”工程，即年内建成投产220千伏及以上主变容量708万千伏安／30台，线路1692公里，主网建设投资41.6亿元。

2007年，经过广大职工团结拼搏、攻坚克难，各项工作取得优异成绩，安全生产、电网建设和资产经营等主要指标进入国家电网公司同业对标前10名；售电量突破千亿大关，达1036亿千瓦时，位居国家电网公司第6位；全省发电装机和外送电量分别突破3000万千瓦和450亿千瓦时，位居全国第7位和第2位；“双千”工程超额完成，新开工建设220千伏及以上变电容量1644万千伏安，线路2476公里，其中投产变电容量828万千伏安，线路1901公里，“211”奋斗目标提前一年实现。

2008年，省公司继续实施“双千”工程，计划投产220千伏及以上变电容量1446万千伏安，线路1380公里；110千伏变电容量365万千伏安，线路971公里。其间，为确保举世瞩目的2008年北京奥运会供电万无一失，省公司按照国家电网公司要求，将“双千”工程投产变电容量增至1476万千伏安，输电线路增至1862公里。

在极不平凡的2008年，省公司连续经受了支援南方抗雨雪冰冻灾害电网恢复重建、抗震救灾、奥运保电和迎峰度夏等难以预料、历史罕见的重大挑战和考验，圆满完成了奥运保电任务，确保了电网安全平稳度夏和特高压工程及“双千”工程顺利推进，电网建设实现新跨越。截至目前，省公司提前两年实现山西电网“十一五”规划目标。全省拥有500千伏变电站14座，总容量2250万千伏安，达到每市一座500千伏变电站；220千伏变电站107座，总容量3074万千伏安；110千伏变电站362座，总容量2245万千伏安，建成投运220千伏及以上输电线路1875公里。

伴随着改革开放30年来山西电力工业跨越发展取得的巨大成就，憧憬美好的未来，到“十一五”末，山西外送电通道将达到1回以上交流1000千伏、1回直流500千伏和12回交流500千伏线路，全省将有500千伏变电站15座、220千伏变电站120座，220千伏及以上主变容量5400万千伏安。届时，山西电网将成为联系京、津、冀、鲁、苏等省市区，沟通华北、西北、华东和华中四大区域的枢纽电网，在全国能源资源优化配置格局中发挥更大的作用。

百年晋电，光耀山西。让我们更好地珍惜今天的生活和工作，继承老一辈晋电人的优良传统，在打造绿色电网和建设国内一流、国际先进的“一强三优”现代公司的进程中继续谱写新的发展篇章。

3. 迎新中国60华诞　展供电服务风采

新中国成立60周年之际，为全面做好供电保障和优质服务工作，向祖国母亲献礼，《山西电力报》开展了“迎新中国60华诞　展供电服务风采”有奖征集活动，以小故事，从细微处展现国网山西省电力公司员工无私奉献、服务千家万户的职业情怀。

鱼水情

李振华 | 国网晋城供电公司

供电与用电是不可分割的一个整体，供电人与用电人有着扯不断理还乱的情缘。仿佛鱼水，互依互靠，演绎着林林总总平凡而不平淡的小故事，别有韵味。晋城供电分公司大用户营业所就常发生着这样的事情。

不走的电能表

晋城某化肥厂与煤气集配站原是一家，后因体制改革分开单独经营。用电手续办理了分户，但保留了一条由其 35 千伏变电站出线的 10 千伏线路对煤气集配站供电，由晋城供电分公司大用户营业所装表计费。

不知何故，化肥厂电气负责人一直怀疑专供煤气集配站的电能表不准。为了印证实情，50 多岁的他便在一个中午，一个人直入煤气集配站计费电能表屏前，目测电能表计费情况。他观测半个小时后，气愤地打电话给大用户所值班人员，说电能表不走字，表坏了，要求换电能表。大用户所工作人员一听电能表坏了，马上前往现场处理。

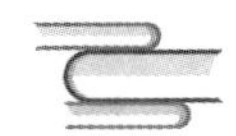

一见面，供电人员就被化肥厂电气负责人进行了严厉地指责：“你们是干什么的，装块电能表就不走字！”供电人员赶快查原因。一按电能表，咦？走字呀！原来，该表是湖南威胜生产的电子电能表，显示屏全屏显示当前的有功总、峰、平、谷、无功总的用电数字，但只精确到小数点后一位。如果要查精确度更高的指示数，需要人工按键查询。该负责人站了半个小时，发现电能表不走字是因为他没有按出精确到小数点后三位的电能表指示数。由于煤气集配站负荷较小，一个小时走不了 0.1 千瓦时，在第一屏上看来，电能表当然不走字了。供电人员给他按到显示小数点后三位数的底度数，让他看到了电能表的精确示数后，他哑口无言了。

不实的报表

某港资公司在晋城投资煤层气液化厂，其副厂长分管电气。该厂为双电源双主变运行。

一天中午，正吃中午饭的大用户所工作人员接到该副厂长的电话：“小李，不对啊，我抄表后算的电费是 300 万元，你咋向我收 370 万元呢？”小李一听也急了，赶忙放下碗筷，直奔单位，打开营销自动化查对：没错啊，就是 370 万元啊。马上给对方打电话：“老总，我查了，就是这么多钱啊！你看你用了多少千瓦时电。”

“500 多万千瓦时啊！”

“不对吧，应是 700 多万千瓦时啊。”

“我这报表就是这么多啊。”

“你那报表数据全吗？”

“全啊，都是我们变电站人员抄表报的啊。”

小李马上细查自动化中电量数据，发现该厂两块电能表都走字了，一块电能表走了500多万千瓦时，一块电能表走了近200万千瓦时。“老总，你是不是漏计了你厂462表的电量了？”

“不可能，绝不可能，这是我自己到现场抄的电能表数字，不可能。”

“从电量分析，很有可能是你漏计了这块表的电量。你再让你变电站的人重抄一下好不好？”好说歹说，对方终于勉强同意了。

下午4时，正上班的小李收到了该副厂长的短信——“正确，如你所言。”饥肠辘辘的小李终于长出了一口气。

正如鱼生于水，水养着鱼。供电企业与用电客户鱼水情深，创建着文明和谐的供用电秩序，为新中国60华诞敬献着喝彩礼。

果园里的灯光

王春　常擎 | 国网晋中供电公司

“汪汪……”漆黑的夜晚，看守果园的狗突然叫了起来。

“谁？”赵大爷打着手电对着一个黑影紧张地问。

“我，供电所的二牛。”那个黑影回答道：“都晚上9点多了，咋不开灯呢？”

“没灯，我给你照着，过来吧。”说话间，赵大爷用手电照着漆黑的小路，二牛深一脚浅一脚地顺着微弱的光亮走到了赵大爷的跟前，并问道：“挺晚了，你怎么还不回家？”赵大爷说：“果子一天天成熟了，怕偷，我每天晚上守园”。

“哦，白天到你家，你不在，晚上只好找到这里来。”二牛说。

“有啥事？”

二牛说：“前几天不是你家的灯泡坏了，让我给你从城里捎一个”。

“哦，对对对，你看我都忘了。”赵大爷不好意思地说。

“这么大的果园，你咋也不安个灯？有灯更安全点。”二牛问。

赵大爷说：“今年光顾着招呼果树了，没抽出空来安。”

二牛思索着点点头，在赵大爷的手电光照下离开了果园。

第二天上午，二牛又来到赵大爷的果园，又是步测，又是计算，又

山西电力报

Shanxi Power News

全国优秀企业报　山西省一级报纸

总1350期

2009年9月 1日

逢周二、五出版　星期二

山西省电力公司主管主办　山西电力报社出版

国内统一刊号CN14-0043　邮发代号 21-46

增强责任感　找准着力点

公司部署新形势下离退休工作

建设统一坚强智能电网　推动山西经济社会又好又快发展

省电力公司总经理　张建坤

■ 建设统一坚强智能电网是电力发展规律的深化

■ 建设统一坚强智能电网是电网科学发展的方向

■ 建设统一坚强智能电网是山西经济社会科学发展的重要支撑

公司财务管控模块建设工作启动

果园里的灯光

王春　常肇

迎国庆保供电

承担责任　享受精彩人生

采编者说

迎建国六十华诞　展供电服务新风采

媒体查询：http://press.gapp.gov.cn/　新闻热线：(0351) 4269115　4269118

Email: liuzhenmei@sx.sgcc.com.cn　haoiijun01@sx.sgcc.com.cn　责任编辑：刘振梅

是察看。当天下午，他领着一个人，骑着摩托车，带着电线等材料驶进果园。一会儿，他们就里里外外忙活起来。天快黑的时候，一条线就架好了，

果园房子门前的灯亮起来了。

赵大爷赶忙上前问道："得多少钱啊？"二牛说："不要钱，这是我们免费为你安的。今年年初以来，我们公司开展'三节约'活动，这些线是前段时间工程中拆下的旧线，我看还能用就保存起来，昨晚见你这儿黑乎乎的，就和所里的同事一合计，用这些线给你引个灯，你就放心用吧。"听着朴实的话，看着亮闪闪的灯，赵大爷感动得不知道说什么好，而两名农电工却带着一身的疲惫早已消失在漫漫夜色中。

黄灿灿的杏熟了，红红的桃子熟了。赵大爷骑着自行车，带着果园产的一篮水果来到使赵供电所，他要感谢这些一心为民的好电工。

“是我们的错”

白雪梅　杨慧琴｜国网阳泉供电公司

“大娘，没能早点了解您的难处是我们的错，让您这么大年纪还来回跑。以后您再不用亲自交电费了，我们会派人上门收取的。这服务卡上有我们的联系电话，有什么事，您可以随时联系我们，我们会尽全力帮助您的。”阳泉城区支公司新泉营业站成站长边将青年文明号服务卡递到老大娘手中，边嘱咐大娘。

8 月的一个星期天，正在忙着整理单据的该支公司新泉营业厅收费员小李，猛一抬头瞥见一位拄着拐杖的老大娘正颤颤悠悠地“晃”进营业厅。小李忙嘱咐一同值班的小王几句，自己迎了出去。搀扶老大娘坐下后，小李便与她攀谈起来，询问老大娘为什么这么大岁数自己来交电费。原来，这位老人叫张桂莲，今年 74 岁了，老伴已去世多年，孩子又都在外地工作，每个月只得自己来交费。老大娘家距营业站有三站地远，为了省车费，每次交费她都步行前来。在为老大娘办理交费手续时，小李灵机一动，暗自记下了住址。

第二天，小李将这一情况汇报给成站长。成站长当天上午便组织人员来到家住观象台的张大娘家中，把他们的“青年文明号服务卡”送到老人手中，便有了开头的那一段对话。接过卡后，老人握着成站长的

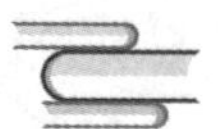

手，激动地说："实在太谢谢你们了，我一个人孤单生活了这么多年，有了你们，交电费不再是负担，倒成了一件高兴的事。"

回去的路上，成站长对大家说："看来咱们的优质服务工作还没做到位，回去后要发动全体人员筛查有实际困难的客户，将他们列入新泉营业所青年文明号帮扶对象档案中，定期为他们提供服务，让他们感受到咱们供电公司真正是服务为民。"

风雨中的抢修

赵晨宇 | 国网朔州供电公司

8 月 28 日，连续阴沉闷热的天竟下起了雨。对于消闲的人来说，坐在窗前欣赏凉爽的秋雨，可以说是一种享受；而对于朔州供电分公司市委供电所的抢修人员来说，这完全是一种考验。

当日傍晚，朔州市委小区 19 号楼二单元住户打来电话，反映整个单元都停电了。市委供电所人员接到报修电话后，立即出动，驱车赶往事故现场。这时，风很大，雨下得更大。为了让居民尽快用上电，抄收班的抢修队员顶着风雨查找停电原因。经检查分析，原来是 19 号楼二单元住户用电负荷过大而造成电源火线烧断。

雨一直在下，风助雨势，更加肆虐。已经是晚上 7 时许，恢复正常送电刻不容缓。抢修队员立即行动起来，各司其职。

空中架设线路可谓是一道难关。张炎自告奋勇，利用自己身高的优势登着两米多高的梯子在空中架线。梯子在风雨中显得有些摇摆，大家都替他捏了一把汗，嘱咐他千万注意安全。架完线下梯后，他还逗大家开心来调节气氛，并模仿高尔基笔下的海燕，做了一个刚劲有力的翱翔动作，说道——“让暴风雨来得更猛烈些吧”，逗得大家哈哈大笑。

抢修一直持续到晚上 10 时左右，在与风雨搏斗了近 3 小时后，终于送电成功。抢修队员脸上露出了轻松又满足的笑容。

今夜，明月作证……

康云　王整转｜国网运城供电公司

初秋的夜晚，忙碌了一天的人们在晚饭后三三两两趁着月色，悠然散步、闲聊，一切是那样和谐。

此刻，运城供电分公司客户服务中心 95598 值班人员正分头守候在电话机旁礼貌接听、回复每一位客户的来电。“您好，95598 热线为您服务，请问您有什么需要帮助……”“……不客气，再见！”尽管时钟已指向 19 时 20 分，但热线电话铃声依然此起彼伏，因为忙着工作，凉了又热、热了又凉的晚饭虽然就放在手边，但她们却抽不出时间吃上一口。

原来，盐湖区东郊变电站 9 月 3 日因需要工作到 22 时，尽管前天晚上这一信息已通过运城新闻《第一时间》向客户做了公告，但许多客户下班后仍旧来电咨询了解，使得话务量由平时的每小时 168 个激增到每小时 1035 个，每分钟 18 个。面对突增的话务量，该中心立即启动应急预案，指定 02 号值班班长与变电站工作现场随时保持联系，及时了解、反馈前方工作动态，其他的坐席人员负责接听客户来电。整个大厅虽然异常紧张繁忙，但忙而不乱、有条不紊，每一个座席员全力应对，耐心接听客户的每一个电话，认真解答每一个问题，并把前方的工作情况通过 95598 热线汇报给来电客户，争取他们的理解和谅解。

今夜，明月作证：当晚热线接通率 100%，业务处理及时率 100%，回访客户满意率 100%。

亲历95598服务

赵毅 | 国网运城供电公司

一次，笔者去运城市盐湖供电支公司95598坐席班送快递。刚走进坐席班，听到里面一名员工正在接听热线电话。我不好打扰，看着她对着话筒，时而尴尬，时而又露出微笑，并耐心地解答着对方的问题。等她放下话筒后，笔者递上捎去的快递，有意识地询问起来……

事情是这样的：刚才，值班员接到一位女用户打来的电话。这位妇女怀疑刚安装的卡式电能表计量不准，打来电话质问。电话刚刚接起，客户二话没说，对着值班员大发牢骚："你们都是干什么吃的？安的什么破表，准不准呀？一天算我好几度电！"值班员了解情况后，对她提出的问题逐一进行了耐心解释。可是她听都不听，继续向值班员发火，在电话那头嚷道："你懂不懂啊？别不懂装懂，瞎解释！找个明白人过来！"

听得出，对方很激动。可是电话这头的姑娘却并没有因为对方的态度而动摇向客户提供优质服务的信心。她依旧耐心地解释着，帮助客户寻找家里用电过多的原因。不一会儿，等客户情绪发泄得差不多了，值班员根据其家中电器使用情况一一分析，做出她家庭用电属于正常情况的答复。终于，客户被这个年轻姑娘的言行和态度折服了，没了脾气，也接受了她的合理解释，还不住地为自己刚才粗鲁的行为向姑娘道歉：“实在对不起了，我也是因为太着急，态度不好，你别放在心上。你们的态度也实在是太好了，给你添麻烦了……”说到激动处，电话那头的妇女几近哽咽。“没关系的，为客户提供优质的服务，接好每一位客户的每一个电话，是我们的责任和义务。95598 热线感谢您的来电，真诚为您服务。”

看着值班员淡定的笑容，笔者能深刻地体会到长期的服务工作使每个坐席班的员工都得到了历练。她们用一贯的热情、诚恳的态度，追求着更加优质的服务。

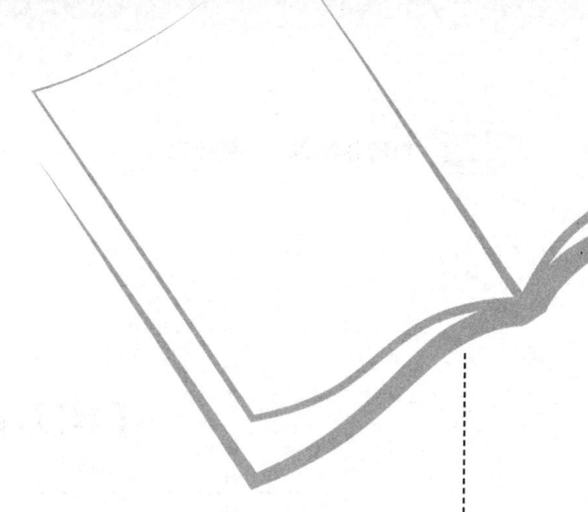

4. 重走红色路　电亮新生活

为隆重纪念中国共产党成立 90 周年，引领读者重回那段革命岁月，聚焦那些革命历史事件发生的地方，展现电力给昔日革命老区以及老区人民群众生产生活带来的巨大变化，《山西电力报》策划推出“重走红色路　电亮新生活”系列报道。报道以我省在我党、我国历史上有重大影响的事件为依托，结合事件发生地的实际和特色，以通讯形式反映供电企业服务当地经济社会发展和人民群众生活情况，以此向建党 90 周年献礼。

千树万树梨花开

刘绕菊｜国网山西新闻中心
范晋宁　陈爱红｜国网临汾供电公司

隰县地处晋西南，素有“河东重镇”“三晋雄邦”的美誉。1936 年红军东征路经此地，毛泽东亲率红军总部在以隰县为中心的晋西地区转战 72 天，留下了光辉足迹。

红军东征是我党影响历史进程的重大战略决策，是把中国革命大本营和民族抗战出发点放在晋西北的一次重大军事行动。为纪念这段历史，省委于 2007 年决定在隰县修建晋西革命纪念馆。该馆 2010 年 12 月 3 日竣工，12 月 6 日开馆，成为我省又一处红色旅游景点。

5 月的隰县，春色早已染绿山头。站在县城的制高点——堆景山上俯视全县，高低错落的楼房、特色鲜明的窑洞、街上热闹的人流车流跃然眼中。坐落在城南车家坡的晋西革命纪念馆庄严肃立，似乎正在向人们诉说着这里曾经发生的故事。

当我们循着革命的足迹，踏入这方以金梨闻名的土地时，可以真切感受到，勤劳朴实的隰县人民，在奔小康的道路上越跑越快了。

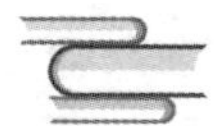

“创业就创千秋业”

“没有可靠的电力供应，就没有成功养蝎的可能。”隰县城南乡蓬门村23岁的村民王晨辉感慨地说。2009年，王晨辉从北京思远学校毕业后，带着千余只种蝎回到家乡，开始了创业之路。由于经验不足，蝎子大量死亡，不到两个月就损失了一半以上。王晨辉心急如焚，每天打电话咨询专家，上网查资料。为了便于观察蝎子的生活习性，他干脆吃住在养殖场，半年后，蝎子数量稳中有升，达到万余只。

“蝎子对室内温度和湿度的要求非常高，全靠电来保持。”王晨辉说。为了保持适宜的温度和湿度，他买来了烘烤机、加湿器和夜光灯，在他的悉心呵护下，蝎子渐渐适应了这个“新家”，并大量繁殖。

蓬门村村委会主任贾二虎说：“电力稳，养蝎就不成问题。王晨辉养蝎成功后，蓬门村245户村民看到了脱贫致富的希望，如今，村委会正着手成立养蝎合作社，准备大规模开展蝎子养殖业。”

“创业就创千秋业。”王晨辉满怀信心地说，“目前，我们村已经和北京金叶环宇公司签订了技术合同，合作社成立后，大规模的养殖将促使蝎毒提炼更加纯正。仅此一项，保守地说，全村年收入就能达到2000多万元。”

财富装满“菜篮子”

在与蓬门村一路之隔的留城村，百余座温室大棚在阳光照射下反射着白光。在村民卜春福的大棚外，水泵正抽取地下水，通过橡皮管对菜地进行喷灌。菜苗“喝”足了水，叶肥茎粗，一片嫩绿。卜春福说：“一座大棚年收入就有两万多元，没有电，我们村不可能发展这么好。”

这里曾是荒地，如今却成了留城村的“肥水田”。2004 年，留城村开发了 120 亩荒地，建成大棚蔬菜基地。“当时，大棚基地附近没有电，蔬菜全靠柴油机灌溉，费时、费力、费钱。”村委会主任段建平说。隰县支公司得知蔬菜基地发展用电的信息后，主动进村服务，开通“绿色通道”，以最快的速度为大棚基地架好了线路。

国家电网 STATE GRID

山西电力报

全国优秀企业报 山西省一级报纸

总第 1511 期 2011 年 5 月 20 星期五 逢周二、周五出版

山西省电力公司主管主办 / 山西电力报社出版

发/掘/精/彩 分/享/价/值

国内统一刊号：CN14-0043 / 邮发代号：21-45

山西电科院以科技助推智能电网发展 >> 详见 2 版

品牌服务 农电奇兵 >> 详见 3 版

特高压晋东南（长治）站扩建工程激战正酣 >> 详见 4 版

为三晋新地标续写辉煌

——省公司全力服务特高压长治站扩建工程纪事

严格管理 力铸精品

主动作为 优化环境

组织保障 增添动力

千树万树梨花开

——红军东征晋西革命中心地隰县见闻

开栏语

“创业就创千秋业”

财富装满“菜篮子”

（下转第三版）

省公司首座电子安全教育室在太供落成

员工安全教育更加便捷自如

省公司信息系统五大关键业务流程得到优化

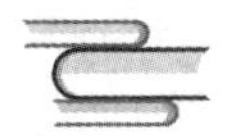

卜春福指着大棚里的西红柿说："我们种的西红柿品质好，成熟后一斤能卖一两块钱。我每天卖 5 大箱，能挣几十块钱。""农网改造后，用电没有后顾之忧，我们准备再建 100 座大棚，把我们村建设成隰县人民放心的'菜篮子'基地，带领群众奔小康。"村委会主任段建平接过话茬说。

"你用电，我用心"

为解决老区人民的用电问题，近几年，省公司先后投资 4300 万余元，进行大规模新农村电气化建设。目前，隰县全县 2.5 万个农村客户全部实现了一户一表，动力电线架到了家家户户门前。

经济发展了，生活小康了，村民建起新房，用上电器，也过上了城里人的生活。当问到对供电服务满意不满意时，留城村村民王贵虎夫妻俩异口同声："满意、满意！出现用电问题，只要一个电话打过去，10 分钟不到，供电所的师傅骑着摩托车就来了。"

隰县午城酿酒有限公司负责人张运民说："午城酒厂企业成功改制后，电力是扩大再生产的最有力保障。"为满足企业用电需求，隰县支公司超前服务，将桑梓 35 千伏变电站改造为双电源接线方式并对主变进行了增容，容量达到 4000 千伏安，大大提高了供电能力和供电可靠性。

"你用电，我用心。"隰县支公司经理郝瑛说，"农电基础设施建设要为老区人民经济发展当好基石，目前，投资 2398 万元的新一轮农网改造升级工程已经启动。经济发展在哪里，我们就把电送到哪里，把优质服务送到哪里，持之以恒、卓有成效地为老区建设服务。"

站在春风里，我们仿佛看到千树万树洁白如雪的梨花，瞬间化作挂满枝头的果实，沉甸甸地昭示着收获的希望。

甘雨已来春满城

柴晶 | 国网山西新闻中心
侯捷敏　曹彦军　刘荣 | 国网运城供电公司

1960 年 2 月 2 日，平陆县 61 名修路民工集体食物中毒，生命危在旦夕，急需大量特种药品“二巯丙醇”，而县里和周围县市以及省里都无法解决。为了找药，工作人员打破黄河不夜渡的纪录，但仍无药可用。消息传出后，牵动了党和首都人民的心。从中央到地方，从部队到医务部门，一个前所未有的救援行动开始了。卫生部、特种药品商店，民航局、人民空军都紧急动员起来，从电话求援到药品顺利空投，历时 8 小时，61 个兄弟得救了。

“为了六十一个阶级兄弟”这句最质朴、最真诚的话语，唱响了一曲社会主义的时代颂歌。

“电让我们村换了新模样”

追寻着历史的足迹，记者一行从平陆县城出发，沿着黄河北岸一路西行，很快便驶上曾经闻名全国的风南公路。

蓝天白云下，沟壑纵横间，放眼望去，陡峭的山上铁塔高耸，条条

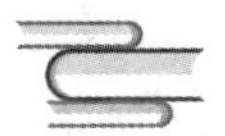

银线飞入绿树掩映的农家小院，好一派欣欣向荣的新农村景象，这里便是51年前61个阶级兄弟“中毒”事件的发生地——张村镇张沟村。

进入张沟村，映入眼帘的是，宽展展的水泥路，笔直直的电杆，齐刷刷的路灯。1960年春节，61名民工的营地和食堂就设在张沟村村民张治忠家里。

闻声而来的张治忠热情地向我们介绍：“这些年，我家这个院子未经大的修缮，仍然保持着五六十年代平陆农村的建筑风格，有很多人来这里参观过。不过，自从有了电，我们村倒是换了新模样！”

张沟村是个不大的行政村，有4个居民组500余人。1972年，现代文明的灯光普照了这个有着特殊历史意义的小山村。2000年，该村被列为平陆县第一批农网改造村，平陆供电支公司投资10万余元，历时一个月对该村进行了农网改造，改造低压线路3.3公里。2009年，该支公司再次投资2万余元，对该村实施了路灯亮化工程。

该村村委会主任员卫国介绍，近年来，村民的生活发生了很大变化，电压稳定，很少停电，电视机、洗衣机、电磁炉家家户户都有，100多户人家中有50多户都配了电脑。村民以栽种苹果，种植小麦、玉米、西红柿等农作物为主，前些年，村里只有1台高扬程提水泵，现在达到了30多台，全村1000余亩地95%实现了电浇灌，电为农民创业增收提供了强大动力。

负责该村用电管理的电工告诉我们：“农网改造前，该村用电量不足2000千瓦时，如今达到了8000千瓦时左右。”

“谁也想不到大风车能发电”

在当地供电所负责人的带领下，记者来到当年61个阶级弟兄之一的李

夏春老人的家——张店镇横尖村第三居民组。

走进李夏春老人家，干净整洁的四合院敞敞亮亮，一块写有“国家农业综合开发 2006 年张店项目蓄水工程”字样的碑格外引人注目。李夏春和老伴儿正在屋里用电磁炉煮着饺子，电视机里正播着河南电视台的《梨园春》节目。

听说要了解当年 61 个阶级弟兄的故事，李夏春老人笑着说：“能有今天的幸福生活，还真要感谢电力公司。51 年前那顿饭不过是高粱糊糊煮面条汤，现在生活好了，电磁炉一开，啥时候都可煮饺子吃。”

今年 70 岁的李夏春身板硬朗，除了村里的人之外，很少有人知道，他就是 51 年前那“61 个阶级弟兄”中的一员。老李有 3 个女儿，家里有 15 亩地，8 年前花十多万元在靠路边的地头打了一口机井，以 25 元每小时的价格为附近农户抽水浇地，单这一项，每年就有 1 万来元的收入。加上这两年村里用电用水有保障，老李家又种植了西红柿、玉米等农作物，年收入在两万元左右。

1960 年，老李只有 18 岁，是 61 人中年龄最小的一位。据老人回忆，当时全平陆县只有县城有电，村里都还点着煤油灯，全县只有三四辆小汽车。如今，村里家家户户做饭用的都是电磁炉，接送孩子骑的是电动自行车，全村 100 多户人家近一半都购置了电脑，村里小汽车就有近 20 辆。老李笑着说：“2008 年起，村里陆续竖起了风力发电机。当年修路是因为修建三门峡水电站，当初谁也想不到大风车也能发电！”

“幸福来敲门”

在风口村，记者一行见到一队身着蓝色工作服、头戴安全帽的工人正进行勘测。上前一问，原来这是电网员工正在为新一轮农网改造升级工程进行

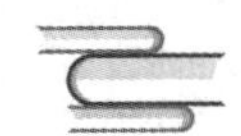

实地勘测。他们说："平陆新一轮农网改造工程已经开工，今年将投资1428万元，完成7个电气化村、6条10千伏线路改造和智能电能表更换配套工程。同时将完成6个自然村的路灯亮化工程。为更好地完成改造工程，我们多次到各个村进行勘测，挨家挨户了解用电需求。改造后的农村电网将满足农村未来10年的发展需求。"

这些年，平陆县的老百姓切身感受到了电力给他们生活带来的好处。2006年6月，平陆供电支公司实施了"户户通电"工程，先后投资750多万元，架设线路125公里，安装变压器59台，使49个自然村4293户村民用上了电。村民告别了油灯、蜡烛时代，祖祖辈辈过着"靠天吃饭"的农民终于走出了困境，开始了幸福的新生活。电，让村民的生活彻底发生了变化。因为有了可靠的电力保障，村民广开新的致富门路，有的搞养殖，有的种大棚蔬菜，有的办工厂，日子过得红红火火。

在圣人涧镇下郭村，听说我们来了解用电情况，村民们热情地围了上来，纷纷讲述电力给他们的生活带来的新变化。村民王刚娃告诉我们："现在，农村离了电可不行！随着这几年'家电下乡'，村里各家各户都步入了电气时代。我们家里6口人就有两台电视机，两辆电动车，三部手机，电磁炉、电冰箱、空调、洗衣机等家用电器也是样样俱全。每个月电费也不贵，五六十元，既简单又方便！"

村民李建设说："前些年，电压不稳，电视等家用电器经常启动不了，成了摆设。特别是遇到刮风下雨，经常停电。这几年，明显好多了，而且供电所服务也特别好。平日里甭管谁家有用电问题，一个电话，供电人员随叫随到。特别是针对村里的残疾人、孤寡老人、空巢老人，供电所专门建立了特殊服务人员台账，成立服务队上门收取电费、定期上门回访。听说我们村新一轮农网改造工程马上就要开始了，这真是幸福来敲门啊！"

光阴荏苒，时光飞逝。如今，平陆已形成以220千伏为电源支撑点，

110 千伏和 35 千伏为骨干网架，辐射全县的电网结构布局，为平陆经济腾飞插上了强劲的翅膀。我们相信，新一轮农网改造后的农村电网将更加科学、更加可靠、更加环保，也必将为这里的人们带来更加幸福更加美好的新生活。

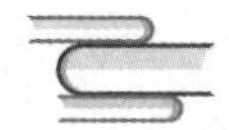

风翔太行 电亮万家

张宏艳 | 国网山西新闻中心

王东 宁静 | 国网晋城供电公司

阳城又名凤凰城，地处太行、太岳、中条三大山系交会处，是晋豫两省的接合部，历来是兵家必争之地。1938 年 2 月 25 日，中共中央北方局军委书记朱瑞率部进入阳城横河山区建立敌后抗日根据地。抗日战争时期，有上百位将军及后来成为将军的党的干部曾经在阳城战斗工作过。查阅《中共阳城历史纪事》，朱德、彭德怀、邓小平、李先念、薄一波等已故领导人的名字赫然纸上。时至今日，许多老人都还能忆起朱老总背着行军锅来到阳城的情景。

在阳城县北部的大宁村边，矗立着一座“九·三”纪念塔。塔的中央镶嵌着毛泽东主席的题词：“发扬革命传统，争取更大光荣”。半个多世纪过去了，这个英才辈出的地方，呈现出蓬勃发展的新风貌。

农村旧貌换新颜

凤城镇北安阳村四面环山。村民郑天喜一家祖祖辈辈靠着几亩地过日子，过去，累死累活也只能求个温饱。但自从村里建了陶瓷厂，郑天喜的生活彻底改变了。

“县里重点立项，在北安阳新建陶瓷工业园区，就是看中咱这儿的资源，咱这儿上好的土坯遍地都是。”看郑天喜侃侃而谈的样子，难以想象他几年前还是个两眼一抹黑的村民。“公路修通了，水电也接好了，政府在想方设法帮咱致富呢！”

郑天喜所在的金石陶瓷有限公司，是工业园区里规模较大的一个。成立之初，阳城供电支公司积极与园区联系，主动上门服务，受理申请不到一个月，就为这家陶瓷厂新装了两台 1600 千伏安、1 台 800 千伏安变压器，并于当月送电。如今，该厂月均用电量 180 万千瓦时，年产 600 万平方米中高档墙地砖。很多和郑天喜一样的村民走进陶瓷厂，加入了工业致富行列。

“我们的生产规模还在不断扩大，带动南部山区就业越来越多。”北安阳陶瓷工业园区综合办副主任吉金社说。

在北安阳村的街道上，我们已经看不见原先的低矮窑洞，取而代之的是一排排整洁漂亮的二层小楼，郑天喜的家也在其中。村里新建了休闲广场、棋牌室和计算机房，他吃过晚饭，就和妻子一起到广场跳舞、散步，其乐融融。

古韵皇城展新姿

全国人大代表、皇城相府集团董事长张家胜并不满足旅游景点业务。他的集团拥有煤炭开采、旅游开发、生物制药、建筑房产等多种产业，是标准的用电大户。今年 3 月，晋城供电分公司主要负责人专程走访张家胜，详细了解皇城相府集团电力设施建设及用电需求情况。

“集团要建设，电力需先行。旅游景区没有稳定的光源照明不行，农业生态园没有恒温设施不行，采煤制药少了用电设备也不行。供电企业的优质

服务就是对我们集团的最大支持。”张家胜如是说。

现代化的产业经营理念，在皇城村这片古老的土地上绽开新芽。仅仅13年的创业历程，整合生态园、九女仙湖、山城工业园等资源板块，皇城相府风景区面积扩至15平方公里，年接待游客百万人次，综合收入3亿元。皇城村也成了远近闻名的富裕村。

电力托起宜居城

2010年10月19日，是阳城人至今仍然津津乐道的大日子。这一天，阳城县十二大重点工程胜利竣工并投入使用，标志着“十一五”完善城市基础设施建设、打造生态宜居县城的规划得以实现。骏马岭森林公园、第二供水厂、游泳馆等项目的建成，正在一天天成为县城新地标。华灯初上时，获泽河两岸流光溢彩，水天相映，风景这边独好。

“优质服务不是挂在口头上就行，它贯穿于平时一点一滴的行动里。”凤城供电所所长李天平说。十二大工程在建时，阳城供电支公司就提前开辟了业扩报装绿色通道，优先保证电力供应，为工程顺利进行和如期建成发挥了巨大的推动作用。

西关居民卫粉兰告诉记者：“我从小就在县城长大，哪想过有一天能变得这么漂亮！十几年前，县城只有一条宽不到十米的主干道兼商业街，平时尘土飞扬，一下雨就泥泞遍地。后来陆续开辟了南环路、新阳街等，县城范围不断扩大，街市面貌和以前相比啊，真是一个天上，一个地下。”

阳城供电支公司经理李水龙说：“为革命老区经济发展供好电、服好务，是我们义不容辞的责任，也是我们对老区人民的庄严承诺。”

近年来，该支公司先后投资1.1亿元实施农网完善工程，35千伏及以上变电站全部实现双电源双主变供电，不仅使阳城全县供电水平明显提高，而

且为坚强智能电网建设打下了坚实的基础。2010 年 11 月，阳城支公司被国家电网公司命名为县一流供电企业。今年，阳城供电支公司又在晋城市率先启动了新一轮农网改造升级工程，5 月建成了全市首个智能化电能表集中管理的台区。

如今的阳城县，立交飞架，楼宇林立，水秀山青，恰似一只美丽的凤凰在太行山展翅翱翔。从战火纷飞年代中走来的阳城人民，在新时期更加自信，更加从容，在建设美好家园的同时，也体味着被明亮和宽广所定义的、如常而真实的幸福。

点亮老区　幸福发展新生活

金霞｜国网山西电力

孟志捷　要晓丽｜国网大同供电公司

平型关位于我省东北部，是晋东北的一个咽喉要道，两侧峰峦叠起、陡峭险峻，左侧有东跑池、老爷庙等制高点，右侧是白崖台等山岭，自古就是兵家必争之地。

1937 年 9 月 25 日，八路军 115 师在平型关伏击日军第 5 师团 21 旅团辎重队，歼敌 1000 余人，这是全国抗战爆发以来的第一个歼灭战，是八路军出师华北抗日战场后的首战大捷，极大地鼓舞了全国人民的士气。如今，平型关已成为大同红色旅游景区。

白崖台，平型关脚下的一个乡，依着大山，在茂盛葱绿的植被掩映下，25 个自然村的 1287 户人家像星星一样点缀在这片曾让全中国点燃抗战信心的土地。曾经爆发激烈战争的白崖台乡已迥异当年，农网改造、新农村建设、路灯亮化等一系列电力惠民政策实施后，白崖台乡从点油灯到电网供电，再大步跨越到现代化电网集约供电，折射出革命老区灵丘县电力工业 60 年发展的历程。

解放前：点油灯的日子

敲开平型关脚下退休老干部张敬洁家门，和老人聊起了电的事情。说起解放前没电的日子，张老感慨万千：那时老百姓哪懂得电，村里缺衣少食，大家白天下地干活，晚上点麻油灯缝衣补袜，油灯熏得人眼睛都不好使了，熬得时间多了就眼红、流泪，视力越来越差，特别是那些妇女们，没几个眼睛好的。那时，磨面靠的是手工推碾子，人受的都是骡马的罪。有的老百姓点不起油灯，只能是趁天亮就吃饭，天一黑就睡觉。看到电视机里正播报新闻，张敬洁老人又有了话题：“过去，老区山高路陡，外出不方便，外面是什么样儿我们都不知道。现在村里有了电，家家有了电视机，咱老百姓足不出户便知道天下事了。”

改革开放：眼明心也亮了

灵丘电力大规模发展是在改革开放后。迅速发展的地方经济，不仅加剧了电力供需矛盾，而且推动了灵丘电网快速发展。

走进灵丘供电支公司新盖的办公大楼，翻开陈年的资料，我们了解到：1981～2002 年，灵丘先后建成 1 座 110 千伏变电站、5 座 35 千伏变电站，全县形成了以大电网为依托，110 千伏变电站为框架，35 千伏、10 千伏电力设备相配套，结构比较完善，调度比较灵活的统一电网。至 2000 年年底，灵丘电网有 35 千伏及以上变电所 5 座，容量 74750 千伏安，基本上形成了大电网供电的格局。

白崖台村党支部书记冯二小说，老百姓真正觉得有奔头了是村里有了第一台磨面机、第一台鼓风机、第一台电视机。六七十年代虽然有了电，但电

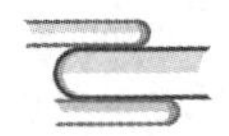

压不稳，常停电。改革开放后，村里有了自己的变压器，接着，线路也进行了改造，家家买了电视机。“晚上在村口高地看村子，那个亮堂劲儿，让人心里也觉得亮堂。”

省公司积极配合省政府实施小火电机组关停计划，“十一五”期间，共关停小火电机组 316 万千瓦，加强了小火电机组关停后的电网调度管理，并对机组关停后的配套电网实施改造。目前，因我省霍州电厂、娘子关电厂、神头一电厂、漳泽电厂、太原一电厂、太原二电厂等小机组关停，已投入配套电网改造资金约 8 亿元，已开工在建的项目投资估算约 10 亿元。

履行企业责任　引导社会低碳发展

节能减排是关系我国经济社会可持续发展、构建社会主义和谐社会、造福子孙后代的大事，也是当前我国经济社会发展的一项重要而紧迫的任务。省公司在加快电网发展和公司发展的同时，积极履行社会责任，大力推动节约用电技术、政策的宣传和实施，促进全社会节能减排。

省公司利用分布在全省的电力营业厅以及各种优质服务活动，积极宣传节能技术、节能知识，将制作的节能宣传材料发放给用户，引导用户节约用电。2008 年，省公司自行购置 3 辆纯电动汽车，开展供电服务及宣传活动，充分展示纯电动汽车节能、零排放的良好性能。2010 年又投资 3000 多万建设电动汽车充电站、充电桩，积极推动和引导新能源汽车发展。

为加强需求侧资源管理，省公司所属各分公司积极配合当地政府制定有序用电方案，并对各支公司有序用电方案、错避峰方案进行审核，提出调整意见，对高耗能、低产出的企业用电严格实行错峰、避峰、限电，对不符合产业政策与规划布局、高污染的企业限制或停止供电。

与此同时，省公司认真落实国家电网公司关于“三节约”活动的要求，充分利用网站、报刊等媒体在公司系统大力进行宣传，号召广大员工节约一分钱、节约一张纸、节约一寸导线，让员工真正认识开展“三节约”活动的目的和意义，增强员工的节约意识。

“奉献清洁能源，建设绿色电网。”绿色发展是电网发展的要求，也是责任，省公司扛起节能减排责任大旗，输送着更加绿色的电力。在全社会低碳发展的过程中，始终闪亮着一抹国网绿，彰显着“国家电网”品牌形象。

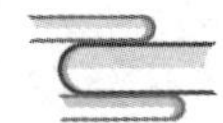

英雄故里展新姿

雷利　刘振梅 | 国网山西新闻中心
郭灵芝　温永刚 | 国网吕梁供电公司

刘胡兰，我省文水县云周西村人（现已更名为刘胡兰村）。1946 年 12 月 21 日，刘胡兰参与暗杀云周西村村长石佩怀的行动，当时的山西省国民政府主席阎锡山派军于 1947 年 1 月 12 日将刘胡兰逮捕。因为她拒绝投降，被铡死在铡刀之下，时年 15 岁。刘胡兰是已知的中国共产党女烈士中年龄最小的一个。毛泽东同志当年为其题词："生的伟大　死的光荣"。刘胡兰以她的高贵品格、革命气节和英雄壮举铸就了光照千秋、激励后人的"胡兰精神"。

在庄严肃穆的刘胡兰纪念馆，刻有毛泽东同志亲笔题词"生的伟大　死的光荣"的纪念碑巍然屹立，仿佛在诉说着年轻女英雄的动人故事。

而今，在英雄故里，街头巷尾仍传诵着刘胡兰从容不迫、慷慨就义的故事。在党的富民政策指引下，文水县胡兰镇发生了翻天覆地的变化，笔直的街道、林立的商铺、忙碌的企业……一派社会主义新农村的繁荣景象。

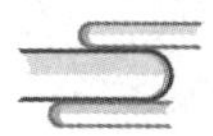

日子越过越红火

胡兰镇保贤村以肉牛养殖、屠宰、冷冻、生熟肉加工为龙头带动经济发展。近年来随着中小型冷库不断增加，已运行多年的电力设施老化严重，村民生产生活用电受到了较大影响。

2010 年 7 月，胡兰供电所组织 20 多人的施工队伍，经过 8 天的奋战，为该村新增 1 台 200 千伏安变压器，并对原有的 3 台 100 千伏安公用变压器进行了增容，新架及更换导线 3.8 公里。今年春节前两天，村委会主任梁金柱带着村里的锣鼓队和秧歌队到供电所表示感谢。老梁高兴地告诉我们："以前，村里电力线路严重老化隐患多，现在可好了，家用电器能正常使用，发展副业也有了保障，我们农民心里真高兴啊！"

刘胡兰村村民陈双安开办了一座小型养鸡场。盖好鸡舍后，他到胡兰供电所申请装表接电，原本以为怎么也得一个星期，没想到当天下午供电所就派人进行现场勘测，前后仅用了 3 天时间，就为鸡场架设了低压线路，铺设

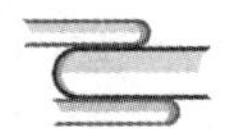

了照明线路，还帮助安装了两台饲料搅拌机。现在，陈双安的养鸡场经营得红红火火，一家人的生活也越来越好。

回想起养鸡场开办初期的一幕幕，陈双安抑制不住内心的激动说："我对电是啥也不懂，供电所的人帮着我计划，用什么线、怎么走线不浪费，安全用电知识及注意事项都讲给我听，既给我节省了不少钱，又让我能安全用电。我心里特别感谢。"

该村村民胡志刚对此也有同感。5 年前，胡志刚看村民生活水平不断提高，对居住环境的要求也越来越高，就多方筹措资金开办了一个装潢材料门市部。胡兰供电所及时派人来现场勘测，并制定供电方案，用了不到 3 天的时间就办好了送电手续。此后，只要门市部有用电问题，一个电话，供电所员工很快就来帮助处理。有了可靠的电力保障，胡志刚的生意也越做越大。

提到胡兰供电所，他竖起大拇指："供电所的服务就是好，他们给烈士家乡增光添彩！"

发展越来越强劲

文水大象禽业有限公司经过 20 多年的发展，已成为集种禽繁育、饲料加工、肉鸡屠宰、蛋品贸易为一体的国家级农业产业化重点龙头企业，2010 年实现销售收入 19.5 亿元。

"我的企业能发展到今天，供电企业对我们的帮助很大，总的来说就是供用和谐。"省人大代表、该公司董事长吕瑞锋深有感触地说。

2009 年，该公司食品屠宰二车间正式上马，需更换旧电力设施。胡兰供电所组织人员连续奋战 10 天，对破损的电杆和老化的电线进行更换，为该公司年屠宰 1500 万只肉鸡生产线的正常运行提供了有力的保障。

中孚酒业有限公司是胡兰镇最大的酿酒企业，年产酒量 9000 余吨。由

于缺乏电力技术人才，该公司在维护电力设备上犯了难。胡兰供电所在加强服务的同时，每月派人给该公司机电部员工上课，为该公司培养了几名技术过硬的电工，有力地保证了企业用电设备的正常运转。该公司负责人表示，没有可靠的电力供应，没有供电所的优质服务，就没有“文水酒业大户”这块金字招牌。

服务越来越周到

近年来，作为我省红色教育基地，刘胡兰纪念馆接待的游客累计已超过1300万人次。随着纪念馆规模的扩大，用电容量越来越大。距纪念馆不到600米的胡兰供电所将为该馆供电的变压器容量由原来的50千伏安增容为160千伏安，确保“近邻”可靠用电。

拥有55名员工的胡兰供电所，担负着两个乡镇、44个村、23472户居民用户、2191个企业的电力供应、电网检修、维护和供电服务任务。面对繁重的工作任务，在所长温永刚的带领下，该所不断强化服务意识，提高服务水平，真正做到了“让政府满意，让客户放心”。该所先后荣获国家电网公司“农电示范窗口”，省公司“一流供电所”“先进供电所”等称号。

今年3月21日晚7时，胡兰镇保贤村东10千伏线路的8根电杆因春浇地软连续倒杆。胡兰供电所组织由10名工作人员组成的抢修队，迅速赶

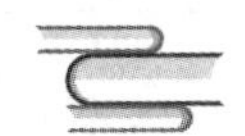

往抢修现场。土地软得像沼泽，人一进去就陷在冰冷的泥水中，但队员们全然不顾，连续抢修4个多小时，使该线路恢复供电。

这样的事例还有很多。用该所负责人的话说，在英雄的家乡工作，总有一种精神激励着大家努力工作，默默奉献。

重大纪念性报道的大胆创新

——《山西电力报》纪念建党90周年报道回顾

雷　利　刘振梅

7月1日，当《山西电力报》全彩、八版、铜版纸印刷的"建党90周年珍藏版"继"建党90周年特刊·红色记忆"之后，再次以恢宏气势呈现在山西省电力公司各级领导、广大职工及读者面前时，又一次赢来了声声喝彩，将纪念建党90周年宣传报道推向了高潮。在"纪念建党90周年"这一重大纪念性报道中，《山西电力报》以提高报纸影响力、增强舆论引导力为目标，按照新闻传播规律，精心策划、大胆创新，全方位、立体式、多角度展开宣传，突出"主题鲜明、彰显特色、挖掘深度、提升效果、面向未来"的特点，使纪念建党90周年报道在浓墨重彩、庄重大气中凸显吸引力、感召力。

精心策划　主题鲜明

古人云：凡事预则立，不预则废。今年，《山西电力报》把"建党90周年"新闻宣传这一要求更高、分量更重的重大纪念性报道作为新闻宣传的重中之重。早在3月份，就围绕缅怀党的光荣历史，歌颂党的丰功伟绩，全面展示山西省电力公司发展业绩，展示公司各级党组织和广大党员的精神风采，激励各级党组织和广大党员创先争优、开拓进取，为公司幸福发展提供强大动力进行宣传策划，一是创新理念，体现行业特色；二是创新思路，寻找不同视角；三是创新内容，报道鲜活题材；四是创新形式，力求丰富多样；五是创新方法，贴近受众需求，力求此次报道出新出彩、不同反响。

经过精心策划，《山西电力报》宣传思路明确，主抓了以下五个方面：一是及时跟进省公司有关纪念建党90周年重大活动及创先争优活动，营造浓厚氛围；二是及时报道省公司11项重大引领工作成果，以一流业绩向党的生日献礼；三是以山西在我党、我国历史上有重大影响的县为依托，主打推出"重走红色路 电亮新生活"大型采访活动；四是联合省公司有关部门，以征文、对话、专版等形式，大力宣传省公司先进基层党组织和优秀党员的典型事迹。五是开展"铭记党恩、幸福发展"征文活动，歌颂伟大的党、伟大的祖国，歌颂山西电力事业的辉煌成就。报纸以"纪念建党90周年"为标记，相继开辟"创一流工作业绩、向党的生日献礼 全力推进11项重大引领工作""重走红色路 电亮新生活""我身边的共

051

光明洒太行　银线跃清漳

张一龙｜国网山西新闻中心
李斌｜国网晋中供电公司

雄踞太行屋脊，东瞰河北平原，位于太行山腹地的晋中市左权县，是中国极少的以人名命名的地区之一。1942 年 5 月，国民革命军第八路军副总参谋长左权将军在此抗击日本帝国主义侵略时，以身殉国。1940 年 11 月～1945 年 8 月，彭德怀、邓小平等老一辈革命家，在这里运筹帷幄，指挥着华北军民的抗日战争，载入中华民族的革命斗争史册。

巍巍太行山雄奇秀美，滔滔漳河水蜿蜒曲折。放眼左权，一根根银线飞跃清漳河两岸，将源源不断的电流送往企业厂矿、建设工地和千家万户，为保障革命老区科学发展发挥了不可替代的作用。这一切都凝聚着左权供电支公司奋力开拓的心血和汗水。

照亮大山深处

6 月中旬，记者前往左权将军牺牲的麻田镇北艾铺村十字岭。由于清漳河水的滋润，一路上山岭草木繁茂，美景宜人。多年来，越来越坚强的

电网不断向大山深处延伸，使这片红色沃土焕发出新的生机。

北艾铺村党支部书记范海云告诉我们，现在全村 90 多户人家，电视机家家都有，80% 的人家有电炊具，自 1982 年村子通电以来，农民的生活真是“大变样”。他说，现在村里一个 50 千伏安的变压器已经明显不够用，村里已经向支公司递交了再上一台 100 千伏安变压器的申请。

近年来，左权供电支公司持续推进电网建设，围绕县域经济发展，着力搞好供电服务，努力为全县经济社会发展提供坚强的供电保障。2010 年，作为全市范围内首家与县政府签订《共同推进左权农村电网建设线路合作协议》的供电公司，晋中供电分公司加快新一轮农村户改工程、努力改善农村用电环境。左权供电支公司狠抓电网建设，狠抓项目落地，2010 年相继投运了 220 千伏辽阳站和 110 千伏漳河站，并在年底前确定了 110 千伏丰垴站的建设项目。同时还开展了粟城 35 千伏站、石港口 35 千伏站和堡则 35 千伏站的增容改造。

“现在真是离不了电了！”麻田村原党支部书记张树琪老人告诉我们，有一次他家里来了客人，电炊具不够用，但他找遍全村也没有找到一个煤气炉。这件事对他触动很大，不知不觉中，“电保姆”已经走进百姓生活的方方面面。

新农村路灯亮化工程是继“户户通电”工程之后的又一“民心工程”。从 2010 年 7 月至今年 6 月以来，左权县先后对 17 个村进行了路灯亮化，街道上亮起了路灯，让当地的农民迎来了亮堂堂的日子。当地老百姓在路灯送电的那天晚上，坐在路灯下吃饭、聊天，高兴得合不拢嘴。在东隘口村，干净整洁的街道两旁，耸立着整齐的路灯。每到晚上，一排排的路灯就亮了起来。东隘口村党支部书记说：“我们也像城里人一样，晚上出来逛时再也不用深一脚、浅一脚了！”

截至 2010 年年底，该县共建成电气化村 5 个，路灯亮化村 55 个。目

前 10 千伏麻田线改造工程和 7 个路灯亮化村建设工程及农村户表改造工程正在实施，城区用电采集系统智能化电能表安装工程也即将启动。

点亮幸福生活

左权县地处群山沟壑之中，交通的闭塞一方面使这里保持了良好的生态环境，另一方面造成了经济发展的迟缓和落后。左权供电支公司负责人表示：“近年来，随着‘庄园经济’的迅猛发展和多条高速公路的开工建设，左权县正面临发展的重大机遇。在服务好重点工程的同时，着力服务好‘三农’，是电网企业促进老区崛起的重要工作。”

2011 年 5 月，正是抗旱之时，桐峪镇中庄村村委主任刘乃江来到桐峪供电所咨询安装一台变压器为农民浇地打井。所长了解情况后，立即向支公司咨询，办理好各种用电手续。随后，供电所人员实地勘察地形、确定线路的走向，制出草图，确定供电方案，电话通知大家准备架线安装变压器。

5 月的天气，炎热难熬，职工早出晚归，埋头苦干，每次从电杆上作业下来都是汗流浃背，可是他们都从未叫苦。两天来，他们共架设 10 千伏线路 1 公里，安装 50 千伏安变压器 1 台。工程完工后，刘乃江高兴地握住施工队员的手说：“太感谢你们了，确保了我们村蔬菜、水果灌溉需要，这可都是老百姓的命根子啊！”

在今年 4 月实施“校园安全工程”校门改造时，麻田小学教工发现为其供电的变压器台区正好位于新规划校门处，变压器台区下还经常停放各种车辆，严重威胁过往学生的安全。校方抱着试试看的态度将迁移变压器台区的请示送到了左权供电支公司。第二天，左权支公司设计、施工人员风尘仆仆赶往麻田小学，现场组织勘察，并敲定施工方案。临近中午，麻田供电所当

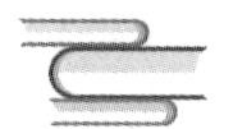

即进行了施工组织，从施工方案制定到材料组织，从杆塔迁移到变压器台区组装，一切工作有条不紊，仅用两天时间就完成了工程施工。

在当年拍摄电影《老井》的石玉交村，原村支书吕富成感触地说："现在的农村盖上了新瓦房，村村都有了水泥路。城里人能享受的家用电器，农村人基本上也用上了，电视机、电冰箱、洗衣机、电风扇、电热毯、电饭煲、电茶壶、电炒锅，基本上家家都有。曾经缺水的旱村子，现在家家都有了24小时供应的自来水，再也用不着到十几里外去挑水了，谁能想到老井村也能电气化！"

"心系百姓冷暖，服务老区发展。"这是左权供电支公司秉承"真诚服务、共谋发展"服务理念做出的郑重承诺。

5.“报”在一起　众志成城

1986 年 7 月 1 日,《山西电力报》正式创刊。

作为山西省唯一公开发行的电力行业报纸和山西省电力公司主办的企业报,《山西电力报》始终与山西电力发展同呼吸、共命运，始终坚持新闻“三贴近”原则，以“四个服务”为己任，把握正确的舆论导向，全面及时记录山西电力发展的辉煌成就，客观真实反映省公司的决策部署，大力宣传公司系统骄人业绩，为扩大企业影响力、提高企业知名度，塑造企业新形象、提升企业软实力发挥了积极作用，以新闻文化的力量推动了山西电力的发展进程。

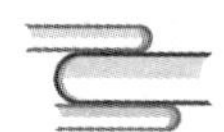

实至名归的山西省一级报纸

王震华 | 《山西工人报》原总编辑　山西新闻出版局审读员

创刊于 1986 年 7 月的《山西电力报》已经走过了 25 年的完美历程，在这喜庆生日之际，谨以此文表示衷心的祝贺。

《山西电力报》25 年的历程的确是完美的：这种完美，在不断摸索中塑造，在开拓创新中完善，在一步一个脚印的节点中步步提升。

她从创刊初期的四开周刊小报，发展到现在的对开周二刊大报；她从创刊时的手工落后操作方式，发展到 2009 年的"电子报"，所有工作程序实现了网上运作，在我省行业报界独树一帜；她从创刊之初的不显山、不露水，完美度逐年提升，到目前已连续 8 次获评"山西省一级报纸"……

25 年来，《山西电力报》坚持"围绕中心、服务大局，立足电力、面向社会，引导职工、激发热情，优化氛围、促进发展"的方针，已成为宣传电力方针政策的阵地、晋电行业互相交流的窗口、客户增长用电知识的益友、读者了解晋电发展的平台。

作为报纸审读员，《山西电力报》给笔者的第一印象是：版面舒展悦目，报道脉络清晰，典型生命力强，视角瞄准基层，言论旗帜鲜明，副刊可读性强。

《山西电力报》的版面，结构协调，搭配合理，图文并茂，屡有创新。笔者曾获赠该报2008年的缩印合订本，这是该报的集中展示，不啻一件精美的工艺品。

《山西电力报》的报道，既要围绕省公司的常规工作，又要服务省公司的重点举措，在一般人看来，每年年初的省公司“两会”、春检、迎峰度夏、年中工作会等等几成套路，报道也容易陷入模式化的窠臼。然而，《山西电力报》在常规内容的报道上，年年有侧重，年年角度新，而面对省公司的近期重点工作，该报则采用专访、征文、理论研讨、典型示范等多种形式，进行深度报道。总之，山西省电力公司近期在抓什么，看了《山西电力报》就会一目了然。

《山西电力报》十分注重抓典型，并善于发挥典型的示范作用。近年来，该报所宣传的临汾供电公司优秀离休干部解黎明、省电建二公司优秀项目经理范家顺等一批先进典型，不仅在我省产生了巨大反响，而且在全国电力系统也产生广泛影响。与此同时，各方面的大小典型不断。尤其是在重大事件（如南方抗击雨雪冰冻灾害、汶川抗震救灾、王家岭保电救援等）中，也将发现的典型以小故事或大通讯等多种形式予以刊发，长流水、不断线，使报纸充满活力。

《山西电力报告》把视角对准基层，广开专栏，报道基层工作情况和一线职工的苦乐，不仅激发了基层职工干事创业的积极性，而且让他们找到了对照的榜样，知道该怎么干。

《山西电力报告》十分乐于和精于发挥言论的作用。社论、评论员文章是围绕省公司重大事件撰写的，而各种小言论期期都有。尤其是2010年以来开辟“编采者说”“管理者说”“执行者说”，更是贴近实际。言论把报纸的旗帜树立起来了，对深化报道，引领思想、产生了积极作用。

《山西电力报告》的“彩虹副刊”颇具特色，它不是各种体裁文艺品的

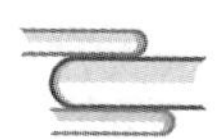

拼凑，而是围绕某个话题，按照群众关心的热点、焦点问题，通过轻松的、各抒己见的方式达到教育的目的。如“80 后”生活、世界杯、低碳生活、考生心语、幸福发展等，其针对性、平易性、贴近生，产生了可读性。

作为山西电力报社同仁的朋友，笔者在与他们接触时总有一种向上的感觉，这种“向上”，是由和谐和敬业作支撑的，这也正是《山西电力报》成功的根本原因。

和谐是《山西电力报》环境的主氛围，在这个集体中，领导关心编采人员，编采人员体谅领导，分工有所不同，相互配合融洽；制度自觉遵守，工作和生活在这样一种不扯皮、不内斗，上下同心、和衷共济的氛围中，不提心吊胆，无后顾之忧，就没有办不好的事。

《山西电力报》的同仁是敬业的，特别是近年来，认真落实国网山西省电力公司党组加强作风建设和履职能力建设的部署，从自身不断完善提高做起，人人着力于干好本职工作，个个用心开拓创新，想点子、下基层、出奇招、推品牌，你追我赶、奋勇争先，正是这种敬业精神的驱使，报纸越来越干净（差错率在全省报纸中是较低的），版面越来越多彩，报道越来越深刻，副刊越来越引人。《山西电力报》也由此受到省公司领导重视、关注和全省电力职工的认同和喜爱。

《山西电力报》被评为“山西省一级报纸”，是实至名归的。

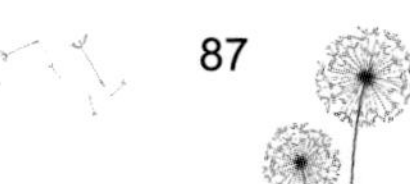

坚持正确舆论导向　高奏三晋电力强音

祝福训｜山西省记协原副主席　山西省报纸审读员

正当举国上下奋力开创“十一五”规划良好开局之际，迎来了《山西电力报》20 周年华诞。在此，向电力报社新闻同仁致以诚挚的敬意和热烈的祝贺！

走过 20 年风雨历程，《山西电力报》作为山西电力战线唯一的一张行业报，始终坚持正确舆论导向，高奏三晋电力强音，忠实记录了山西电力建设改革开放蓬勃发展的历史，热情讴歌全省电力系统新人新事、新风尚、新经验、新成就，为电力事业的发展做出了重要贡献。

经过 20 年的办报实践，《山西电力报》由小报到大报，由黑白铅印到彩色胶版，不断提高报纸质量，不仅办出了自己的鲜明特色和风格，而且取得了显著成绩，先后获得全国“百优”企业报、华北优秀电力报、全国“十佳”电力报、山西省一级报纸、全国优秀企业报等荣誉，成为当今省内外一张颇有影响的报纸。这是电力报社历届编委会在省电力公司历届党组（省电力局党委）正确领导下，带领报社全体工作人员共同努力的结果。可以说，《山西电力报》每一步前进的足迹，都凝结着老一代、新一辈办报人员的智慧和心血，都体现着广大读者的关爱和支持。

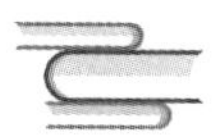

纵观《山西电力报》的办报特色，特别是近些年来随着深化报纸改革的进行，不断加大从内容到形式的改革力度，经过多次报纸改版，破除旧框框，开辟新栏目，扩大报道量，增加信息量，报纸凸显出四大亮点。

一是抓典型，先进模范连续不断的亮点

“各条战线的先进模范人物是走在时代前列的光荣战士，他们的先进思想和模范行动是推动我国社会主义现代化事业不断前进的动力。”（邓小平语）《山西电力报》从20世纪80年代对全国劳模、省电建公司总工程师张务祺的典型报道，到21世纪初对全国离休干部先进个人解黎明的典型报道，在全省乃至全国产生了强烈反响。20年来，《山西电力报》抓典型连续不断，在不同时期先后推出了许许多多获全国、全省“五一劳动奖章”的先进模范，在全省电力战线打得很响。比如，近年来关于太原供电分公司“共产党员号”、长治分公司供电所所长程国庆等先进典型报道，有力地推动了“优质服务”活动的开展。同时，报纸还开设了“技能明星”“优秀班组长”栏目，对活跃在生产一线的“凡人新事”进行报道，使广大职工学起来看得见，比起来摸得着，感到格外亲切。

二是抓言论，报纸旗帜鲜明的亮点

新闻评论是报纸的旗帜和灵魂。《山西电力报》围绕省公司党政领导不同时期的中心工作，针对现实生活中普遍意义或亟待解决的热点问题，运用社论、评论员文章、短评、编者按语、专栏小评论等，发议论，讲道理，从理论和实际的结合上启发和诱导读者。除重大节日或事关全局的大事发社论外，一版的“每周谈”，二、三、四版的“一事一议”、“大家谈”专栏小评

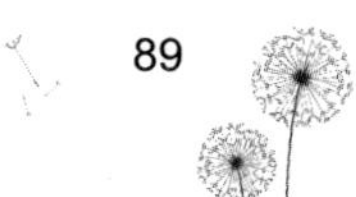

论期期都有。虽然这些小评论还有待进一步提高写作质量，但其中确实有不少是写得较好的，说事明理，尖锐泼辣，针砭时弊，对于统一广大职工思想和行动，起到了积极作用。

三是抓图片，报纸版面图文并茂的亮点

一位外国新闻专家说："一张优秀的现场新闻照片，往往使 1000 个形容词相形见绌，"此话言之有理。好的新闻图片具有视觉冲击力，可以一下子吸引读者的眼球。《山西电力报》除不定期推出摄影专版，在近来日常的报纸中每期平均刊登新闻照片也有 8～10 张，大多是记者或通讯员在现场捕捉的精彩瞬间，现场感强，形象逼真，再现了电力职工的风采和一线动人的场面，使报纸图文并茂，成为报纸的一大亮点。值得一提的是，随着数码相机的普及，许多电力职工拿起相机，拍摄身边的人，反映身边的事，使新闻照片鲜活生动，也为报纸增亮添彩。

四是抓副刊，突出电力企业文化亮点

《山西电力报》原有的"电花"副刊就办得不错，改为"彩虹"副刊后进一步提高了质量，加强了每期策划，更加好看。无论"彩虹"文艺副刊、"理论与实践"理论副刊，其作品除少数向名家约稿，大多数作品出自电力职工之手。他们运用散文、诗歌、小说、随笔、绘画、书法等艺术形式，反映电力战线改革开放的激情岁月，抒发电力人豪迈直爽、大气凛然的情怀，讲述曲折动人的故事，充满浓郁的生活气息，突出了电力企业文化的亮点。

以上这四大亮点，主要体现了《山西电力报》的特色。当然，这四大亮点也不是完美无缺，仍需要进一步改进和提高。同时，随着广大读者阅读水

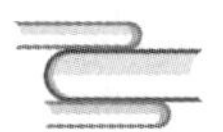

平和欣赏能力的不断提高，随着媒体之间新闻竞争的日趋激烈，特别是向全面小康社会进军日益繁重的新闻宣传任务，还要以更高的标准要求报纸再上新台阶，再做新贡献。

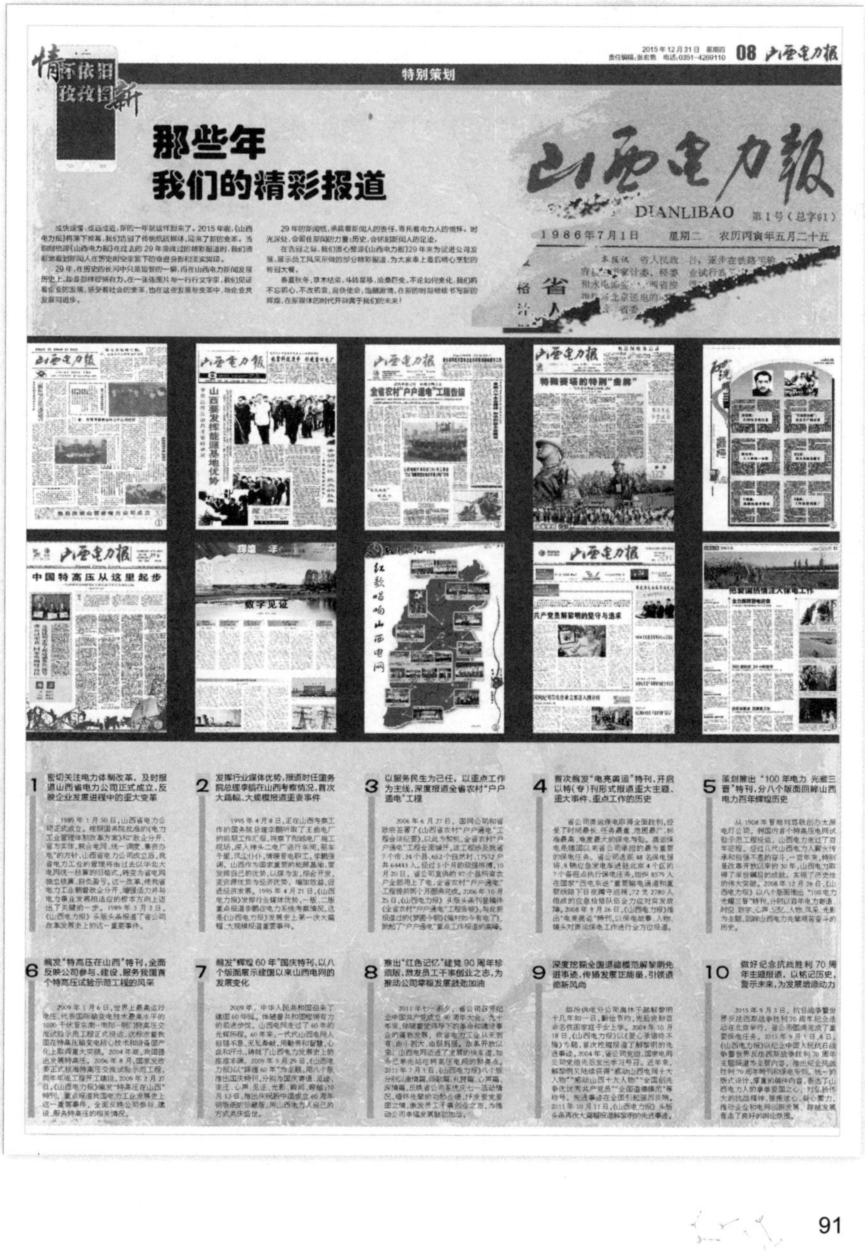

2015年12月31日 星期四 责任编辑：张宏艳 电话：0351-4269110 08 山西电力报

特别策划

情怀依旧 致敬图新

那些年 我们的精彩报道

或快或慢，或远或近，新的一年就这样到来了。2015年底，《山西电力报》将落下帷幕，我们告别了传统纸质媒体，迎来了新的变革。当翻阅整理《山西电力报》在过去的29年里镌刻过的精彩报道时，我们清晰地看到新闻人在历史时空里留下的奋进身影和坚实脚印。

29年，在历史的长河中只是短暂的一瞬，而在山西电力新闻发展历史上，却是那样铿锵有力。在一张张图片与一行行文字里，我们见证着企业的发展，感受着社会的变革，也在这些发展与变革中，与企业共发展同进步。

29年的新闻纸，承载着新闻人的责任，寄托着电力人的情怀。时光深处，会留住新闻的力量；历史，会铭刻新闻人的足迹。

在告别之际，我们潜心整理《山西电力报》29年来为促进公司发展、展示员工风采所做的部分精彩报道，为大家奉上最后精心烹制的特别大餐。

春夏秋冬，草木枯荣，斗转星移，沧桑巨变。不论如何变化，我们将不忘初心，不改初衷，肩负使命，饱蘸激情，在新的时期继续书写新的辉煌，在新媒体的时代开辟属于我们的未来！

山西电力报 DIANLIBAO 第1号（总字01） 1986年7月1日 星期二 农历丙寅年五月二十五

1 密切关注电力体制改革，及时报道山西省电力公司正式成立，反映企业发展进程中的重大变革

1989年1月30日，山西省电力公司正式成立。按照国务院批准的《电力工业管理体制改革方案》和"政企分开、省为实体、联合电网、统一调度、集资办电"的方针，山西省电力公司成立后，我省电力工业的管理将由过去以华北大电网统一核算的旧格式，转变为省电网独立核算、自负盈亏。这一改革，使我省电力工业朝着政企分开、增强活力并与电力事业发展相适应的根本方向上迈出了关键的一步。1989年3月2日，《山西电力报》头版头条报道了省公司改革发展史上的这一重要事件。

2 发挥行业媒体优势，报道时任国务院总理李鹏在山西考察情况，首次大篇幅、大规模报道重要事件

1995年4月8日，正在山西考察工作的国务院总理李鹏听取了王曲电厂的前期工作汇报，视察了阳城电厂施工现场，深入神头二电厂进行车间，驱车千里，风尘仆仆，慰问晋电职工。李鹏强调，山西作为国家重要的能源基地，要发挥自己的优势，以煤为主，综合开发，变资源优势为经济优势，增加效益，促进经济发展。1995年4月21日，《山西电力报》发挥行业媒体优势，一版、二版重点报道李鹏在电力系统考察情况，这是《山西电力报》发展史上第一次大篇幅、大规模报道重要事件。

3 以服务民生为己任，以重点工作为主线，深度报道全省农村"户户通电"工程

2006年6月27日，国网公司和省政府签署了《山西省农村"户户通电"工程会谈纪要》，以此为契机，全省农村"户户通电"工程全面铺开，该工程涉及我省7个市、34个县、652个自然村、17572户共64443人。经过5个月的艰辛拼搏，10月20日，省公司直供的97个县所有农户全部用上了电，全省农村"户户通电"工程提前两个月圆满完成。2006年10月25日，《山西电力报》头版头条刊登稿件《全省农村"户户通电"工程告竣》，与此前报道过的《梦圆今朝》《俺村如今有电了》，掀起了"户户通电"重点工作报道的高峰。

4 首次编发"电亮奥运"特刊，开启以特（专）刊形式报道重大主题、重大事件、重点工作的历史

省公司奥运保电取得全面胜利，经受了时间最长、任务最重、范围最广、标准最高、难度最大的保电考验。奥运保电是建国以来省公司承担的最为重要的保电任务。省公司选派48名保电强将，8辆应急发电车进驻北京4个区的7个备班点执行保电任务，组织8579人在国家"西电东送"重要输电通道和重要线路下日夜蹲守巡视，72支2780人组成的应急抢修队伍全力应对突发故障。2008年9月26日，《山西电力报》推出"电亮奥运"特刊，以保电故事、人物、镜头对奥运保电工作进行全方位报道。

5 策划推出"100年电力 光耀三晋"特刊，分八个版面回眸山西电力百年辉煌历史

从1908年晋商刘笃敬创办太原电灯公司，到国内首个特高压电网试验示范工程投运，山西电力走过了百年征程。经过几代山西电力人薪火传承和自强不息的奋斗，一百年来，特别是改革开放以来的30年，山西电力取得了举世瞩目的成就，实现了历史性的伟大突破。2008年12月26日，《山西电力报》以八个版面推出"100年电力光耀三晋"特刊，分别以百年电力奢语、时空、数字、心声、记忆、人物、风采、光影为主题，回眸山西电力先辈艰苦奋斗的历史。

6 编发"特高压在山西"特刊，全面反映公司参与、建设、服务我国首个特高压试验示范工程的风采

2009年1月6日，世界上最高运行电压、代表国际输变电技术最高水平的1000千伏晋东南—南阳—荆门特高压交流试验示范工程正式投运，这标志着我国在特高压输变电核心技术和设备国产化上取得重大突破。2004年底，我国提出发展特高压。2006年8月，国家发改委正式核准特高压交流试验示范工程，同年年底工程开工建设。2009年2月27日，《山西电力报》编发"特高压在山西"特刊，重点报道我国电力工业发展史上这一重要事件，全面反映公司参与、建设、服务特高压的相关情况。

7 编发"辉煌60年"国庆特刊，以八个版面展示建国以来山西电网的发展变化

2009年，中华人民共和国迎来了建国60华诞。伴随着共和国铿锵有力的前进步伐，山西电网走过了60年的光辉历程。60年来，一代代山西电网人自强不息、无私奉献，用勤劳和智慧，心血和汗水，铸就了山西电力发展史上的座座丰碑。2009年9月29日，《山西电力报》以"辉煌60年"为主题，用八个版推出国庆特刊，分别为国庆赛语、足迹、变迁、心声、见证、光影、瞬间、辉煌。10月13日，推出庆祝新中国成立60周年铜版纸的珍藏版，用山西电力人自己的方式共庆盛世。

8 推出"红色记忆"建党90周年珍藏版，激发员工干事创业之志，为推动公司幸福发展鼓劲加油

2011年七一前夕，省公司召开纪念中国共产党成立90周年大会。九十年来，伴随着党领导下的革命和建设事业的蓬勃发展，我省电力工业从无到有、由小到大、由弱到强。改革开放以来，山西电网迈进了发展的快车道，如今已率先站在特高压电网的制高点。2011年7月1日，《山西电力报》八个版分别以激情篇、颂歌篇、礼赞篇、心声篇、深情篇，反映省公司系统庆七一活动情况，缅怀先辈的功勋业绩，抒发爱党爱国之情，激发员工干事创业之志，为推动公司幸福发展鼓劲加油。

9 深度挖掘全国道德模范解黎明先进事迹，传播发展正能量，引领道德新风尚

临汾供电分公司离休干部解黎明十几年如一日，勤俭节约，先后资助百余名贫困家庭子女上学。2004年10月18日，《山西电力报》以《爱心承诺终不悔》为题，首次挖掘报道了解黎明的先进事迹。2004年，省公司党组、国家电网公司党组先后发出学习号召。近年来，解黎明又陆续获得"感动山西电网十大人物""感动山西十大人物""全国创先争优优秀共产党员""全国道德模范"等称号，先进事迹在全国引起强烈反响。2011年10月11日，《山西电力报》头版头条再次大篇幅报道解黎明的先进事迹。

10 做好纪念抗战胜利70周年主题报道，以铭记历史，警示未来，为发展增添动力

2015年9月3日，抗日战争暨世界反法西斯战争胜利70周年纪念活动在北京举行，省公司圆满完成了重要保电任务。2015年9月1日、8日，《山西电力报》以纪念中国人民抗日战争暨世界反法西斯战争胜利70周年主题报道为主要内容，推出纪念抗战胜利70周年特刊和保电专刊，统一的版式设计，厚重的稿件内容，表达了山西电力人的拳拳爱国之心，对弘扬伟大的抗战精神，提振信心，凝心聚力，推动企业和电网创新发展，营造了良好的舆论氛围。

坚持“大专小” 办好企业报

《山西电力报》编辑部

日前，山西省2012年度报纸质量评审结果揭晓，《山西电力报》再次被评为“山西省一级报纸”，这是本报第10次获此殊荣。本报也成为山西唯一连续10年获此殊荣的企业报。

来之不易的荣誉，是山西电力报人辛勤劳作、共同努力的结果，更是他们把握定位、“大”字展亮点；放大优势，“专”字求突破；拓展功能，“小”字做文章，精心办好企业报的集中体现。本报还先后荣获“全国二十佳企业报”“全国优秀企业报”“全国电力行业十佳报纸”等称号。

把握定位 “大”字展亮点

报纸的定位关系到报纸的性质、宗旨及发展方向。作为山西省唯一公开发行的电力行业报纸和山西省电力公司主办的企业报，《山西电力报》始终定位于山西公司的主流媒体，定位于企业与社会沟通的桥梁，自觉以“服务山西公司党组、服务电力客户、服务发电企业、服务社会经济发展”为己任，突出员工宣传教育、团队精神塑造、品牌形象提升

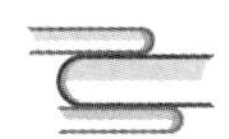

职能，积极宣传山西公司发展理念，倡导核心价值，反映员工意愿，营造和谐氛围，在服务企业中心工作中做到“大”字展亮点。

近年来，按照“对内凝聚员工人心、对外塑造企业形象”的思路，《山西电力报》注重主题引领、注重专题策划、注重典型塑造，成功策划推出“首届山西电网十大感动人物”“十一五发展看电网”“重走红色路　电亮新生活”“幸福发展一年间”“认同行榜样识身边好事”“决胜晋级年　献礼十八大”等大型主题报道活动，深入宣传了山西公司“三思三晋”工作方式和发展战略，广泛传播了特高压和智能电网发展优势，深刻反映了山西公司“三集五大”、晋级发展成果，挖掘选树了解黎明、李玉等一批“三专名人”“三晋好人”，全方位、多角度展示了山西公司的工作经验和亮点。

对于每次主题报道，《山西电力报》坚持策划先行，精心设计报道方案，编辑记者与基层通讯员联动采访，既有省公司层面的综合报道，更有基层鲜活亮点展示，报道深入、影响深刻，得到公司领导、广大员工和读者的广泛好评。

如，2012 年 4 季度，山西公司“三集五大”体系建设工作取得突破性进展，晋级发展目标基本实现。11 月，恰逢党的十八大胜利召开。为此，《山西电力报》特别策划了“决胜晋级年　献礼十八大”系列报道，推出“纪念特刊”2 期 12 个版，以及 8 个专版，版面统一设计，省公司层面 10 篇稿件以通讯形式编发，所属 12 个单位每家一个版面，通过 4 个栏目、多种题材报道，全面反映了山西公司跨步晋级的业绩、亮点，形成规模宣传效益。

放大优势　“专”字求突破

信息时代，随着电视、网络、手机等媒体以前所未有的速度进入人们的生活，以报纸为代表的纸质媒体在信息传播方式、传播时效、传播范围等方面越来越受到严峻挑战。面对这种形势，《山西电力报》及时调整思路，扬长避短，在权威解读、深度报道、把握特色上下功夫，加大专刊、专版、专栏编发力度，以“专”求突破，巩固和创新受众群体，形成独特传播效应。

“准”，突出权威性。《山西电力报》尊重读者的阅读习惯，以专刊、解读、聚焦等形式，及时准确传递电力行业政策法规，报道山西公司重要会议、重大决策部署，发布与人们生活息息相关的电力信息，以评论员文章引导舆论，以最准确权威的资讯释疑解惑，成为公司上下相互学习、指导工作、制定举措的好教材。

“深”，突出特色性。《山西电力报》逐步改变单纯信息报道的做法，注重揭示新闻背后深层次的内容。近几年，借改版之机，及时推出“企业管理”专版，开设“创新之道”“今日关注”等栏目，深度剖析公司工作经验，挖掘亮点形成的原因，解读员工关注、关心的热点、焦点问题。同时，借机策划“重走红色路　电亮新生活”等报道，反映山西公司各单位特色，给人以启迪和思考。

“实”，突出服务性。《山西电力报》在传播信息、强化指导功能的同时，注重满足不同读者的个性化需求。从版式设计上，由原来的 4 种版面扩展到现在 13 种，增加了企业管理、人物风采、视觉赏析、文化生活、观点纵横、热点话题等版面。同时，以重要节日和公司重大活动为契机，编发读者感兴趣的文章，让人文关怀贯穿日常报道，增强了报纸的阅读效果。

拓展功能　“小”字做文章

企业报必须立足企业，扎根在员工中间，反映一线人、一线事，这样的企业报才有生命力、才有活力。为此，《山西电力报》注重从小切口入手，选取小角度，宣传小人物，提升报纸的可读性。

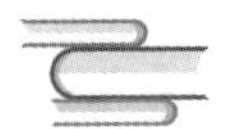

提倡新闻故事化。2011 年 8 月，《山西电力报》专门举办新闻故事化培训班，以“讲座 + 实战 + 点评 + 展示”的形式引导通讯员将新闻写活，写得让人更爱看。同时，深入开展“走基层、转作风、改文风”活动，开设“接地气　走基层　头条新闻竞赛”“聚焦农网改造升级”“新闻特写”“新闻故事”等栏目，编发基层一线鲜活稿件，逐步扭转通讯稿“正确不好看”的

坚持“大专小”　力求“鲜活美”

——《山西电力报》连续 10 次荣获“山西省一级报纸”称号的探索与实践

■山西省电力公司新闻中心　刘建国　雷利　刘振梅

【专题报道】

一、报纸情况

《山西电力报》创刊于 1986 年，目前为周二报，对开四版，每周二五出版，截至 2014 年 4 月 4 日，已出版 1785 期。在出版要闻版、综合新闻、电与社会、彩虹副刊四种常规版面的基础上，定期推出企业管理、特别报道、人物风采、企业文化、热点话题、视觉新闻等 8 种专版。

在山西省电力公司党组的正确领导下，在广大读者和电力员工的支持下，《山西电力报》先后荣获“全国二十佳企业报”“全国先进企业报”“全国电力行业十佳报纸”等称号，连续 10 次获得“山西省一级报纸”殊荣，成为山西唯一连续 10 年获此殊荣的企业报。

二、主要做法

在报道内容和形式上，坚持大专小，力求鲜活美，努力实现“发掘精彩，分享价值”的办报理念。

“大”：把握定位，“大”字展亮点。《山西电力报》始终定位于山西省电力公司的主流媒体，定位于企业与社会沟通的桥梁和纽带，自觉突出员工宣传教育、团队精神塑造、品牌形象提升职能，积极宣传公司发展理念，倡导核心价值，反映员工意愿，营造和谐氛围，在服务企业中心工作中做到“大”字展亮点。

围绕公司重大部署、重点工作、重要活动，《山西电力报》注重主题引领、注重专题策划、注重典型塑造，成功策划推出“首届感动山西电网十大人物”“十一五

2013 年特刊

发展看电网”“重走红色路　电亮新生活”“幸福发展一年间”“决胜晋级年　献礼十八大”“传递最美力量”等大型主题报道活动，深入宣传了山西省电力公司“三思三晋”工作方式和发展战略，广泛传播了特高压和智能电网发展优势，深刻反映了公司“三集五大”、晋级发展成果，挖掘选树了解黎明、李玉等一批“三专名人”“三晋好人”，全方位、多角度展示了公司工作的经验和亮点。

“专”：放大优势，“专”字求突破。面对纸质媒体在信息传播方式、传播时效、传播范围等方面越来越受到的严峻挑战，《山西电力报》及时调整思路，扬长避短，在权威解读、深度报道、把握特色上下功夫，加大专刊、专版、专栏编发力度，以“专”求突破，巩固和创新受众群体，形

10

通病。

报道一线小人物。坚持群众观点，深入一线，反映一线人一线事。2011 年，《山西电力报》在充分运用“身边的感动”等栏目连续报道一线先进人物事迹的基础上，组织策划了“首届山西电网十大感动人物”活动；2012 年，推出“认同行榜样、识身边好事”栏目，使解黎明、李玉、范家顺、赵巧云、李恒山等一批先进人物成为新时期电网人的楷模；今年又开设“传递最美力量”栏目，以先进典型拉近品牌认同。

正确处理“长与短”。《山西电力报》大力提倡短、实、新，坚决反对假、长、空，以清新朴实的文风，宣传党和国家方针政策，宣传企业中心工作。做到对重点、热点问题、重要工作亮点不惜版面，大处理、重点处理；对信息类稿件力求精、短，体现大信息量原则，做到短中见深、小中见大、独具风格。稿件内容鲜活、贴近一线；图文结合，组稿、组图形成规模宣传效应。

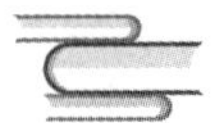

责任·创新·品牌

《山西电力报》编辑部

25年前，在那个鲜红党旗高高飘扬的日子里，《山西电力报》应运而生了。

25年来，在打造“责任媒体、创新媒体、品牌媒体”的道路上，《山西电力报》迎着阳光，吮吸雨露，茁壮成长。

今天，在这一值得铭记的日子里，让我们深情回望，回望《山西电力报》25年走过的风雨历程，用心感受25年来取得的每一点进步、每一次发展、每一个飞跃。让我们真诚地感谢，感谢所有关心、支持《山西电力报》发展的广大读者。是你们，与我们一路同行，给予我们前进的动力！

25年，在时间的长河里只是一朵小小的浪花，然而，对于一个人，却能够从呱呱坠地的婴儿成长为成熟的青年；对于一份报纸、一项事业，也意味着从无到有，从默默无闻到影响渐广，乃至成为全国报业百花园的一朵奇葩。

25年来，《山西电力报》的发展一直备受公司历届领导及广大职工的关注与呵护，山西电力报人的目光也从未离开过山西电力这片肥沃的土壤。在这一充满神奇的土地上，我们多维记录山西电力的每一个发展成就，及时定格山西电力发展的每一个精彩瞬间，上为公司党组宣传、下为职工群众服务，唱响主旋律、打好主动战，以激越的笔墨展现了公司“努力超越、追求卓越”的良好形象，真实反映了广大干部职工奉献光明、服务社会的高尚情怀。

25 年后，当我们手捧沉甸甸的 1570 余期报纸，翻阅着历经春华秋实 25 载积淀、业已发黄的纸页，我们触摸到的是山西电力蓬勃发展的脉搏，倾听到的是公司跨步前行的足音。那一期期的纸页中折叠着省公司厚重的历史，沉寂的文字中回荡着时代嘹亮的旋律，淡淡的墨香里散发着编辑、记者无尽的汗水和智慧的芬芳。

在这份承载山西电力报人理想追求的报纸上，我们与公司一起成长，共同见证了山西电力发展的生动实践和非凡经历：售电量突破千亿千瓦时大关、晋电百年、三思三晋、幸福发展……在这份寄托着公司发展愿景的报纸上，我们与广大职工共同关注、共同分享了那些温暖我们胸怀的荣光和感动：奥运保电、3・28 王家岭抢险救援、“感动山西电网十大人物”出炉，解黎明、张保明、杜乃坚、范家顺、王晓兵等先进人物宣传……

作为新闻人，省公司的重大事件、重要活动都有我们参与，每一项重要工作、每一项大举措的实施，都少不了我们的身影和声音。紧扣公司发展脉搏、把握政治舆论导向、挖掘先进典型、引导人文关怀、当好公司代言人、亮明报纸旗帜……我们在为公司发展加油鼓劲的同时，也深深感受到了新闻人的责任和担当。理想、使命、责任、方向，成为我们孜孜以求的力量和源泉。

25 年，是《山西电力报》走向成熟的里程碑，也是报纸向更高层次跨越的新起点。从创刊初期的铅字排版、对开平版机印刷，到如今拥有独立的电子排版系统、激光照排、轮转胶印；从初期仅仅面向山西电业职工的四开四版周一小报，到如今面向全国公开发行、发行量达 4 万份以上的对开四

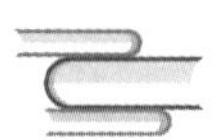

版周二大报；从名不见经传的行业报到在省内、在全国电力行业都有一定影响，并先后9次荣获“山西省一级报纸”称号，进入全国“十佳”电力报行列，《山西电力报》一直在奋发图强、开拓进取，以不断改革创新完成了一次次华丽转身。

2011年，《山西电力报》再次发力，以“发掘精彩、分享价值”为理念进行的全新改版，调整了版式设计、栏目设置、内容布局，更进一步明确了自身的定位，突出了新闻稿件的故事性、文艺稿件的人文性及表达的草根化，凸显“特刊厚重、评论有力、专栏互动、图片精彩”的鲜明特色。这次改版，也是对《山西电力报》创刊25周年最好的纪念。

站在25年历史的积淀上，我们深知，顺应时代发展，未来才更精彩；只有不断创新，才能持续成功。让我们在省公司“三思三晋”工作方式和发展战略的指导下，以开拓进取的姿态挑战自我，以创新的思路、饱满的激情书写《山西电力报》新的篇章，以新闻的力量推动公司幸福发展！

02 山西电力报　　创刊贰拾伍周年纪念刊 25 YEARS　　山西电力报 03

走在打造公司品牌的路上

见证守望 历程

忘为责任媒体

勇当公司代言

多维记录历史

定格精彩瞬间

人物报道发力

深度挖掘给力

把准时代脉搏

人文关怀骨髓

荣誉展台

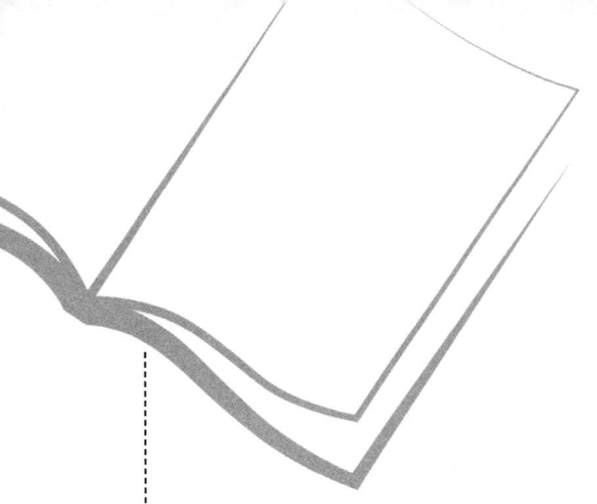

6. 追寻红色足迹　电亮魅力三晋

为纪念中国人民抗日战争暨世界反法西斯战争胜利 70 周年，弘扬伟大的抗战精神，提振信心、凝心聚力，推动公司和电网发展，《山西电力报》策划推出“纪念抗战胜利 70 周年　追寻红色足迹　电亮魅力三晋”主题报道，突出反映我省抗战重要事件发生地 70 年来的电网发展变化，反映公司践行供电服务宗旨，为山西经济社会发展做出的贡献。

革命圣地的光明足迹

许少华 | 国网长治供电公司

长子县是上党战役的主战场，在这片红色热土上，老一辈无产阶级革命家曾在这里谱写了战绩卓著的历史诗篇。近年来，长子供电公司依托国家新一轮农村电网改造升级工程的机遇，大力推进电网建设，为革命老区生产生活提供了坚强的电力保障。

团城村百姓的记忆回放

“鬼子烧杀抢掠，无恶不作，一个个村庄被夷为平地，无人幸免。”90岁的老八路张文辉说。1938年，是抗战最严峻的时期，张文辉所在部队化整为零在长子县山区利用有利地形打游击战，发动群众抗日，建立抗日革命根据地。

团城村是长子县南陈乡的一个小山村。1943年，这里有一次惊心动魄的抗日突围战，而团城村是太岳军区二分区20团的团部所在地。该村山势险要，易守难攻。

“原来我们村磨玉米粉还要背5里多的山路，电网改造升级后，家用小型磨粉机派上用场，切实为我们解决了实际困难。”团城村村委会主任范东芝不无感慨地说。据村民反映，该村线路是 2000 年第一次农网改造的，多年来没有进行过线路改造，导线线径细，供电质量差，半数用户到户电压不足 180 伏，不能满足村民的日常照明用电，更不用说启动各种加工机械及发展副食品加工了，全村 282 户 1024 人生产生活极为不便。也因此，他们仍保留有抗战时用过的碾碎粮食的石磨，以备停电时用来碾谷。

2013 年 9 月，长子供电公司按照网改批次计划，对该村实施电网改造升级工程。村民说："电网改造不要我们出一分钱、不出一个义务工，我们这儿交通条件差、尽是山路，杆线、变压器等材料不能一次性运到施工现场，无论晴雨天，施工队员们只能像蚂蚁抬虫子般一点点地挪，看得我们都心疼，于是情不自禁地给他们送点自家产的萝卜、白菜，可他们绝不白拿，硬要给钱买我们的。"

"今年过年能看春晚了。""现在好了，我家打米再也不用到别的村去了。""我们现在都用电饭煲煮饭。""今年打工挣了钱，我准备买台空调。"今年 5 月，团城村的农网改造升级工程竣工，看着一排排笔直矗立的电杆、一条条飞架在空中排列整齐的银线，村民们无比开心地憧憬着被"电亮"的未来生活。

电网建设对接县域经济发展

"以前，长子县电网为单辐射结构，如果 110 千伏长子变电站至 220 千伏康庄变电站并网线路出现故障，那么整个长子电网将会受到很大影响。随着 220 千伏大堡头变电站的投运，长子电网与大电网的并网点更加灵活了。"该公司运维部主任马立新说。

2005 年 3 月 17 日，北京国电华北电力工程有限公司专家开始在长治、晋城、临汾 3 个地区进行站址考察。为使特高压专家考察组尽快熟悉长子

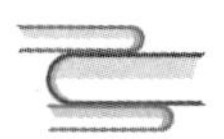

地理优势，该公司领导高度重视，积极准备相关资料，为专家组创造考证的便利条件。该公司配合县政府召集规划、国土、环保、水利、文物等相关部门负责人全力配合在县里选址。同时，为使专家组更深入了解长子县的人文历史及站址勘测所需的资料，该公司积极准备资料，并出具了县政府及职能部门特高压"落点"长子县的第一份原则同意文稿。为了全力支持特高压建设，该公司领导先后与长子县委办、政府办、发改局、国土资源局、林业局、水利局等有关部门，沟通60多次、走访农户200户、召集各种协调会100多次，为特高压征地做了大量工作。

2006年，我国首个特高压交流试验示范工程在长子县开工建设。作为我国首个特高压的起始地，长子县电网网架结构发生了翻天覆地的变化，利用特高压优势，长子县被列为山西省网改示范县，每年比其他县区多投入资金500万，总计多投入2500万元。

满足县域工业发展需求，配套建设大宗工业供电设施，对全县矿山工业、重点项目开发进行高等级的电压规划，是长子供电公司"十三五"期间电网发展又一规划。2009年以来，该公司主网建设累计完成投资2.2亿元，改造扩容川口、岚水、东田良、南陈4座35千伏变电站，新建35千伏线路两条24公里，改造35千伏线路1条16公里。电网主网结构进一步优化，供电能力显著提高，对县域经济发展的支撑能力大大增强。目前，全县农网供电线损率下降1.2%，可靠率提高0.5个百分点，电压合格率提高1.3个百分点。可靠的电力保障，95598报修率下降13%，有力助推农村增色、农业增产、农民致富。

共产党员服务队叫响"革命老区"

"口号叫得咣当响，不如百姓一句夸。"简单的一句话道出了该公司共产党员服务队的共同愿景与不懈追求。

在长子县，共产党员服务队已成为供电服务的一张名片。今年以来，该服务队共受理电话和咨询 950 多次，出动抢修 1485 次，开展上门服务 156 次，每月平均抢修 135 次，开展社会公益活动 165 次，志愿服务活动 168 次，参与急难险重任务抢修 80 次；上门帮扶孤寡老人和特困户 130 户，完成 3 项移民新村、养殖园区建设及 12 次重大活动保电工作，受到了县委县政府、各行各业及广大人民群众的高度评价。长子县县长马先明称赞他们是“服务行业的排头兵”。

电网是经济发展的血脉。今后，长子供电公司将围绕县域经济社会发展需要，不断提升供电服务水平，用心用智照亮老区发展路，造福千家万户。

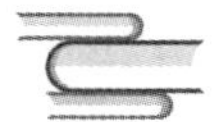

电为革命老区添光辉

孙健　李斌 | 国网晋中供电公司

背景资料： 左权是革命老区、红色圣地。1942 年，八路军副总参谋长左权将军在此为国捐躯，为纪念这位抗战中八路军牺牲的最高级将领，当时的辽县易名左权县。

位于左权东南部的麻田地势险要，历来为兵家必争之地。八路军前方总部、中共中央北方局等抗日首脑机关在这里生活战斗长达五年之久，素有太行山上的“小延安”之称。朱德、陈毅、刘少奇、彭德怀、邓小平、左权、杨尚昆、罗瑞卿、刘伯承等老一辈无产阶级革命家在这里运筹帷幄，指挥抗战，留下工作生活的印记，见证了麻田人民为民族抗战胜利做出的卓越贡献和巨大牺牲。麻田镇是全国爱国主义和革命军事教育基地，2003 年被省政府命名为“山西省历史文化名镇”。

从左权县城出发，向东南方行进 50 公里，便到达了曾经的“八路军前方总部”麻田镇。静静淌过的清漳河水，古老奇特的嶂石岩地貌，漫步麻田镇，总能感受到这块革命圣地的深沉厚重与勃勃生机。麻田镇党委书记崔波告诉我们：“电，为我们革命老区的发展增添了光辉。”

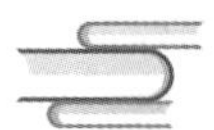

红色故里的光电故事

八年抗战，五年总部驻扎于麻田。“村村像军营，人人都是兵”，每到一处，你都能找寻到抗战时期的旧址、遗迹，聆听到抗战胜利70年来的光电故事。

年逾八十的麻田村村民李来庆回忆起往昔仍历历在目。“刚解放那会儿，用的都是柴火、煤油灯，烟熏火燎的，可呛人了；后来用煤火，再后来就有了电，家家都用电器。真是没想到，我们这些个老汉也能赶上新时代哩！”

时代在进步，老区在发展。村庄里悄然架起的变压器台区、嶂石岩上伸向远方的电线、小二楼外墙上焕然一新的电表箱……供电设施的更新换代始终与麻田的发展同频同步。

1972年，依托小水电，麻田村第一次用上了电，清洁能源走进了寻常

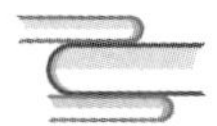

百姓家；

1975 年，麻田镇上口村摆脱小水电，首次接入大电网，不具备水电条件的村相继享受到了优质高效的供电服务；

1985 年，麻田镇最偏僻的小村——后郭家峪村正式通电，标志着革命故里真正实现了村村通电；

2007 年，麻田村进行农网改造，成为全省首批新农村电气化村……

据麻田供电所所长王玉恩介绍，在麻田镇快速发展的近十年间，麻田镇的变压器容量从 2030 千伏安增加到 8960 千伏安，翻了 4 倍。线径从原来的 50 平方毫米截面积变为 120 平方毫米，供电质量显著提升。在基础设施建设的同时，左权供电公司对麻田村配电设施进行了电气化改造，为麻田安装路灯 319 盏，改造下户线和接户线 936 户、3 万多米，全部安装了智能电能表。

“可以说，用电变迁见证了麻田村的发展，每一次增容改造、升级都是一次经济飞跃。现在没电的日子一去不复返了，红色故里的特色产品早已走出大山，销往全国。”崔波说道。

塞上江南的华丽嬗变

“麻田地处山西东南，交通闭塞，没有电，就谈不上发展，”一说起电，崔波的话匣子就关不上，“尤其没有稳定的电力供应，我们开发的特色产业早就泡汤喽。”

麻田有二宝，一红一绿，红是革命文化资源，绿是成片的莲菜产业。如今这二宝在供电公司的精心照料下，正焕发出勃勃生机，成为麻田经济发展、百姓收入增加的有力支撑。

2012 年 9 月，八路军总部纪念馆正式开馆，声光电设备为参观游客带来全新的红色文化之旅。高科技的背后是电力的强有力支撑，王玉恩参与了新馆建设用电的全过程。4 天时间完成施工电源的安装，专项建设箱式变压器，根据实际情况预留备接口，随时可用大功率发电设备，全方位保障场馆用电。

莲菜是麻田的另一龙头产业，目前，以莲菜种植、藕根加工为主导的全产业链发展模式，已成为当地经济发展的新引擎。为保障莲农起藕用电，左权供电公司联系架设 10 千伏线路 7.2 公里，装设变压器台区 5 个，全力支持麻田莲菜基地建设。

仅在清漳河边的上口村就种有莲菜 600 余亩，“一亩能挣 2000～3000 元。像我承包 20 亩地，一年收入怎么也有 5 万来块。”水塘边，村民王彦庆算了一笔经济账。这样的收入在以往是不可想象的。

和上口村一样的还有清漳河沿岸的 12 个行政村、14 个自然村。“只要有水塘的地方就有咱们的人在服务。”王玉恩满脸自豪地说，“老区人民对咱们的供电服务还是蛮认可的，到目前还没接到一例投诉。”

红绿相映，电靓麻田。如今，“八路军总部纪念馆”已累计接待游客 20 万人次，麻田莲花节成功举办 3 次，1800 余亩荷塘每年吸引着数万游客前来观光。红色旅游与绿色产业的叠加效应，带动着旅游业与种植业的聚变攀升，老区百姓的致富梦正日渐丰满。

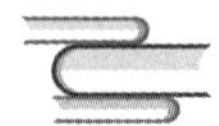

做红色精神的传承者

赵亚男 | 国网山西新闻中心
白雪梅 | 国网阳泉供电公司

背景资料：巍巍太行，分割山西河北两省。古有“太行八陉”，即穿越太行山的八条咽喉通道，阳泉市平定县七亘村就是“八陉”之一。

1937年10月26日、28日，由刘伯承率领的八路军129师在七亘村巧设奇兵，三天之内两次伏击日寇，以弱胜强，以小代价取得了歼敌400余人、缴获骡马400余匹和军械、被服等辎重的丰硕战果，有力打击了日寇的嚣张气焰，并为八路军迟滞日军西犯太原，开辟太行山根据地奠定了基础。七亘大捷是刘伯承首次运用“重叠的待伏”战术取得胜利的光辉战例，也是抗日战争初期，继平型关大捷后八路军较大的一次胜仗。

壁立千仞、山路盘旋，盛夏时节，从阳泉市区到七亘村，虽是重峦叠嶂、满目葱翠，但行驶在峭壁间的盘旋山路上，仍让人心惊胆战、不时冒汗。然而正是这个“猫”在太行山里的小村庄，却孕育出勤劳、勇敢的人民，并因七亘大捷而载入史册。时光轮回、斗转星移，78年后的今天，老区人民传承革命精神，为过上更美好的日子努力奋斗。其间，平定供电公司心怀老区人民，服务老区建设，用实际行动赢得了老区人民的真诚赞誉。

电网升级　助力红色旅游开发

8月4日，笔者一行来到七亘村，村口一片稍开阔的空地上，平路机正紧张地施工，该村村委会主任董桃红在现场跑前跑后。皮肤黝黑、面带灰尘的他告诉笔者，七亘村正投资十几万元，修建一个大型停车场，方便将来到村里旅游的游客停车。

靠边停车后，但见七亘村外高地上矗立着一座雄伟的纪念碑，这就是1985年落成的“七亘大捷纪念碑”，由徐向前元帅亲自题写碑文。纪念碑前面，是在七亘大捷中牺牲的八路军烈士简介，这些大多经历过长征的红军战士长眠于此。

“七亘不仅是七亘大捷的发生地，更是太行山抗战文化的发祥地。一直

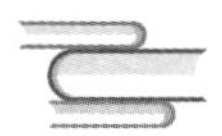

以来，七亘人都有一个愿望，建设烈士公墓和纪念馆，让革命英烈忠骨得以安息，让七亘抗战精神源远流长。作为村干部，我们有责任、有义务完成村民的心愿，把红色文化弘扬出去，把七亘抗战精神传承下去！”董桃红谈起七亘村未来的发展，信心满满。

的确，坐落在太行山深处的七亘村，虽有气势雄伟的太行山风光，有七亘大捷的红色旅游资源，但该村多年来一直靠天吃饭，村民们主要靠种植玉米等农作物维持生计，光荣的革命老区人民在新时代并没有脱贫致富。在外面承包工程多年、脑子活络的董桃红决定开发红色旅游资源，带领乡亲们走上致富之路。多方联系后，2013 年，在阳泉市委支持帮助下，七亘人的这一愿望终于实现了，七亘大捷纪念馆和烈士公墓建成开放。

“纪念馆能如期开放，离不开供电公司的大力支持。”谈及供电公司对七亘大捷纪念馆的用电支持，董桃红赞不绝口。2014 年年初，平定供电公司在对七亘村实施农网改造升级时，充分考虑到景区用电，合理布置线路走廊，为烈士陵园纪念馆专门架设供电线路。同时，增加变压器容量，满足了景区用电需求。

不仅如此，平定供电公司持续关注七亘村的建设，2011 年对该村实施了路灯亮化工程，并在之后的几年进行了持续完善和补充，先后安装路灯 56 盏。现在，古老的七亘村焕发出新的容颜，崭新的路灯、粉刷一新的民居融合七亘大捷纪念馆、太行八路军遗址等，让游客在感悟红色精神的同时，享受宁静的田园风情。

用心服务　温暖老区人民心窝

20 世纪 70 年代，七亘还是个靠煤油灯照明的闭塞山村。随着改革开放和社会经济的飞速发展，七亘村的用电环境发生翻天覆地的变化。空调彩电已经不稀奇，变烧煤为用电的新型炊事方式已经走入寻常百姓家。

在实施 2014 年农网改造升级前，七亘村一直用两台 50 千伏安变压器，线路也是细绞线，供电“卡脖子”问题比较突出。“要通过这次农网改造，彻底解决村里的低电压、‘卡脖子’问题，虽然村民居住分散，但是不能有一户疏忽。”七亘村属于平定供电公司东回供电所辖区，当时的大学生所长张宁想，要尽心竭力为老区人民考虑周全，让村民享受上星级用电服务。

为此，张宁安排东回供电所对七亘村用户进行了电压抽测，并根据当地村民的反映，对用电高峰时出现低电压的 35 户用户进行情况核查。通过现场勘测和负荷计算，考虑村里旅游业发展和居民用电负荷增幅，东回供电所确定了改造方案。经过 1 个多月的紧张施工，升级高压线路 3.6 公里，增容 200 千伏安变压器 1 台，改造升级低压线路 5.8 公里。

针对距离村中心较远的村北部分居民电压集中偏低的情况，供电所又在此区域增设一台 100 千伏安变压器，原先使用的细钢芯铝绞线全部更换为 70 平方毫米的架空绝缘导线，供电半径由 885 米缩短到了 215 米，不仅电压质量大幅提升，该村的供用电安全问题也得到了有效解决。

传承精神　为民谋福后继有人

“我做这些事，就是希望那段历史铭记人心，让人们了解七亘大捷在中国抗战史中的特殊意义，让七亘人团结一致、共赴国难的精神得到弘扬和传承！”原长期在昔阳县宣传部、教育局工作的七亘村村民、年近 80 岁的董书田，数十年钻研红色抗战史，出版了《七亘大捷》《浴血晋东》等多本抗战书籍。对他来说，抗战精神的传承最为重要和迫切。

在和平年代，传承抗战精神，就要体现在“为人民”上。东回供电所黎明共产党员服务队就是以这样一个简单直接的目标开展服务，并传承抗战精

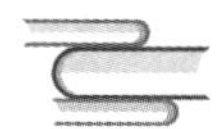

神的。

当刘涛接任张宁成为东回供电所所长后，他也将传承七亘抗战精神、服务老区建设的使命接了过来。

七亘村距离平定县城 50 多公里，沿着县道需行驶一小时，是个典型的农业村，村里没有其他产业，年轻人大多外出务工。刘涛与所里人员一起，对全村 564 户用户逐一摸排，完成“一户一档”用户用电设备设施登记建档工作，对 15 户“空巢”老人、32 户“五保户”设立特殊档案，指定专人定期上门进行户内线路、开关检查，帮助用户打扫、整理家院。

玉米是七亘村的主要农作物。每年春季玉米脱粒期间，东回供电所都会上门对电动脱粒机进行供电安全检查。因为没有找到合适的地下水源，目前，七亘村村民生活及饮用水主要靠水窖储存雨水积水，家家户户都安装了电动提水泵。为此，供电所定期帮村民检查电泵及供电线路安全，并帮助老人、孩子解决提水难题。

“村里肯定有地下水。”站在村口制高点，就能望到相邻的河北省张河湾 50 万千瓦抽水蓄能电站，董桃红忧心忡忡地说，“没有水，我们村的旅游业发展就会受到制约。我现在就在着手寻求帮助，解决村里的水源问题。到时候，还离不开供电公司的支持。”

“我们就是要做红色精神的传承者，做用户的贴心人，将七亘抗战精神转化为敢于担当、乐于奉献的日常行为，让国网绿在党旗下熠熠生辉，绽放光芒。”刘涛的一席话给董桃红吃了颗“定心丸”。

电亮巍巍太行山

宁静 | 国网阳泉供电公司

1938 年 2 月，中共中央北方局朱瑞、唐天际来到晋城、阳城，建立晋豫边抗日根据地。同年 4 月，八路军晋豫边游击队在阳城南部大山中成立，唐天际任司令员，这就是令日军闻风丧胆的“唐支队”。1940 年 2 月，“唐支队”被改编为八路军第二纵队新编第一旅，参加了百团大战等重要战斗。

军民浴血　保家卫国

阳城供电公司（原电业局）离休干部琚罗罗是阳城县町店镇人，当时只是个十来岁的放牛娃。他和村里的老百姓一道被日军赶入深山，目睹了日本鬼子烧杀抢掠的种种恶行。“唐支队”、八路军，这些新名词也正悄悄地广为流传，琚罗罗知道，他们是专门打日本人的，是好人、大英雄。

不久，町店战斗在琚罗罗的家乡打响。这是抗战爆发后晋城境内由八路军独立发动的规模最大、歼敌最多的战斗。1938 年 7 月，八路军徐海东、黄克诚率领 344 旅、386 旅 772 团和晋豫边游击支队，在町店

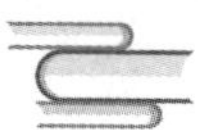

伏击日军第 25 师团，击毙日军 700 余人，伤 200 余人。7 月 15 日，重庆《新华日报》和国民党中央通讯社以《町店浴血战》为题报道和播放了町店战斗胜利的消息，前后方的抗日军民为之振奋。

琚罗罗在徐海东、唐天际等英雄感召下，于 1945 年 7 月光荣入伍，在解放战争中负伤三次，立下战功。1990 年，电影《徐海东血战町店》上映，燃起了不少老革命战士的热血激情。琚罗罗此时已年逾花甲，他盯着屏幕向儿孙们说："看！没错！当时日本鬼子下河洗澡，被八路军冲上来就给收拾了！"

琚罗罗当了 13 年兵，退伍后在阳城革委会电气化办公室工作，从邻县接过来全县第一条电线，架起第一根电杆，建起第一座变电站——3305 站。1972 年，阳城电业局成立，同年建起第一座公用 35 千伏变电站——八甲口变电站。阳城，这片热血浇筑的革命根据地，逐步有了自己的现代工业，自己的电网，老区人民也有了新希望，盼来了新生活。

电力先行　展翅腾飞

早在几年前，町店35千伏变电站就已经不能适应当地发展的需要。当时镇上每户供电能力不足1千瓦，电压不稳，跳闸停电时有发生。2012年，町店站升级为110千伏，电杆、电线全部更换，各村镇主干线电缆全部入地，户供电能力增至3千瓦，农村面貌顿时焕然一新。“家里电磁炉、电视、电冰箱，天天要用啊！孙子还给我买了足浴盆，每天晚上插上电泡脚，舒服着嘞！”88岁高龄的琚罗罗，退休后在家乡颐养天年，说话依然声如洪钟。

如今，町店110千伏变电站为这个历史文化名镇提供着安全可靠的供电。芹池、寺头等周边乡镇先后建起更高电压等级的变电站，为阳城县域经济腾飞奠定了优质基础。2012年，哈密南—郑州±800千伏特高压直流输电线路工程（山西段）开工建设，途经阳城桑林、驾岭、横河等地，阳城供电公司派专人协调解决施工中的各种难题，保证了境内49公里线路、88基铁塔的如期完工投运。

阳城供电公司经理李水龙说：“为革命老区经济发展供好电、服好务，是我们义不容辞的责任，也是我们对老区人民的庄严承诺。”该公司管理着全县89条1332.4公里10千伏配电线路，973个公用配电台区，下辖低压用电客户10万余户。

近年来，该公司累计投资1.4亿元实施农网改造升级工程，35千伏及以上变电站全部实现双电源、双主变供电，建成全市首个智能化电能表集中管理台区。2014年至今，该公司重点开展低压线路及台区改造工程和高损配电变压器台区改造工程，解决了205个村260个台区配变容量不足、供电能力较低和高损配变轮换问题。

革命老区电力先行，优质服务是关键。阳城供电公司努力拓展多元化缴

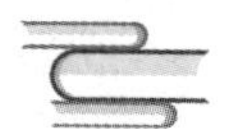

费渠道，先后开展银行批扣、支付宝缴费、手机缴费、“村村设点”缴费业务，大力推进用户合表打开工程，推出业扩报装“一条龙”服务，为居民和企业用户提供最大限度的便利。

今年以来，阳城供电公司积极开展配网带电作业，先后完成配网带电作业26次，累计少停4500余户，减少停电损失22万千瓦时。该公司连续10年获得阳城县行风评议第一名，先后获得国家电网公司县级一流供电企业、先进集体和山西省文明和谐单位等荣誉称号。

忆昔抚今话光明

高岸柳　刘新宇｜国网忻州供电公司

背景资料： 忻口为五台山、云中山两山峡谷中的一个隘口，为雁北进入太原的必经之路，历来被视为战略要地。1937 年 10 月，为抵抗沿北同蒲南下的日军，阎锡山的晋绥军、国民党中央军和共产党领导的八路军在忻口浴血奋战，历时 21 天，歼敌逾万，狠狠打击了日军的嚣张气焰，鼓舞了抗日士气。该战役是抗战初期中国军队在晋北抗击日本侵略军的一次大规模战役，是国共两党团结合作、在军事上相互配合的一次成功范例。

8 月 14 日，笔者从忻州市北行 25 公里，便到了忻口。村西半山坡上，一面“忻口战役纪念墙”静静矗立着。纪念墙后的文字，记录了那场给日军以沉重打击的战役，让人感受到当年中国人民英勇抗日的情景。

担任义务解说员的 82 岁革命老军人李文柱回顾道：“忻口战役后，我们的军队战略撤离，日本人烧杀掳掠，忻口一度成为无人村，老百姓都吓得往山里躲，出来见了日本人都被逼着鞠躬哈腰，经常还被拉去做苦工，受尽了欺压，尝尽了屈辱。当时才几岁的我也体会到了亡国奴的滋味，所以稍大一点就加入儿童团，十四岁就参了军，参加了解放战争和抗美援朝。”

怀着对那段历史的浮想，步入忻口村，脑中的影像很快被眼前的景象所取代：宽展的水泥路，笔直的电杆，锃亮的变压器，齐整的路灯，林立的高堂大屋，鸡犬之声相闻，庄稼长势喜人，好一派新农村景象。该村村主任武彦勇说：“老百姓当下的好生活来之不易，这其中也离不开供电人的辛劳和奉献。”

村里德高望重的老人王俏怀，既担任过村支书，又担任过20来年农电工。他饱含深情地为我们回顾了忻口村、高城乡乃至整个忻府区电力的发展变迁：1967年忻口村初通电时，供电设备极其简陋，电杆是木头的，10千伏线路只有两根线，没有地线，故障率极高。加之人们对电知之甚少，甚至发生过电死人畜的悲剧。1984年改为两线一地，条件有所改善。但电压低、供电可靠性差的状况仍未有根本性改变。逢年过节，用电负荷增加，线路就承受不了，停电是家常便饭。2000年农网改造，变压器容量、供电半径等全部按照标准加以规范，实现了网状供电，供电质量明显提高。近几年，随着大电网逐步坚强，农村电网不断更新改造，农村电气化、路灯亮化、农网改造升级等工程相继实施，供电能力进一步提升，供电所管理迈上台阶，农村经济发展得到了强有力的保障，农民享受到了更加优质的供电服务。

忻口村900户人家，3000多人，除了务农外，有开饭店的，有办石料场的，有做小买卖的。所以不仅农民生活离不开电，村里各项副业也离不开电。就拿农业用电来说，2005年，供电公司主动帮村里解决排灌用电问题，先后增设了3台专用变压器，增加排灌容量400千伏安，使村里2000亩地实现了井水排灌，改变了靠天吃饭的状况。去年年底，供电公司又更换了两台排灌变压器，增加容量110千伏安。实现排灌后，全村农作物实现普通年景增产40%～50%，大旱年产量不减产。有了这个便利条件，村民开始种辣椒，村里逐渐成为小有名气的辣椒基地。

村里管排灌的李志军说："供电公司这些年对我们帮助很大，光排灌一项就让我们农民得了大实惠。以前我们用灌区上的水浇地，一亩得要35元，自从改用电水井浇地以来，一亩地最多不超过20元。哪多哪少，农民心里清楚得很。今夏旱情较严重，村里两千亩水浇地，全靠轮流浇灌。要不是供电全力支持，遇到这样的干旱年景，我们只有哭的份了。"

50来岁的武大嫂利用家里的临街房开了间小卖部，今年5月份起，她的小卖部里多了项业务——代收电费，柜台上那台小小的POS机为村民们缴电费提供了方便。武大嫂说："我们老百姓生活中越来越离不开电了，村民们做饭用电，洗衣用电，娱乐也要用电，家里电器都是越来越多，越来越先进。我开这个代收业务，也就是为供电所和村民之间搭起个桥，村民随时可以来缴费，供电所的小伙子们也不用每个月3天来坐收电费了。"

常去村里的几个供电员工，村民都熟悉得很，"二旦""磊子"亲切地叫，也记得他们的电话。对于他们的服务，忻口村人说："没得说！有什么用电上的问题，打个电话他们不多时就能到。"

踏着英雄足迹　谱写光明新篇

王静薇 | 国网朔州供电公司

背景资料：平鲁是革命老区，这里埋葬着抗日战争时期著名的归国华侨女英雄李林的忠骨。李林是中国历史上罕有的女游击队长，是建国60周年前夕全国评选出来的“100位为新中国成立做出突出贡献的英雄模范人物”。她驰骋前线，正面抗战，威震晋绥。在1940年4月26日的平鲁区东平太村反扫荡战斗中，为掩护专署机关和群众转移，李林带着三个月的身孕率队吸引敌军火力，二度攻击，掩护了队伍突围，只身一人弹尽援绝，将最后一颗子弹留给自己，在朔州市平鲁区壮烈殉国，时年24岁。

朔州市平鲁区地处晋西北雁门关外，素有“朔北雄城，塞外天险”之称。在平鲁区李林烈士陵园的纪念碑上，镶嵌着毛泽东的题词：“为国牺牲，永垂不朽。”70多年过去了，这个曾经硝烟弥漫的地方，正呈现出生机勃勃的新气象。

电网助推大发展

“俺村这是新建特高压变电站呀，这不是让我们的子孙后代有更好的日子过吗？看现在，‘耕地不用牛，点灯不用油’，那时候想都想不到。”谈及特高压直流输电工程，80 多岁的南汉井村朱福老人两眼放光，精神抖擞地说。

曾经，这块红色的土地上也有着悠久的办电历史。1957 年 2 月，平鲁第一次开始使用直流发电机发电，主要用于粮食和油料加工，当年用电量 7370 千瓦时；1964 年 5 月新建小电厂，年发电量 21.8 万千瓦时，89 户居民第一次用上了电；1973 年 10 月建成并投运了第一座 35 千伏井坪变电站；1976 年 5 月～1978 年 6 月，建成并投产装机 3080 千瓦的井坪发电厂，

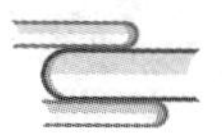

1980年底并入雁同电力公司后停产，共发电3321.25万千瓦时。将近60年来，经过一代代平鲁供电人的不断奉献，这片红色的土地闪现起新的亮点。到现在，平鲁境内共有220千伏变电站1座，110千伏变电站3座，35千伏变电站7座，10千伏开闭站4座。6月29日，晋北±800千伏换流站落地平鲁。截至今年8月底，平鲁供电公司累计完成供电量2.987亿千瓦时。

电网的发展，带动了平鲁经济的发展。平鲁供电公司负责人善福平介绍说："电在平鲁经历了从小到大、由弱变强的发展过程，进入新世纪以来，平鲁电力发展更是进入了快车道，先后实施了两网改造、'户户通电'工程、县城电网改造工程、电气化及路灯亮化工程、户表改造、农网改造升级工程等，但最大的亮点还不在电网发展量的变化，而在于质的变化。"

电力是经济的活力之源。平鲁电网建设的不断发展，有力地促进了当地的经济发展。凭借着得天独厚的自然资源，电网建设为平鲁的工业化加速发展搭建了平台。神华集团、中煤集团、阳煤集团、山东大恒集团等用电大户相继落户平鲁，全区标准化矿井达到26座，全年原煤产量稳定在1.2亿吨左右。电力的发展始终与当地的发展唇齿相依，平朔劣质煤综合利用、平安化工、风力发电、神电纷纷上马，在已建成65.3万千瓦风电的基础上，年内重点推出总装机100万千瓦的6个风电在建项目。神电、东露矿、中煤平朔、安太堡全部投产后，全区火电总装机达到592万千瓦。2014年全区生产总值达到238.9亿元，公共财政预算收入完成15.1亿元。今日平鲁一次次实现了由贫困县向自然、生态、精致、宜居的现代化新平鲁的华丽转身。

农村旧貌换新颜

坚强的电网和充足的电力保障，不仅让平鲁在经济发展和谋篇布局中充满希望，也成为提高老区农民生活水平的幸福之源，并带动一批批家庭养殖业、庭院加工业日渐兴起。

“多少年了，都是外地人低价收购了咱的粮食，加工后又高价出售给咱，心里总不是滋味。”平鲁区郝小峰村村民郝帅林一脸不服地说。

现在电接好了，水和路也都修通了，郝帅林在村里建起了一家集种植、养殖、农副产品回收加工、土特产品加工销售为一体的农业综合企业，总资产达 1200 多万元，拥有目前国内最先进的麦饭石石磨面粉生产线一条，建有占地 200 多亩、年出栏 3.6 万只土鸡的养鸡场一座，开发无公害种植基地 1200 多亩，年加工各类小杂粮近 60 万公斤，生产五大系列 30 余个产品，吸收员工 56 人，带领村民一起走上了致富之路。

在双碾乡柳沟村，土生土长在本村的养殖专业户赵建东介绍，这里因地处偏僻，曾经不通公路、不通邮、不通电，人们过着与世隔绝的生活。1976 年 11 月高压线引进村，家家户户过上了“点灯不用油”的日子。从此以后，村民磨面、碾谷、榨油等全部用上了电，又省力，又方便。

改革开放以来，随着政府村村通公路和饮水解困工程的开展，供电公司也实施了农网改造、“户户通电”、新农村亮化工程、农村电气化建设等工程，使这里的电力供应更加充裕、安全和可靠，柳沟村人摆脱了世世代代靠耕种的束缚，先后办起了三家养殖场，共投资 1000 多万元。村民的生活环境发生了根本变化，并一天天富裕起来，村里 90% 以上的家庭置办了电视机、洗衣机、冰箱等家用电器，电脑、电磁炉等新式电器也不断进入寻常百姓家。在赵建东养殖场的办公室，他通过投影仪为笔者介绍了他的办场经验。用他的话说：“我们的生活现在是芝麻开花节节高，你们想，有了电啥干不成呢？可要是停一会儿电，老百姓都感觉闷得慌。”

在去柳沟村的沿途，笔者看到数家小型养殖场、蔬菜大棚。在北坪移民村，笔者看到从大山、沟壑中迁出的“山里人”正过着城市居民式的新生活。村内整齐的红顶白墙排房、宽阔的水泥道路，学校、舞台、健身娱乐场

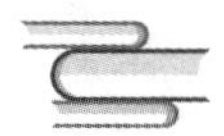

所等公共设施一应俱全。村民刘德告诉我们，他是从距离县城 30 多公里的一个无水、无电、无学校的“三无”村搬迁至此的，他家 5 头牛由村里的牛场代养，他自己开了一家电焊铺。从农民一下子变成市民，他做梦也没有想到能过上这样的日子。

平鲁农村的发展变化折射出平鲁供电 60 来年的沧桑巨变。一代又一代供电人用行动履行了企业的社会责任，兑现了对国家、社会和人民的承诺。平鲁供电人将继续踏着英雄的足迹，为平鲁的经济发展和电网建设谱写新的光明篇章。

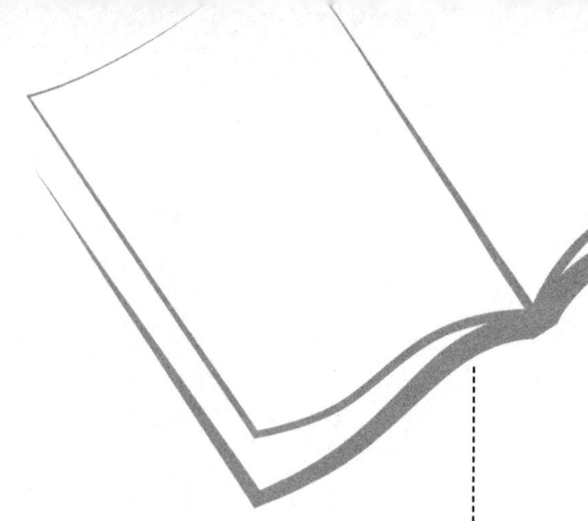

第二辑

足迹·发展之章

建设大军南征北战
万众一心
跨越太行吕梁的脊梁
踏过黄河汾水的故道
将象征光明的火把
点亮了这片
广袤的黄土高原

意气风发的山西电力人
用智慧和汗水
在这古老的三晋大地上
浇铸铁塔
飞架银线
描绘智能电网发展蓝图
播撒光明和希望的种子

1. 特高压在山西

2009 年 1 月 6 日，我国首个特高压交流试验示范项目——1000 千伏晋东南—南阳—荆门特高压工程投入运行。2015 年 5 月 12 日，又一条特高压能源大通道——榆横—晋中—潍坊特高压交流工程开工建设。该工程与 3 月底开工的蒙西—晋北—天津南特高压工程一道，徐徐拉开山西省又一轮特高压建设的大幕，山西进入特高压大规模建设的新阶段。

《山西电力报》推出“特高压在山西”特刊与专栏，报道国网山西省电力公司所属各参建单位建设特高压工程走过的艰辛历程，展示付出了心血、智慧和辛勤劳动的科研、设计、制造、建设等领域广大建设者的风采。

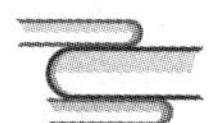

中国特高压从这里起步

雷利　刘振梅｜国网山西新闻中心

2009 年 2 月 25 日，在国家电网公司召开的特高压交流试验示范工程总结表彰大会上，省公司荣获“国家电网特高压交流试验示范工程功勋单位”称号。所属 7 个单位和部门被授予“国家电网特高压交流试验示范工程突出贡献集体”和“先进集体”；75 名干部员工荣获“国家电网特高压交流试验示范工程功勋个人”和“先进个人”称号。

荣誉的背后，凝聚了公司广大干部员工无尽的智慧、热血和汗水。

我们可以自豪地说：中国的特高压电网从山西起步！

托起“金色品牌”

特高压工程落点山西，是山西 3400 万人民的光荣，更是实施我省“煤电并重、输电为主”重大能源战略的最好出路，同时，也是提高电网输送能力、资源优化配置能力和抵御事故能力，确保山西电力“对外送得出、对内落得下”的重要途径。

省公司党组把做好特高压工作当作神圣的使命和责任。早在 2005 年年初，总经理王抒祥就明确提出：以建设特高压工程托举山西能源战略“金色品牌”的口号，要求公司上下及早动手、抢抓机遇，以志在必得的精神做好特高压工程落点山西的方方面面的工作。

省公司党组成员多次向省委、省政府领导汇报特高压相关情况，多次与省发改委等部门和特高压经过的长治、晋城两市的领导沟通，积极争取各级领导和部门对特高压工作的支持、帮助和配合。

2005 年 9 月 29 日，省公司促成国家电网公司与省政府举行电力发展座谈会，就进一步抓好特高压工程、建设山西煤电基地交换意见。

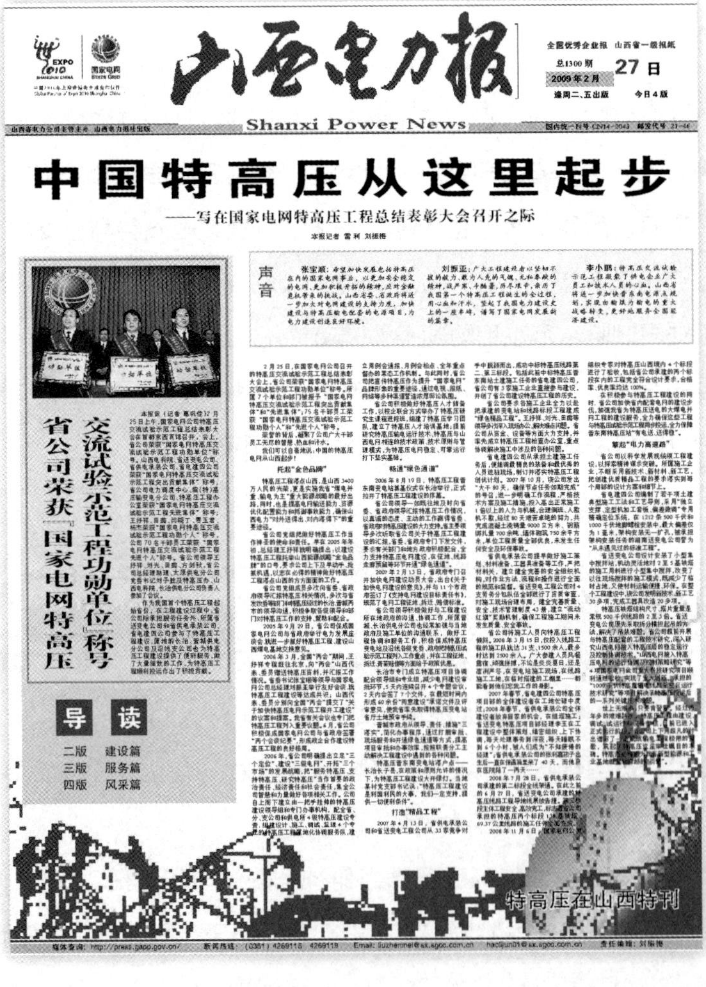
山西电力报

Shanxi Power News

全国优秀企业报 山西省一级报纸

总1300期 2009年2月 27日

逢周二、五出版 今日4版

山西省电力公司主管主办 山西电力报社出版

国内统一刊号 CN14-0043 邮发代号 21-46

中国特高压从这里起步

——写在国家电网特高压工程总结表彰大会召开之际

本报记者 雷利 刘振梅

声音

张宝顺：希望加快发展包括特高压在内的国家电网事业，以更加安全稳定的电网、更加积极开拓的精神，应对金融危机带来的挑战。山西省委、省政府将进一步加大对电网建设的支持力度，加快建设与特高压输电配套的电源项目，为电力建设创造良好环境。

刘振亚：广大工程建设者以坚韧不拔的毅力、敢为人先的气魄、无私奉献的精神，战严寒、斗酷暑，历尽艰辛，亲历了我国第一个特高压工程诞生的全过程，用心血和汗水，竖起了我国电力建设史上的一座丰碑，谱写了国家电网发展新的篇章。

李小鹏：特高压交流试验示范工程凝聚了供电企业广大员工和技术人员的心血。山西省将进一步加快晋东南电源点规划，实现由输煤为输电的重大战略转变，更好地服务全国经济建设。

2月25日，在国家电网公司召开的特高压交流试验示范工程总结表彰大会上，省公司荣获“国家电网特高压交流试验示范工程功勋单位”称号。所属7个单位和部门被授予“国家电网特高压交流试验示范工程突出贡献集体”和“先进集体”；75名干部员工荣获“国家电网特高压交流试验示范工程功勋个人”和“先进个人”称号。

省公司荣获“国家电网特高压交流试验示范工程功勋单位”称号

导读

二版 建设篇

三版 服务篇

四版 风采篇

特高压在山西特刊

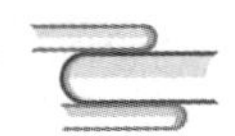

2006年3月，全国“两会”期间，王抒祥专程赶往北京，向“两会”山西代表、委员赠送特高压资料，并汇报工作情况。省委书记张宝顺等领导与国家电网公司总经理刘振亚举行友好会谈，就特高压工程建设等达成共识；山西代表、委员分别向全国“两会”提交了“关于加快特高压电网示范工程开工建设”的议案和提案。我省有关会议也专门把特高压工程列入重要议题。6月，省公司积极促成国家电网公司与省政府签署“两个会谈纪要”，形成政企合作建设特高压工程的良好格局。

2006年，省公司明确提出立足“三个定位”、建设“三级电网”、开拓“三个市场”的发展战略，把“服务特高压、支持特高压、研究特高压”当作首要的政治责任、经济责任和社会责任，集全公司智慧和力量做好各项相关工作。公司自上而下建立由一把手挂帅的特高压建设领导组和专门办事机构，配全省、分、支公司和供电所4级特高压建设专责，组建设计、施工、调试、监理4个专业的特高压工程属地化协调服务队，建立周例会通报、月例会检点、全年重点督办的常态工作机制。与此同时，省公司把宣传特高压作为提升“国家电网公司”品牌形象的重要途径，通过电视、报纸、网络等多种渠道营造浓厚舆论氛围。

省公司积极做好特高压人才储备工作，以校企联合方式举办了特高压研究生课程进修班，组建了特高压学习团队，建立了特高压人才培训基地；提前研究特高压输电运行技术、特高压与山西电网相连的技术政策、技术原则与管理模式，为特高压电网稳定、可靠运行打下坚实基础。

畅通“绿色通道”

2006年8月19日，特高压工程晋东南变电站奠基仪式在长治举行，正式拉开了特高压工程建设的序幕。

省公司领导一如既往地及时向省委、省政府领导汇报特高压工作情况，以真诚的态度、主动地工作赢得省委、省政府对特高压建设的大力支持。省主要领导多次听取省公司关于特高压工程建设的汇报，省委、省政府专门下发文件，要求有关部门和地方政府积极配合、全力支持特高压电网建设，在征地、线路走廊预留等环节开通“绿色通道”。

2007 年 2 月 13 日，省政府专门召开加快电网建设动员大会，出台《关于加快电网建设的意见》，并与 11 个市政府签订了《支持电网建设目标责任书》，规范了电网工程征地、拆迁、赔偿标准。

省公司领导积极做好与工程建设所在地政府的沟通、协调工作，所属晋城、长治供电分公司也经常加强与当地政府及施工单位的沟通联系，做好工程协调和服务工作，积极促成特高压变电站及沿线各级党委、政府把特高压试验示范工程列入工作重点，并在工程征地、拆迁、青苗赔偿等方面给予政策优惠。

长治市专门成立特高压项目协调配合领导组和专业组，减少电网建设审批环节，5 天内连续召开 4 个专题会议，2 天内会签了 7 个文件，在最短时间内形成 60 余份“同意建设”承诺文件及评审意见，使我省率先取得特高压变电站省厅土地预审手续。

晋城市政府从领导、责任、措施“三落实”，简化办事程序，通过打捆审批、现场服务和开通绿色通道等方式，提高项目审批和办事效率，按照职责分工主动解决工程建设中遇到的各种问题。

特高压晋东南变电站落户点——长治长子县，在政策和原则允许的情况下，为特高压工程建设大开绿灯。当地某村党支部书记说：“特高压工程建设是利国利民的大事，我们一定支持，提供一切便利条件”。

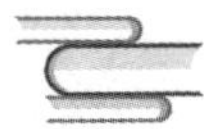

打造“精品工程”

2007 年 4 月 13 日，省供电承装公司和省送变电工程公司从 33 家竞争对手中脱颖而出，成功中标特高压线路第二、第三标段。包括此前中标特高压晋东南站土建施工任务的省电建四公司，省公司有 3 家施工企业直接参与建设，开创了省公司建设特高压工程的历史。

省公司要求各施工企业全力以赴把承建的变电站和线路标段工程建成“绿色精品工程”。王抒祥、刘光、田璐等领导多次深入现场办公，解决难点问题。省公司从资金、设备等方面大力支持，并率先成立特高压工程检查办公室，重点协调解决施工中涉及的各种问题。

省电建四公司从承担土建施工任务后，便抽调最精良的装备和最优秀的人员进驻现场，制订并落实特高压工程创优计划。2007 年 10 月，该公司发出“大干 80 天，确保节点任务如期完成”的号召，进一步明确工作流程，严格技术方案及施工措施，投入高出正常施工 1 倍以上的人力与机械，合理倒班、人歇机不歇，经过 80 天艰苦卓绝的努力，共完成混凝土浇筑量 9000 立方米、钢筋绑扎量 700 余吨、墙体砌筑 750 余平方米，单位工程质量全部优良，未发生任何安全及环保事故。

省供电承装公司提早做好施工策划、材料准备、工器具准备等工作，严把材料关，建立健全完善的安全组织机构，对作业方法、流程和操作进行全面的规范和监督。省送变电工程公司对 4 支劳务分包队伍全部进行了资质审查，对施工现场合理布局，健全完善质量、安全、技术管理制度 43 册，建立“流动红旗”奖励机制，确保工程施工期间未发生质量、安全事故。

省公司将施工人员向特高压工程倾斜。2008 年 3 月 15 日，仅投入线路工程的施工队就达 31 支、1500 余人，最多时达到 2500 余人。广大参建人员风餐露宿、顽强拼搏，不论是炎炎夏日，还是凛冽严冬，在变电站施工现场，在线路施工工地，在临时搭建的工棚里……都能看到他们忘我工作的身影。

2007 年春节，省电建四公司特高压项目部的全体建设者在工地忙碌中度过；2008 年春节，省供电承装公司全体建设者放弃回家的机会，在组塔施工；省送变电特高压项目部经理李玉在工程建设中整体策划、缜密组织、上下协调，每天处理事务到深夜，每天睡眠不到 6 个小时，被人们成为“不知疲倦的经理”；省供电承装公司的张利嘉孩子出生后一直在保温箱里待了 40 天，而他只在医院陪了一两天……

2008 年 7 月 28 日，省供电承装公司承建的第二标段全线架通。在此之前的 6 月 27 日，省送变电公司承建的特高压线路工程导地线展放告捷。第三标段主体工程安全、高效完工，标志着省公司承担的特高压两个标段 138 基铁塔、69.37 公里线路的施工任务全面完成。

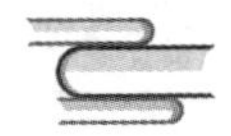

2008 年 11 月 6 日，国家电网公司组织专家对特高压山西境内 4 个标段进行了验收，包括省公司承建的两个标段在内的工程完全符合设计要求，合格率、优良率均达 100%。

在积极参与特高压工程建设的同时，省公司加快省内配套电网的建设步伐，加强我省为特高压送电的大煤电并网工程的建设服务，全力确保这些工程与特高压试验示范工程同步投运，全力保障晋东南特高压站“有电送、送得稳”。

擎起“电力高速路”

省公司以科学发展观统领工程建设，以探索精神谋求突破。所属施工企业，不断采用新技术、新材料、新工艺，把创建优质精品工程的要求落实到每个局部的设计方案和细节上。

省电建四公司编制了若干项土建典型施工工法和工艺导则，采用“独立支撑、定型机加工套板、偏差微调”专用精确定位系统，在 1212 条 500 千伏和 1000 千伏地脚螺栓安装中，最大偏差仅为 1 毫米，架构安装无一扩孔，被承担架构安装任务的湖南送变电公司誉为“从未遇见过的标准工程”。

省送变电公司设计安装了小型集中搅拌站，机动灵活地对 2～5 基铁塔的施工用料进行小型集中搅拌，改变了以往现场搅拌的施工模式，既减少了临时占地，又使材料运输便捷、环保。在整个工程建设中，该公司发明新技术、新工艺 30 多项，完成工器具改造 20 多项。

特高压铁塔结构尺寸、塔片重量是常规 500 千伏线路的 2～3 倍。省送变电公司采取拆分横担起吊的方法，解决了吊装难题。省公司超前开展与特高压配套的工程技术研究，深入研究山西电网接入特高压后的稳定运行及控制协调技术，“山西电网接入特高压电网的运行协调及控制策略研究”等 4

项国家电网公司重大科技研究项目顺利通过验收，实现了重大创新。承担的“1000 千伏特高压输电线路采空区运行技术研究”等项目解决了特高压投运后的一系列关键技术难题。

世上无难事，只要肯登攀。经过两年多的艰难跋涉，特高压工程由建设、调试、试运行和设备考核，目前已进入正式运行阶段。省公司上下用超凡的付出谱写了一曲挑战输电工程极限的赞歌，筑起了特高压这座举世瞩目的丰碑。特高压必将成为我省新型能源和工业基地崛起和跨越的“引擎”。

崇山峻岭架彩虹

张丽丽 | 国网山西送变电公司

2008年底，恢弘壮观的1000千伏晋东南—南阳—荆门特高压交流试验示范工程胜利告竣。省送变电工程公司作为承建者之一，用爱、真诚、激情和超凡的付出，架起了一道壮丽的彩虹。

挑战施工极限

特高压输电线路是目前我国电压等级最高的线路，与500千伏线路相比，它基础根开19.44米，是500千伏线路的2倍，最深基坑8.2米，是500千伏的3倍；岩石掏挖、嵌固基础最大基坑面积32.2平方米，大板基础最大基坑面积539.64平方米，超出了一个篮球场的面积；铁塔最大全高88米，是500千伏的3倍，最大单基塔重118879.7公斤，接近500千伏塔重的10倍；酒杯型塔最宽的横担63.8米，大于500千伏铁塔的高度，最重的横担8357.1公斤，相当于一基500千伏铁塔的重量。无疑，这是当下线路建设的极限。身经百战的省送变电公司二分公司担起了挑战线路建设极限的重任。47名工程管理技术人员、800多名施工人员义无反顾地踏上了征战特高压的征途。

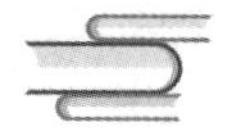

“特殊性”的管理

工程的特殊性，要求施工管理也要有“特殊性”与之相适应。项目部有一整套疏而不漏的管理办法，使“安全第一、质量第一”的管理意识在施工中得到全过程体现，安全施工得到全方位的保证。

质量是工程的生命。项目部建立了施工全过程、全方位、全员的质量责

任体系，并建立和完善了质量问责制，对因施工造成质量问题的，对优质工程率未能达到国家电网公司要求的，严查严究，通报批评，以责论处。疏而不漏的管理办法，为工程顺利进行铺平了道路，使得基础工程和铁塔组立工程合格率和优良品率全部达到了 100%。

建设者的足迹

如果说特高压工程建设是一部交响乐，那么奉献者的故事就是这首旋律

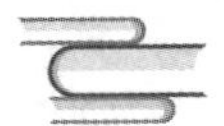

上一个个跳动的音符，正是这些故事的精彩和激奋，才使这部交响乐铿锵有力，雄宏激越，震撼人心。

李玉，项目经理，一位年轻的指挥员，在工程建设中他总揽全局，统筹兼顾、整体策划、缜密组织、上下协调。他经常是边吃饭边思考，边走路边在电话里布置工作任务，每天休息不足 6 小时，被称为“不知疲倦的经理”。张培俊，前特高压项目经理，面对从未涉足的特高压工程建设，面对工程建设初期千头万绪的工作，他与项目部技术人员群策群力，制定出缜密的施工组织措施与技术、工艺改进方案，为项目部顺利开展工程建设铺平了道路，打下了基础。正是他们的大勇大爱、奉献、忠诚，才在特高压这座举世瞩目的丰碑上镌刻下了送变电人的华章。

回望工程建设的点点滴滴，我们无不为工程的雄伟浩大所震撼，无不为工程建设中建设者攻奇难、克险峻，顽强拼搏的气魄和胆识所震撼。

大显身手铸精品

王正锋　张燕燕 | 国网山西承装公司

省供电承装公司承建的1000千伏晋东南—南阳—荆门特高压交流试验示范工程第二标段施工任务，历经一年多的艰苦努力、精心施工，已于2008年7月28日全线架通。工程取得优异成绩，实现了各项既定的目标，倾注了全体职工对特高压工程的满腔热血，渗透了全体参建人员用忠诚谱写的壮丽诗篇。

科技创新　硕果累累

该公司科技创新，大胆采用新型技术装备，充分借鉴国内外的先进技术和经验开展科技攻关，以执行统一规范的施工作业指导书为重点，提高施工管理标准化水平。同时，精心组织，施工人员发扬特别能吃苦、特别能战斗的优良传统，铸造精品。

该公司以特高压工程为突破口，大力开展科技创新，成立了科技攻关组，经过实践形成一套完整的大板基础施工技术方案，针对大板基础具有土石方量大、结构尺寸大、混凝土量大、环保影响大等特点，采用了挖掘机开挖、商混浇注、生态绿网进行覆盖多余土方法，经过在工程

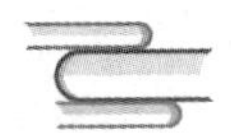

中的施工实践，取得了良好效果，大板基础采用机械抹面机，混凝土表面光洁平整，并提高了抹面效率。该项目已荣获 2007 年省公司科技项目一等奖。

特高压项目部现已全面普及工程信息平台和海拉瓦模拟系统，并使用局域网实现档案管理公开化、标准化、快速化、准确化、在控化。方便、快捷地实行内部各级人员之间的协作、内外部各种资源的有效结合，为办公人员提供了高效的协作平台。特高压工程每一道工序、每一个环节都在创新，在整个工程建设中，项目部发明新技术、新工艺 23 项，工器具改造 30 多件。

奉献情怀　大局至上

在晋东南特高压工程第二标段施工现场，活跃着一群可敬可爱的线路工人，他们为保证特高压工程进度，演绎着一个个舍小家为大家的动人故事。

在 2008 年的春节前夕，项目部决定过年不放假，以确保工程进度，年前可以回家探亲一到两天。当这个决定下达到每一个项目施工人员时，施工人员都不约而同地放弃了回家的机会，继续奋战在特高压工地。项目经理李强和项目副经理王少辉、郭志刚几年春节为了工程建设几乎没有回过家，一句“家人已经习惯了”道出的都是酸甜苦辣、真情实感；技术员杜鹏已经确定了婚期却一拖再拖，多亏家人理解；张利嘉的孩子出生后一直在保温箱里待了近 40 天，而他只在医院陪了妻子两天，孩子好转后他主动提出要坚守岗位；付烜的爱人怀孕的 6 个月里，夫妻见面的时间加起来也不到 10 天；还有的同志带病坚持工作，使得工程进度逐渐赶上。

一年来的酸甜苦辣都将成为历史定格在我们的记忆中。展望未来，我们将会在前进的道路上走得更远……

晋商故里起通途

仇晓静　孙建峰　赵云飞 | 国网晋中供电公司

5 月 13 日，榆横—潍坊特高压交流工程（山西段包 10 标段）首基基础试浇仪式在榆社县北寨乡白家庄村和左权县石匣乡蒿沟村如期举行。

特高压，将在晋商故里架起“空中走廊”。这是一个喜讯，也是一次破题。

谋定而动破题

山西在建的 9 项特高压工程中，有“两交三直”5 条线途经晋中市，1 座 1000 千伏变电站落户平遥县。

“肯定有挑战，但我们有信心把难点变成亮点，谋定而动，不仅建设好特高压工程，还要为今后的电网建设铺好路。”晋中供电公司总经理文建光与班子成员站得高、看得远。

破题之路必须从头走好。

首先开工的是榆横—潍坊特高压线路及 1000 千伏晋中变电站工程。按照国家电网公司要求，遵循更大范围资源优化配置，节约线路走廊的原则，立足国家大气污染防治，“晋电外送”的重点工程和促进晋中能源基地开发的战略方向，省公司落实李小鹏省长、高建民副省长的重要批示，晋中供电公司负责人多次走访晋中市委、市政府，商讨电网规划与城市建设的协调配套事宜，并实地勘测特高压晋中站站址，将特高压建设作为重点工程推进。今年，晋中市三届人大七次会议报告指出：要全力建设特高压，特别是 1000 千伏变电站。

国家电网 STATE GRID

国网山西省电力公司主管主办 山西电力报社出版

全国先进企业报 山西省一级报纸

山西电力报

2015年5月19日 星期二

发掘精彩 分享价值

晋商故里起通途

——晋中供电公司推进榆横－潍坊特高压工程建设前期侧记

NEWS 公司要闻

国家发改委下达2015年农网改造升级投资计划

公司总投资13.9亿元

我省2015-2017年电网建设规划

公司122个项目“入列”

公司QC小组成果

在国网公司再创佳绩

电网的忠实守护者

——记山西省特级劳动模范、朔州供电公司运检部主任高存博

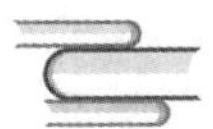

政府的支持给了晋中供电公司莫大的动力。在依法合规的基础上，平遥、祁县、榆社等 6 个县均成立县政府特高压建设领导组和拆迁领导小组，所涉征地、补偿事宜全权由政府部门承担办理。

平遥县委、县政府高度重视，召开动员会，县委书记、县长多次到现场查看进展。作为特高压建设领导组组长、副县长张锦东直接将办公场所“搬移”到特高压变电站站址，与乡镇负责人深入农户家中，解决突出问题，协调各项工作。

多个支撑性政策先后到位：继 2008 年《山西省工程建设补偿》后，首部根据县域特点，电压等级类别不同的《电网工程建设拆迁补偿参考标准》出台，为今后各类电压等级青赔补偿提供了依据。3 月初，特高压晋中站的先行用地手续中需要平遥县政府配合完成的 9 个相关手续全部办理完毕。特高压良好的建设环境日趋形成。

属地协调抢“零”

从启动 154.52 亩变电站征地拆迁到补偿款全部汇入 166 户拆迁村民账户，晋中供电公司用了 1 个月。

从工程所涉 8 个县的铁塔永久性占地协议签订到补偿款汇入特高压拆迁工程专用账户，晋中供电公司用了 3 天。

至此，晋中电网史上面积最大、人数最多的征地拆迁工作已完成，晋中供电公司创造了零抢栽树木、零搭建房屋、零恶意阻拦的“三零神话”。公司副总经理贾彦龙说：“这不仅仅是晋中供电公司的突破，也是公司电网建设中的亮点。”

为了能让征地拆迁之路走得容易些，在省、市公司的指导下，分管电网建设的晋中供电公司副总经理刘树田多次明确“最大化地发挥属地协调作用”的思路，而作为特高压站的落户地——平遥供电公司也是“蛮拼的”。与镇政府联动，分两组蹲点、入户，讲政策、拉家常，掌握拆迁户的具体情况，有的放矢开展拆迁工作。联动县、乡、村，实施县对乡（镇）、乡（镇）对村、村对个人的“三级联动”管控督办模式，对每一步工程进展造册登记、保留音像资料，全部予以公示。为防止公示和补偿协议签字后，个别农户违约抢建房屋或栽植树木，造成新的地面附着物，在当地政府支持下，镇、村两级，抽调专人成立巡逻队，24 小时盯紧现场查看，有效防止新矛盾、新问题发生。“主动靠前，积极协调”，平遥供电公司经理赵强带领大家如是而为。

众志成城参建

作为特高压建设的承办部门，晋中供电公司建设部从开始介入，兼任

了策划师、宣传员、协调人、建设者等多重角色。提前介入民事工作，组织宣传特高压知识，让"特高压"从"起点"走进广大群众的视野；提供政策依据与保障，极大地调动属地协调的能动性与主动性，推动变电站现行用地等重点工作都走在了前列；编制赔偿协议模板，规范办事流程，使随后开工的县域工作有了"参照物"；编制了"工程进展一览表""特高压工程简报"等，确保每一步工作有计划、有落实、有汇报。

5 月 13 日，在前期工作全面、高效、优质完成的基础上，榆横—潍坊特高压交流工程（山西段包 10 标段）举行了首基基础试浇仪式。特高压建设在晋中全面拉开帷幕。

"特高压建设到哪里，我们就会支持到哪里。"平遥县洪善镇郝镇长也代表了乡村两级的态度。

"先进的技术，支持错不了，我们盼着咧。"北长寿村的梁老汉，不仅对特高压的好处耳熟能详，也是特高压的义务宣传员。

的确，特高压是国家动脉。政府、企业、百姓都是参建者，需要众志成城。

为了这一刻，他们也“蛮拼的”

李强　力振国　王静薇　张雁｜国网朔州供电公司

6月29日，地处晋西北的朔州市平鲁区南汉井村一早就下起了雨，时断时续的雨水给人们带来诸多不便。尽管如此，晋北—江苏±800千伏特高压直流输电工程开工动员大会仍在这里如期举行。现场气氛热烈、秩序井然，没有出现任何纰漏，受到与会领导和嘉宾的一致好评。

精彩的背后有着一大批人的默默付出，闪光的成就中浸透着众多人的心血与汗水。在这些人当中，不能不提的是朔州供电公司的干部员工，作为属地配合单位，他们付出了更多的艰辛，有着更加深刻的体会。

建设部：务期必成　啃下硬骨头

6月10日，晋北—江苏±800千伏特高压直流输电工程正式获得国家核准，消息令人振奋。然而，开工时间十分紧迫，征地任务异常繁重，作为工程开工建设的“先遣部队”，该公司建设部员工不敢有丝毫怠慢，立即进入紧张的“战斗”状态。

征地拆迁，在当下谈何容易！老百姓的不理解、不配合，让他们

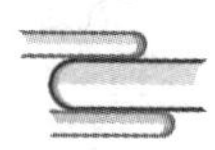

国家电网 STATE GRID

山西电力报

2015年7月28日

发掘精彩　分享价值

为了这一刻，他们也“蛮拼的”

——记为晋北—江苏特高压直流输电工程开工默默付出的朔州供电公司员工

NEWS 公司新闻

公司职工足球赛落幕

公司再紧“安全弦”

五措狠抓供电服务重点业务

以安当先　确保电网平稳度夏

构筑防汛安全网

安全生产从“心”开始

坚守规矩　行必致远

吃了不少苦，受了不少气。“为了工程按期合规开工，我们一定要有吃亏、吃苦、吃气、担责任的‘三吃一担’精神和千言万语、千辛万苦、千方百计地‘三千’精神，否则，我们将一事无成。”屡屡碰壁之后，该公司建设部主任赵建军并没有心灰意冷，他给同事们不断地打气，使大家重新振作起来。

为了加快征拆步伐，他们将省公司先行用地工作计划进行了认真的再分解、再细化，并适度提前了部分关键节点的计划完成时间。征拆期间，他们主动放弃休息时间，跑政府、跑现场、跑乡镇、跑村委，积极与各相关部门和工程涉及的乡镇、村委沟通协调，办理具体事宜，同时，走街串巷，挨村挨户做宣传，争取最大的理解与支持。

时间进入6月，塞北的天气也变得阴晴不定，酷热与阴雨交替上演，风吹、日晒、雨淋轮番考验着他们。几个星期跑下来，人黑了、瘦了，但南汉井村的村民们却对他们从陌生到熟悉，从怀疑到支持，这让建设部的人员倍感欣慰。村民张老汉说：“供电公司的人可真有耐心哩，就为了征地，村里人们可没少给他们‘颜色’看，但他们就是不生气，继续和你讲道理，我就是让他们给说动了。”

“那段时间，村民们最不待见的人就是我们，经常是没讲几句就呛过来。我告诉大家，就算磨破了嘴、跑断了腿，也要保证工程按时开工，最终我们做到了！”谈起开展征拆工作的情景，赵建军颇感无奈，但又充满成就感。

功夫不负有心人，他们成功了，开工动员大会的如期顺利召开便是对他们工作最有力的肯定。

平鲁公司：万无一失　保电没商量

这次开工动员会规格高、规模大，其重要性不言而喻。做好保电工作，为会议顺利进行提供可靠电源同样十分重要。按照就近原则，这一光荣而艰巨的任务自然落到了平鲁供电公司的肩上。

“必须做到万无一失”，从接到保电任务起，这句话就深深地烙在平鲁供电公司每一名保电人员的心里，成为他们一切行动的宗旨。

“虽说是 6 月 28 日开始进入保电状态，但早在一个月前我们就为开工现场安装了 500 千伏安箱变、断路器、高压计量箱，架设了 230 多米线路。前几天又安排专人对涉及的电力线路和开工现场的用电设备进行了全面巡查。”平鲁供电公司经理善福平介绍说。

开工那天，尽管下着雨，但平鲁供电公司参与保电的 40 名工作人员按时进入保电岗位，大型移动发电车也早早启动待命，保电涉及的变电站、线路、杆塔全部安排专人值守。

雨天的平鲁，很是阴冷，前一天刚平整过的现场也变得泥泞不堪，寸步难行。但保电的人员顾不了这些，负责守护在现场变压器和移动发电车旁的配电检修班班长韩志文和同事紧紧盯着双电源切换装置上的指示灯，生怕出现什么异常情况。为了双电源切换装置能正常工作，韩志文和同事将一块塑

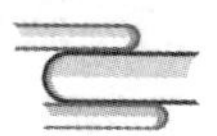

料布铺在装置上面，而他们自己却站在雨里，雨水顺着安全帽不断滴在他们的肩膀上，脚下的泥水更是没过脚面，但他们全然不顾。

上午 11 点 30 分，当现场传来山西省特级劳模、全国五一劳动奖章获得者李玉宣布工程开工的声音后，在场的所有保电人员都不约而同地舒了一口气，凝固的表情也开始“解冻”，每个人脸上露出了胜利者的喜悦。

志愿者：精益求精　用心服好务

在开工动员大会召开的当天，还有一群年轻女孩活跃在现场，她们靓丽的身影、周到的服务、真诚的微笑，给在场的每个人都留下了深刻而美好的印象，她们就是朔州供电公司的青年志愿者礼仪服务队。

“公司对这次礼仪服务非常重视，我们每个队员也特别上心，对站姿、走姿、手势、表情等都提前进行了规范训练。开工前的几天，我们天天都要跑现场，熟悉室内室外的地形分布，仔细铭记每一间会议室的位置，认真琢磨每一个服务细节，熟悉每一步引导流程。”谈及此次开工动员大会的接待服务，志愿者礼仪服务队队员张志晓感触颇深。

为了将服务做到尽善尽美，志愿者服务队在开工前一个星期就制作了礼仪服务流程图，明确了分工，并将礼仪服务细化到每一个人，每一个点。

“所有志愿者都‘蛮拼的’。有时候为了一个动作规范，她们一练就是一个多小时，而且为了让每位参会者对会议情况都有所了解，对朔州有一个美好的印象，负责跟车的志愿者更是通宵达旦地背朔州风土人情、公司概况和议程。”作为此次志愿者服务队的队长，李小卿见证了每位志愿者的努力和付出。

然而开工当天，天公不作美，阴冷的天气让衣着单薄的志愿者们仿佛置身寒冬。但她们并没有因此而退缩，每个动作、每项工作都完成得一丝不

荷，无论是在冷气袭人的山上，还是泥泞湿滑的山下，她们都坚守在各自的岗位上，用真诚的微笑、周到的服务、规范优美的动作将“微笑是青春名片，真诚是青春形象”播洒在会场的每一个角落，为大会的顺利召开增添了一抹亮丽的色彩和一份无形的力量。

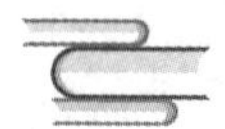

直面最大　迎战最难

冉涌 | 国网山西新闻中心
陈鹏 | 国网山西承装公司

一场大雨使持续多日的高温天气变得稍许凉爽。一大早，省供电工程承装公司第二分公司经理兼灵州—绍兴 ±800 千伏特高压直流输电线路晋 1 标段项目经理乔林杰就迫不及待地开始布置工作。他一边强调趁气温下降抓紧施工，一边嘱咐人员上山注意安全，一边还就落实各项防范措施反复叮咛。

特高压灵绍线西起宁东（灵州）换流站，东至浙江（绍兴）换流站，线路全长约 1720 公里，途经宁夏、陕西、山西、河南、安徽、浙江 6 省区，是国家“西电东送”主通道，也是世界上目前唯一采用 1250 平方毫米最大截面导线的直流输电项目，工程极具挑战性。而乔林杰他们所承担的晋 1 标段，西起山西吉县柏山寺乡刘古庄岭村北 1.5 公里处，东至山西乡宁县北坪村东，线路全长 36.256 公里，共计组塔 73 基，是山西 3 个标段中唯一全山区地形和压矿区、采空区较多的标段，施工难度最大。该标段自 2014 年 10 月 24 日开工以来，乔林杰和项目部的同事就咬定工作不放松，直面最大，迎战最难，发扬敢打硬仗的顽强作风，按期优质高效地完成各项里程碑计划，受到上级单位一致好评。

树立信心：敢于同场竞技

翻开乔林杰的工作履历，虽然这些年一直带领队伍南征北战且功绩卓著，但接手特高压，尤其是这项又大又难的直流特高压工程还是第一次。因此，当省供电工程承装公司将任务交给他时，有人私下里甚至担心：“乔林杰能啃下这块硬骨头吗？”

乔林杰似乎也清楚这些，他把树立信心当作打赢这场硬仗的前提和保证。从去年开工到现在，每次项目部开会，他都要深入分析项目管理过程中的优势与劣势，正确与失误，特别是对取得的成绩给予充分肯定，激发大家以更大信心和更高热情投入工作。而他自己，则潜心研究特高压施工与管理技术，把精力全部放在抓大事要事上，用事实证明他是一个合格的人选。

“乔林杰是公司优秀的中层干部，多年在外打拼积累了丰富的管理经验，这些年又多次参加特高压技术培训，对特高压建设管理已经相当熟悉。公司选派他也是经过慎重考虑的，有些担心真的没有必要。”省供电工程承装公司主要领导对此这样评价。

事实上，乔林杰确实不负众望。项目总工魏玉山曾参加过 1000 千伏晋东南—南阳—荆门和 ±800 千伏哈密—郑州两条特高压线路建设，他用两件事证明乔林杰在特高压管理方面的才能。其一，在线路开工优选分包商时，乔林杰不但看资质，看信誉，而且看现场施工保证措施，一些不注重现场管理的立马“现形”，遭到淘汰；其二，在基础掏挖过程中，因原先设计的支撑钢筋较细，只有 6 毫米，常常发生变形，影响到施工进度，乔林杰当即拍板：“与设计、监理单位协商，变更图纸！”魏玉山感慨地说：“如果不是优秀的管理者，肯定不具备如此丰富的管理经验和大胆决策的魄力。”

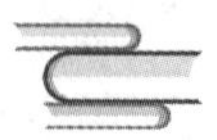

也有人表示，刚开始的确对第一次展放最大截面导线缺乏底气，但看到项目部编写详尽的《项目管理实施规划》，看到乔林杰在租赁张力机、滑车，选购卡线器、紧线器、大吨位液压机时对各项技术参数把握得如此精准，立马又信心倍增。

对此，乔林杰只是微微一笑，轻声说："特高压大截面导线展放对谁来说都是第一次，大家都在一个起跑线，属于同场竞技，这就要看谁的信心更足，更有拼劲。"

的确，依靠强大的信心和战斗力，晋 1 标段与山西其他两个标段一道携手共进，在去年国家电网公司开展的项目综合评价中，取得沿线 6 省区的最好成绩。

强化管理：把控每个细节

管理是永恒的主题。对于特高压灵绍线这项施工难度较大的工程而言，要确保安全、质量、进度，必须强化管理。晋 1 标段坚持将把控好每个细节当作提升管理水平的重要手段，收到显著成效。

每天清晨，刘水龙、阴海生等 13 人都要背上干粮早早出发，前往各个施工现场。起早贪黑、早出晚归是他们的真实写照。他们是晋 1 标段项目部特聘的具有丰富经验的驻施工队安全监督员。

"把控细节必须掌握细节。我们安排安全监督员与施工队同进同出，就是希望在确保现场施工安全的基础上，尽可能多地发现管理上的细节问题，为针对性制定管理措施提供第一手资料。"项目部工程科科长张文斌说。

去年 11 月，基础浇铸工作开始，但由于山里气温较为寒冷，为防止混凝土搅拌和基础保温受到影响，现场监督员及早将这一情况进行汇报，项目部随即按照之前制定的混凝土冬季施工措施着手解决。他们投入 70 多万元，先后购置了数台锅炉、数十吨煤、数百条棉被和数千块草垫及塑料布，将水直接拉到山上，用锅炉烧热水搅拌混凝土，用棉被、草垫及塑料布为基础蓄热，白天黑夜连续施工，确保了工程质量合格率 100%。

今年 5 月，正在组立的 1015A 铁塔由于地处采空区，发现基础沉降、位移，项目部高度重视，本着积极负责的态度，立即向监理和设计单位发出工作联系单。当设计单位经现场勘测提出改线方案后，他们又积极担负起 6 座铁塔由单塔双极改为两个单极回路的施工任务，及时防范了一起重大安全隐患，由此多增加投资 680 多万元。

“其实，我们的追加远远不止这个数字。为了满足施工要求，项目部可以说在每一个细节上都严格把关，坚决做到保质保量。”张文斌说。晋 1 标段地处湿陷性黄土山区和压矿区，为防止基础下沉，塔基多半采用复合式大板，土方开挖量和混凝土搅拌量是普通塔基的 2 倍，而为了提高挡土墙整体质量，还将部分挡土墙由石砌改为钢筋混凝土现浇，由此费用又增加 3% 左右。

这一说法随后从有关方面提供的数字进一步证实：晋 1 标段线路全长 36.256 公里，共用混凝土 15174 方，晋 2 标段线路全长 58.96 公里，共用混凝土 11300 方，仅为晋 1 标段的 74.5%。

创新思路：灵活破解难题

除了费用和工作量的明显增加，晋 1 标段项目部在建设过程中还遇到不少难题，对此，他们不等不靠，创新思路，灵活解决。

李洪生是宁夏电力建设咨询有限公司驻晋 1 标段监理站长，从项目开工至今，他仅春节回过一次家，其余时间都在现场。他对晋 1 标段项目部的创新管理深有感触。他说，在组塔阶段，部分塔材螺丝孔加工尺寸有误，而供

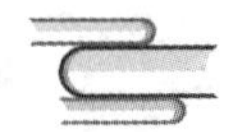

应商又派不出人手前来处理，晋 1 标段项目部就协调厂家提供一台钻孔机自己打孔。后来发现一台钻孔机不够用后，他们就自己购买一台，确保工期不受影响。

李洪生继续说，这些天，放线工作开始了，但由于协调供电线路停电困难较大，为了确保施工进度和减少停电对群众生活的影响，晋 1 标段项目部就自购 10 千伏和 35 千伏电缆数公里，通过地埋代替地上线路供电的方法，使停电时间大为缩短，受到当地群众和建设各方的充分肯定。

李洪生掰着指头算了一笔账："如果晋 1 标段项目部不能创新思路，什么事都要等到协调好后再去施工，那么每窝工一天影响进度不说，单人工和机械租赁费就要支出 5 万元，这是一笔不敢细算的费用。"

据悉，在解决人员长期不能回家、提高团队凝聚力，融洽业主项目部、施工单位、监理公司几方关系等方面，晋 1 标段项目部都有自己独到的方法。也正由于这样，他们的工作样样不甘人后，频频受到好评。

截至目前，晋 1 标段基础浇铸、铁塔组立顺利通过山西电力建设质检中心站的质量转序，架线完成 2 个区段 9.685 公里，因地基沉陷变更的基础施工稳步推进。

"灵绍线计划 2016 年 4 月投运，省公司要求 2015 年 12 月全面完工，我们的目标是再提前 2 个月！我们有信心打赢这场最大最难的硬仗！"乔林杰坚定地说。

迎难而上的开路者

冉涌 | 国网山西新闻中心
李强 宋宏雄 力振国 | 国网朔州供电公司

2015 年 11 月 22 日，一场雨雪冰冻天气突袭晋西北，给行人和车辆造成严重影响，许多人干脆选择宅在家中躲避严寒享受温暖。但在降雪最为集中的朔州市平鲁区，朔州公司干部员工正冒雪赶往山西一江苏 ±800 千伏特高压直流输电工程晋北换流站建设现场，协调解决工程受阻问题。

2015 年是国家电网公司特高压工程建设最多的一年，山西作为主战场，从年初至今已连续开工 1000 千伏蒙西—晋北—天津南，1000 千伏榆横—晋中—潍坊，以及 ±800 千伏晋北—江苏三项特高压输电工程，这其中，1000 千伏晋北变电站和 ±800 千伏晋北换流站分别选址朔州市的应县和平鲁区，给朔州供电公司的属地化协调工作带来严峻挑战。为了做好各项土地征用协调工作，保障重大项目快速推进，朔州公司成立一把手为总负责的协调领导组，抽调应县、山阴县和平鲁区等沿线公司精兵强将，打响了一场艰苦卓绝的项目协调攻坚战。几个月来，他们栉风沐雨、风餐露宿，心系大局、迎难而上，忘我奋战在协调工作第一线，成为山西公司广大干部员工积极支持和服务特高压建设的典型

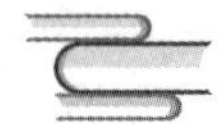

代表，被誉为特高压项目的“开路先锋”和“幕后英雄”。

李世亮：家事再大也是小

李世亮今年 58 岁，是山阴县供电公司协调专责，也是此次各单位抽调参与特高压建设协调专责人中年龄最大的一位。这位有着 20 年党龄的老员工，多年来以对工作一丝不苟的敬业精神而著称。在这次协调中，他负责两条特高压线路共 150 基铁塔的占地协调，截至目前，106 基交流特高压线路占地已完成 105 基，44 基直流特高压线路占地已完成山西段首基浇铸仪式，是 3 个县区完成最好的一段。

“山阴段进展较快，靠的是老李的全身心投入，他可以说为了特高压事业到了对家庭不管不顾的地步。”山阴公司负责人任赟说。

任赟所言并非夸大其词。今年 3 月，1000 千伏蒙西—晋北—天津南特高压交流输电工程开工不久，李世亮即肩负起协调重任，但恰在同时，他的妻子被医院确诊为肾癌，需要到北京进行手术。当时，李世亮的两个女儿都在外地上班，而工程协调任务又很紧，无奈之下，李世亮就委托弟媳妇陪同妻子前往，好在手术非常成功。李世亮愧疚地说，因为术后还要持续化疗，此后整整半年时间，妻子和弟媳妇就一直住在北京的地下室，而他自己一次也没有去过，甚至忙起来连个电话也没有打。

国庆节前夕，李世亮的妻子从北京返回，按理说，这下他该抽出时间好好补偿一下，但他仍是一头扎在工作中。他说：“越到最后，工作越是难做，我必须抓紧啃下剩余的硬骨头，不能因为自己的家事影响整个企业发展。”就这样，他除了做好办公室岗位职责之外，其余时间都在联系乡镇政府，联系相关村民，经常是晚上八九点以后才饿着肚子回到家里。

郭建栋：坚持就会有希望

郭建栋，1985 年出生，平鲁供电公司协调专责，本次协调中年龄最小的一位。与其他人从一开始就负责征地协调不同，郭建栋 8 月 20 日才调到平鲁公司，8 月 22 日正式接手这副重担，可以说是初出茅庐。但就是这样一位还谈不上具有丰富工作经验的年轻人，硬是凭着一股初生牛犊不怕虎的拼劲，接连搬掉几个拦路虎，为平鲁的协调工作打开了局面。

郭建栋搬掉的第一个拦路虎是阻虎乡某村委会主任。该村委主任在办理相关手续加盖村委会公章事情上觉得郭建栋年少好欺，总是找各种理由推三阻四。郭建栋见软的不行，就咨询各种法律条文，拿起法律武器与该村委会主任进行反复交锋，最终使对方认识到阻碍重点工程要负法律责任的严重性后果。

郭建栋搬掉的第二个拦路虎是向阳堡乡某村民。该村民以在朔州经商无暇回农村为由，拒不商谈迁坟事宜。郭建栋在打了几十个电话无果之后，亲自赶到朔州找其面谈，但该村民又以去了周边县区为由不予合作。眼看着工期一天天临近，郭建栋心急如焚，他四处打听该村民在朔州的住所，一连四个晚上蹲守等待，最终成功做通了工作。对此，郭建栋感慨地说："征地协调难是一个普遍现象，越是难的时候就越要坚持，只要坚持就会有希望，就在向成功迈进。"

有一组数据可以反映郭建栋三个月来的工作：平鲁距其朔州家里仅 28 公里，但 13 个双休日只回过 9 次，为了工作把爱人和两岁的孩子都送到了岳母家。手机三个月话费总计超过 1000 元，私家车原本属于夫妻两人共用，现在归他一人，行车里程也由每月 2000 多公里猛增到 10000 公里左右，平均每天 300 公里上下。

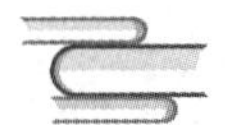

黄保飞：学会变通很必要

在土地征用协调和手续办理过程中，除了主动加强沟通，耐心去做思想工作外，有时还必须学会变通，善于通过别的途径获取想要的结果。在这方面，46 岁的应县供电公司协调专责黄保飞积累了一定经验。

1000 千伏蒙西—晋北—天津南特高压交流输电工程有 3 基铁塔需要占用杏寨乡大北头村两户村民的土地，但黄保飞和乡干部多次找到两户村民商谈赔偿之事时，对方就是不肯答应。为了不影响工程进度，黄保飞思考着通过别的渠道进行说服。后几经打听，找到一位在该村享有极高威望的在外公职人员前来协助，最终解决了征地问题。黄保飞的变通效果还体现在林权地手续办理方面，因为遗失等原因，一些林地的林权证无法获得，给变电站和线路用地手续办理造成困难，黄保飞就开动脑筋寻找新途径。经过广泛咨询，得知如果县政府能够出具林权证明上级林业部门同样认可。于是，他又找到县政府说明来意，很快解决了这一难题。黄保飞说，如果不懂得变通，那么要想取齐特高压的相关手续，几乎很难。据悉，1000 千伏蒙西—晋北—天津南特高压交流输电工程在应县占用林地 90 余亩，涉及村民 18 户，几乎全用的变通形式。

“截至 11 月 20 日，1000 千伏蒙西—晋北—天津南特高压交流输电工程朔州市 395 基铁塔完成基础浇筑 92.7%，仅剩 29 基铁塔占地正在加紧协调；±800 千伏晋北—江苏直流特高压输电工程朔州市 119 基铁塔开挖 15 基，浇筑 12 基，基本满足工程要求。我们要进一步发扬‘三千’精神，及早落实上级下达的协调任务，为特高压开好路，护好航，做出我们朔州供电人的应有贡献。”朔州公司基建部主任赵建军说。

2. “十一五”发展看电网

2011年，我国进入“十二五”时期。“十二五”是国网山西省电力公司晋级发展的重要战略机遇期，是深化“两个转变”、加快智能电网建设、构建“三集五大”体系，建设“一强三优”现代公司的关键时期。

《山西电力报》开辟“‘十一五’发展看电网”栏目，分市长篇、数字篇、员工篇3个专栏，系列报道“十一五”以来公司科学发展取得的巨大成就和重要经验，充分展示广大干部员工顽强拼搏、无私奉献的宝贵精神，旨在总结经验、砥砺前行，鼓舞广大干部员工奋发有为，书写“十二五”发展更加壮丽、辉煌的新篇章。

飞越煤海

张一龙 | 国网山西新闻中心

“十一五”期间，国网山西省电力公司完成电网建设投资 383 亿元，其中 500 千伏和 220 千伏主网架完成投资 207.61 亿元，占总投资五成多。500 千伏主网架由 2005 年的“一纵两横”发展到 2010 年的“两纵四横”，220 千伏分区供电的格局初步形成。

海阔潮涌，千帆竞发。2010 年，以 46 项重点工作和 26 项重点突破项目带动，省公司各项工作呈现出了亮点纷呈、和谐发展的新局面，晋级发展上台阶初战告捷。以此为起点，回溯“十一五”便会发现，五年来，山西电网的“血脉”更加充沛，“筋骨”更加强健，“头脑”更加聪明——踔厉奋发的五年，一条条坚实的电力大通道日渐夯实，一张崭新的能源传输网络已经飞架在煤海上空。

特高压谱写晋电外送新篇章

水唯善下能抵海，山不矜高自极天。

我省地处太行山与黄河北干流峡谷之间，矿产资源丰富，其中，6.2 万平方公里的含煤面积占到全省总面积 15.6 万平方公里的 39.6%，保有

国家电网 STATE GRID

山西电力报

全国优秀企业报 山西省一级报纸

总第 1486 期 2011 年 2 月 15 星期二 逢周二、周五出版

发/掘/精/彩 分/享/价/值

临汾：真诚服务 一路同行

电力充足 麦苗喝足

话“规划希望” 说“和谐执行” 谈“幸福发展”

飞越煤海

——省公司“十一五”电网建设与发展综述

用和谐执行推动战略实施

浓浓真情献用户

资源储量 2654.84 亿吨，占全国的 26%。长期以来，能源资源大省的称谓实际上多指煤炭大省。“十一五”的五年中，1 条特高压和 9 条 500 千伏外送通道的坚强电网不仅使晋电外送规模迅速扩大，还使能源大省的内涵更加丰富，更加名副其实。

山西特殊的地理位置凸现了山西电力的重要性。山西是环渤海经济带的重要一环，是京津唐地区重要的能源基地；山西处于“西电东送”北通道上，联结经济发达的东部和正在大开发中的西部，不仅是“三华”互联大电网的枢纽，还是能源输送和供给的重要通道。此外，山西被称为中部崛起的“北引擎”，本身担负着邻近各省的能源供应和保障。这三点，决定了山西电力必须同时兼顾省内、省外两个市场。自 20 世纪 80 年代中期，山西以大房双回 500 千伏超高压输电线路向京津唐电网送电开始，山西电力逐渐承担起日益重要的外送电任务。500 千伏线路分别与京津唐电网、河北南网相接，通过点对网送电江苏，为这些地区的电力保障和经济发展做出了重要贡献。

特高压工程落户山西，提升了山西电网在国家电网中的地位，使山西率先进入特高压时代。国家电网公司总经理刘振亚对特高压工程寄予了厚望，他多次会晤山西省领导，双方对加快山西电网建设达成共识。2010 年 7 月，

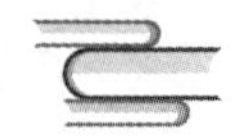

省政府向国务院专题呈报了《关于推进特高压输电线路建设　加快实施晋电外送的请示》，为电网建设和经济转型发展争取了更大的政策支持。两年来，这条世界上电压等级最高的输电线路实现了“水火互济”，缓解了枯水期华中地区的电力短缺，更重要的是打开了晋煤外运的新通道，极大缓解了公路、铁路运力紧张的严峻形势。大秦铁路之外，特高压已迅速崛起，成为山西能源经济转型、资源优化配置的“新地标”。

2011 年伊始，晋东南特高压变电站扩建工程已全面铺开，晋中、晋北特高压变电站和更多的特高压输变电工程正积极推进。“十二五”期间，依托晋中、晋北和晋东三大煤电基地，山西将谋求成为全国最大的外送电基地，全面建成以 3 个特高压通道及 500 千伏“三纵四横”骨干网架，满足外送电力 3 个千万千瓦和自用 5000 万千瓦的需要。“煤从空中走”的道路将越来越宽广，晋电外送将翻开中国电力乃至能源发展史上新篇章。

主网架拓展转型跨越新路径

一从银线飞三晋，千里星河落太行。

2010 年 10 月 28 日，随着稷山—吕梁 500 千伏紧凑型输电线路工程的竣工投运，山西电网 500 千伏主网南北第三通道全线贯通。工程的建成投运使我省 500 千伏南北电网在北中部集中同一走廊、抵御自然灾害能力弱的局面得到很大改善，为特高压外送汇集电源及周边新建大型电源点的就近接入创造了有利条件。至此，省公司“十一五”规划的 500 千伏主网建设任务全面完成。

2006 年 11 月 10 日，省政府发出《关于加快电网建设的通知》，明确将电网建设项目列为省重点建设工程，责成相关部门和市、县（区）各级政府，着力解决电网建设中遇到的突出问题。各级政府的支持，无疑为快山西电网建设步伐创造了良好的环境。

2007 年 6 月 19 日，山西电网重大技术改造项目——中南部电磁环网解环工程全线开工。该工程是省公司当年电网建设“双千”工程的重要内容。工程总投资 4.57 亿元，涉及两座 500 千伏变电站、3 条 500 千伏线路、6 座 220 千伏变电站、13 条 220 千伏线路的新建和改造（接），新建线路 249.7 公里，新增变电容量 75 万千伏安，提升“北电南送”功率 90 万千瓦以上。工程战线之长，项目之多，投入之大，堪称全国之最。5000 余名干部员工经过 52 天艰苦卓绝的努力，取得解环工程的胜利，使长期困扰山西的北部窝电、南部缺电的局面从根本上得到解决。

2010 年 11 月 5 日，省重点项目——太钢电厂 500 千伏送出工程一次带电成功，顺利启动投产。本期新建两台 30 万千瓦热电联产发电机组并网发电后，为太原北部地区 800 万平方米城市居民供暖提供了可靠保障。此外，古交电厂、霍州电厂、左权电厂、神头一电厂“上大压小”项目，联盛电厂等送出工程，阳城北、榆次北、吕梁兴县输变电工程正紧锣密鼓的建设。如今，山西电网的“筋骨”更加强健。

主网架的日益坚强不仅满足了省内快速增长的电力需求，也为特高压接入创造了良好的条件。“十一五”前三年，省公司连续实施电网建设“双五百”“双千”“再双千”工程，投产 220 千伏及以上的变电容量超过 2500 千伏安，投产输电线路超过 2500 千米。截至 2010 年年底，山西实现 500 千伏“南北双回、两个环网”，即北部大同—忻州—侯村—晋中和南部临汾—运城两个双回路，中部古交—侯村—晋中单环网和中南部晋中—榆社—长治—晋城—临汾—霍州—晋中双环网两个环网。“十一五”后两年，以 1000 千伏特高压交流试验示范工程投运为里程碑，山西电网成为连接华北、华中、华东三大区域电网的枢纽，一跃成为世界上电压等级最高、技术最先进、资源配置能力最强的特大电网之一。

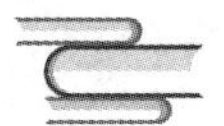

配电网照亮三晋百姓新生活

一枝一叶总关情，城镇乡村遍春光。

2010 年 3 月，山西省新一轮农村电网改造升级工程可研批复全部下达完毕，全省农网改造投资共 30.05 亿元，涉及 25 个 110 千伏工程及 666 个 35 千伏及以下工程。工程涵盖 98 个县，将有力地推进全省“工业新型化、农业现代化、市域城镇化、城乡生态化”进程，使千家万户分享更多的温暖和光明。

配电网主要包括高压 110 千伏和 35 千伏、中压 6～10 千伏、低压 220/380 伏三个等级，主要起分配电能作用。它延伸到城镇，延伸到乡村，延伸到中小企业，延伸到千家万户，是电力服务的“最后一公里”。“十一五”期间，全省 110 千伏及以下配电网主体网架已初步形成，供电质量和供电能力显著提高。但由于历史欠账多和经济快速发展，配电网建设急需加强。

“十一五”期间，省公司 110 千伏及以下配电网投资 125.47 亿元，占总投资的三成多。着力解决县域电网与主网连接薄弱、线路“卡脖子”、设备“过负荷”等问题，切实提高农网供电质量，加快深入推进新农村电气化建设，积极服务“家电下乡”、“农村五覆盖”，推动农网智能化水平的提升。

2006 年 6 月 27 日，国家电网公司与山西省政府签署的会谈纪要，标志着山西省“户户通电”工程全面实施。截至 2006 年 10 月 22 日，省公司累计投资 7965 万元，采用电网延伸方式，新增 10 千伏配变 587 台、10 千伏线路 1590 千米，使 652 个自然村、17572 户共 64443 人彻底告别无电历史。

“十一五”期间，省公司大力推进低压电网改造工程，筹资 3.45 亿元对

32.9 万农户实施“一户一表”改造，投资 23 亿元分期改造全省 31500 座排灌配电台区。开工 35 千伏及以上农村电网扩建、增容、改造项目 971 个，彻底解决农网单线路、单主变运行问题。新建 35 千伏输变电项目 121 个，全面开通为农村工业化、城市化项目供电的“快速路”，围绕农村工业、粮食、林果、畜牧基地的布局，做好全省农村电网规划与新农村及城镇整体建设规划的合理对接。投资 5715.9 万元，完成 1003 个试点村的主干道路灯亮化工程。

2008 年、2009 年，金融危机席卷全球，山西经济遭遇巨大压力。省公

司积极履行央企责任，投入大量资金进行电网建设拉动内需，全面提高电网自动化水平。积极采用新技术、新设备、新工艺，完善县级电网调度自动化系统，实施变电站主变有载调压改造，推行变电站无人值守综合自动化，加快农网光纤通信网络建设和农网继电保护微机化改造步伐，提高农网装备的科技含量和自动化水平，先后完成三批二百余项扩大内需项目和 86 项煤矿二电源工程，为山西经济企稳回升贡献了力量。

2010 年 12 月 27 日，随着霍州牵引站供电工程的顺利投运，标志着历

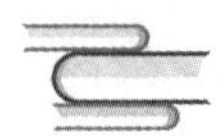

时 5 个月的太中银、南同蒲电气化铁路牵引站供电工程全面竣工投产。省公司全力服务重点工程建设，配合大西客专、中南部电气化铁路、龙城高速、祁临高速、平阳高速等做好线路迁改，圆满完成太钢等电厂 22 台（座）机组并网发电和太中银、南同蒲铁路送电任务。

经过连续五年大规模电网建设，山西电网日趋坚强。“十一五”后期，省公司大力推进智能电网重点工作。110 千伏及以上变电站全部推行智能化设计，建成 220 千伏太原长风商务和 110 千伏运城绛县智能变电站，完成 220 千伏大同浑源变电站智能化改造，建成太原、临汾一体化用电示范区，忻州五台山、太原迎西充换电站开工建设。推广用电信息采集系统，应用智能电能表 150 万只。协调推进 220 千伏及以下各项工程，重点整治运行 20 年以上的老旧设备，有效解决局部供电“卡脖子”等问题。

“十一五”期间，长期以来电网建设滞后于电源建设的瓶颈被成功突破。全省发电装机总容量由 2005 年的 2302 万千瓦增长到 2010 年的 4972 万千瓦，发电能力实现翻番。省公司加快推进电网发展方式和公司发展方式“两个转变”，坚持不懈推进电网建设，主网和配电网规模都实现了五年翻一番。最新统计数据显示，“十一五”期间，预计全省地区生产总值年均增长 11.1%，而全省发电量、电网建设投资、设备容量、线路长度的年均增长率均接近或超前于经济的发展速度，充分发挥了“先行官”的作用。

“十二五”期间，山西电网发展将迈入升级腾飞期。电网建设投资将达到 677 亿元，是“十一五”总投资 383 亿元的两倍左右，是“十五”总投资 193 亿元的 3.5 倍。山西电网将全面建成以 3 个特高压通道及 500 千伏“三纵四横”为核心，以 220 千伏分区供电、各级电网协调发展为基础的坚强网架，实现电网受电能力、输送能力和供电能力的翻番，电网信息化、自动化、互动化水平显著提升，基本形成安全可靠、经济高效、清洁环保、透明开放、友好互动的坚强智能电网。

沧海一粟　精彩演绎

王整转　郑多佳 | 国网运城供电公司

5 年，尽管只是历史长河的沧海一粟，但这其间的每一次亮丽转身，都点燃了运城供电分公司每名员工对美好生活的梦想；其间的每一次进步，更推动了电力事业的蓬勃发展……这一切，都将演绎成运城电网发展史上最亮丽的一笔。

“一览无余的变电站”

“眼睛一闭一睁，用上了电动机构操作；眼睛又一闭一睁，又用上了 GIS 组合电器操作。”运行工区操作队队长邓建成幽默地道出了自己 5 年来在工区的亲身感受。“就拿倒母线操作来说，刚开始用手动设备时，操作人员一次次地在主控室和设备区来回跑，反复查信号、核对位置，累得浑身大汗是小事，效率也不高；最艰难的要数拉合生锈的旧刀闸，不使出浑身力气休想拉开，不累得满头大汗不能合上。如今，同样的操作只要值班员手持对讲机，一名在主控室电脑上远程操作，另一名在现场确认，30 分钟就干完了之前需两三个小时才能干完的力气活，这工作呀，真轻松！”

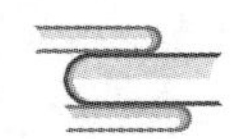

正如邓建成所言，随着大量新产品、新工艺、新技术在运城电网的应用，很多小型、精密、性能优越的设备替代了原来笨重、粗大、落后的设备。该分公司负责人说，“十一五”期间，运城电网已发展成为全省规模较大的地市级电网，现在的生产、运行以及管理模式也发生了相应的变革，人财物资源集约化管理正在全面推进，“大规划、大建设、大营销、大生产、大运行”体系开始构建，电网科技水平不断提升，较好地满足了地方经济社会的发展。

在 220 千伏集“指挥、控制、操作”三位一体的监控中心，值班员正通过视频对 220 千伏杏园站进行辅助巡视，保护室、设备区和主变等，一览无余。“现在设备先进了，我们监控中心只要通过变电站各种监控设施传回的视频和远方传回的数据信号，就可以对 24 座 110 千伏变电站和 8 座 220 千伏变电站实时全天候远方监测。”邓建成指着电脑里闪动的变电站远程监控系统说。

“我们的心呀，踏实”

夜幕降临，完成操作任务的谢晓军舒舒服服洗完热水澡后，走进食堂就喝上了热乎乎的米汤，惬意之情挂在脸上。“以前，我们值班期间都是自己买菜做饭，累了，泡袋方便面哄哄肚子，哪能吃上这么家常、可口的饭菜？”

谢晓军所在的 220 千伏闻喜站离县城 10 里路，从建站之日起便是 4 人一组轮班工作，45 亩大的变电站前不着村、后不挨店。变电站——家里“两点一线”的生活减少了他们与外界的接触，下班后乘着公交车赶回家已错过了晚饭时间，时间一长，个个心里都有怨言。自从公司成立操作基地，统一配备微波炉、电磁灶，设置洗浴室，安装电热水器后，职工的工作、生活环境不仅得到了改善，工作劲头也倍增。“今年 6 月 18 日正值迎峰度夏的关键时刻，省公司总经理张建坤亲自到这儿看望我们值班人员，有各级领导的关怀，我们的心呀，踏实！”谢晓军指着张总和他们的合影，自豪地谈起那难忘的时刻。

“现在，我们上下班有班车接送，吃饭有食堂，公司劳保发放向一线倾斜，岗位工资向一线倾斜。”谢晓军扳起指头细数着。“对家庭困难的职工，单位每年都送慰问金和慰问品，一年检查一次身体，还有……太多了，这种关怀鼓舞我们精心操作、敬业爱岗，可以说，我们的生活别有滋味。”

置身于他们的笑声中，我们真切地感受到这些值班员从自我小家走进基地大家的那份感慨，感受到他们沐浴企业关爱，共同工作、生活的真诚情怀。

“他们个个比我强”

每天一上班，运行工区 53 岁的韩槐林师傅便打开分公司网页，查看下周检修计划内容，着手安排班组工作。他说：“常言人过 50 不学艺，可我就是前年才跟徒弟学会使用电脑的，想不到老了老了还赶了趟时髦，这还真要感谢公司，是公司的快速发展逼我学会自动化办公，要不然还真跟不上时代了。”

说起他的爱徒，韩师傅高兴地伸出拇指：“张伟调到了分公司，丁保凯成了分公司劳模，任财旗现任河津操作队长，他们个个都出息，又赶上了好时代，将来呀，一定都比我强！”

韩师傅所指的“好时代”，是指运城供电公司实施的人才强企战略。为培养专业技术型人才，分公司加大员工培训力度，建立了变电检修、农网配电等 6 处实训基地，开辟“在线培训”平台，组织优秀人才参加国家级、省

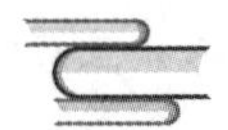

级培训……持续的培训，不仅丰富了员工的专业知识，也成就了他们岗位成才的愿望。从 2006 年起，分公司共培养了 130 多名拥有中高级职称的员工和 26 名省部级以上的技术专家，为企业发展提供了坚强的智力和人力保障。

五年，尽管只是历史长河的沧海一粟，但我们却非常有幸地见证了梦想融入运城电网的发展；五年，在感慨岁月匆匆的同时，我们又将带着更多的梦想和运城电网迈步新征程。

希望的田野

张春云　陈爱红 | 国网临汾供电公司

短短五年，临汾供电分公司员工不仅深深体会到努力工作带给自己的喜悦，也体会到了规范化管理带来的巨大变化。工作有计划、有落实、有监督、有整改，规范化的管理让每名员工每天的工作变得更加清晰，工作效率也有了突飞猛进的提高。员工邢瑞华自豪地说：“作为电力建设的新生代，每每想到父辈们为电网发展所付出的艰辛劳动，我就会以他们的成绩作为超越的目标和动力。相信我们这一代人会成为，也一定能成为临汾电网建设的中坚力量。”

“智能电网以前想都不敢想”

“屋顶的太阳能电池板不再只为热水器服务，它将与家中的整个用电系统连成一体，一个普通的家庭就能用上‘自家产的电’，家中空调能够感应外部温度自动开关，并能在用电高峰期自动调整使用时间……这些看似遥远的智能电网建设其实已经悄然来到了我们身边。”在临汾供电分公司电力体验馆，前来参观的市民啧啧惊叹智能电网将带给人们美好的生活前景。

彩虹副刊

山西电力报

希望的田野

爱在15米高处延伸

学会感恩

光明之“鹰”

受益终生的培训

一封家书

今年重阳节，临汾供电分公司组织离退休老同志到分公司参观，所到之处无不呈现出高科技的气息，一座座现代化变电站，一条条靠先进技术维护的线路让老同志们赞叹不已。在电力智能营业大厅，老同志们参观了模拟自助缴费到远程停复电的过程，感受到了供电企业以客户为中心，满足客户需求的服务理念；参观了电网建设的沙盘模型，感受到了科学发展为电网带来的日新月异的变化。

“十一五”前期，临汾电网建设与保持适度超前、满足社会和经济增长的用电需求仍存在较大差距。2007年，通过大规模电网建设及山西中南部电磁环网解环工程，解决了以往10千伏及低压电网的“卡脖子”问题，有效缓解了山西南部地区的缺电局面，临汾电网主网架实现了由220千伏向500千伏的历史性跨越。2008年，临汾电网投资11.6亿元，形成了以41座110千伏变电站、9座220千伏变电站为地市主网架，两座500千伏变电站为发展趋势的区域电网。近年来，随着新一轮电网建设的全面铺开，临汾境内高、中、低压电网协调发展，网架清晰、运行安全可靠、经济合理的现代化坚强电网成为临汾电网的主要支撑。

参观结束时，退休职工李高升感慨地说：“短短五年里，电网中就投运了

GIS、杆塔倾斜仪、在线视频仪等先进设备，这为打造坚强智能电网提供了技术支撑。如今，国家电网公司提出了建设坚强智能电网的总体目标，这在以前是想都不敢想的事，这可是中国电力发展史上很了不起的一次大革新。”

“抄表不入户　缴费不出门”

“这样缴费太方便了，只要银行卡里钱够了，就能安心在家用电，不用出门就把电费交了。”刚刚在工行办完银行批扣业务的王先生，谈起了多元化缴费带来的便利。

2008 年，为方便客户缴费，临汾供电分公司针对不同客户群体，充分利用社会资源，积极拓宽缴费渠道，形成了营业厅坐收、社会化代收、自助终端缴费等 9 种缴费形式，实现了缴纳电费的多元化。

多元化收费方式的大力推行，使得供电员工从有形服务转化为无形服务。家住西关花苑小区的市民高铁霞说：“自从换了新电能表后，都快感觉不到供电分公司的存在了。”用户所说的新电能表，正是智能电网中不可缺少的智能电能表，也是支撑“抄表不入户”的重要手段。对于这一工程的实施效果，该分公司员工董栋说：“从繁重的收费工作中解脱出来后，我将更多的精力投入了优质服务工作。”

董栋是一名抄表员，以往每到抄表的日子，他就骑上自行车，装上手电筒、钢笔和抄表卡去抄表。那时，他每天早出晚归，需要花十几天时间，才能抄完所辖台区 1200 户的电表，等到核算员计算出每户电量后，他又踏上“漫漫催费路”。自从分公司实施用户用电信息采集系统户表改造工程后，董栋实现了从抄表员到办公室“白领”的华丽转身。如今，他足不出户，就能轻松完成所有客户的抄表催费工作。

董栋说，采集系统改造完成后，公司又投运了语音短信催费系统，虽然

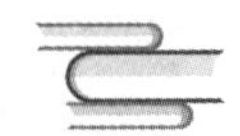

他服务的用户从 1200 户增加到了 4000 户，但工作时间却从 10 天锐减到了 1 天。由于采集系统还具有远程停复电功能，现在，他不用到现场，就能进行停复电操作，而他每天的主要任务则是清扫所辖台区的电表箱、端子排，检查设备、线路有无缺陷，向客户宣传用电常识，为用户提供差异化服务。该分公司负责人说，随着银行批扣等新的缴费方式的推出，居民用电基本就可以实现抄表不入户、缴费不出门。

“兜里有了钱　生活比蜜甜”

“说真的，永和县作为一个国家级贫困县，没有像样的工业，在 2006 年，助推金融发展的电力年售电量仅 718.78 万千瓦时，职工收入不足千元，我的生活也很困难。”永和供电支公司吴生智谈起“十一五”前后生活变化时感慨万分。

“十一五”以来，临汾供电分公司大力建设坚强电网，政企联动合作双赢，短短五年，售电量明显提高，到 2009 年年底，尽管受到了金融危机的影响，永和供电支公司售电量仍然提高了 86.7%，员工收入也有了明显提高。“兜里有了钱，房子由原来的平房换成了楼房，就连原来想都不敢想的小轿车也走进了我的家庭。随着生活水平的提高，我们工作起来也更有劲了。”吴生智兴奋地说。效益好了，日子舒坦了，吴生智每天上班第一件事就是上网浏览公司网页和上级网站，了解动态。自 2009 年国家电网公司 SG186 信息系统应用以来，企业的安全生产、财务物资、营销等管理实现了网上办公，数据共享。单从电费管理来说，从基层供电所录入数据到电费核算、发行、线损等工作都由系统自动完成，分公司乃至省公司随时可通过系统查看每一个台区的所有数据。以省公司为平台建立的协同办公系统的运用，使公文管理、办公事务等日常管理全部实现了自动化，工作更加高效规范了。

年轻的超高压人

李美玲　赵蕾 | 国网山西检修公司

5 年，说短不短，足够一个婴儿学会说话、走路；说长不长，1825 个日夜，在安全稳定运行累计天数上是个不太大的数字。成立于 2001 年的超（特）高压分公司，在“十一五”期间，用 5 年时间实现了跨越发展，开创了我省交直流混联运行的崭新格局。这期间，年轻的超高压人功不可没。

60 后，引路人

干线路检修近 20 年的布春明，刚得知超（特）高压输变电分公司将运维世界最高电压等级 1000 千伏长南一线山西段时，立即向领导请缨加入特高压工区。用他的话说：“特高压没有运维经验，我有啊，我不去特高压工区谁去！”

没过几天，布春明如愿进了特高压工区，却远离了线路运维，专职搞起了思想政治工作。在离家 100 多公里的特高压长治基地，小伙子们白天巡线，晚上上网，日子过得死气沉沉。在平均年龄只有 26 岁的特高压工区，60 后党支部书记布春明俨然成了“老人”——“我说你们就

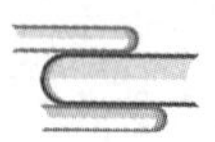

不能……”成了工区里的名言，大家总是在布书记不在时学着他的口吻互相调笑。巡线工出身的布春明知道大家并无恶意，带好这帮小年轻是他义不容辞的责任。

为了拉近和年轻人之间的距离，布春明买来一套茶具，备了各种茶叶，每到晚餐过后，他就邀三两年轻人到自己的宿舍喝茶。于是乎，名人名言迅速改版为“走，喝茶去”。名为喝茶，实为聊天。聊着聊着，他知道了小张因为长年出差在外，常被女朋友抱怨；小李家下月装修，可是却排了整月的班；小姜特别好学，可就是底子太差……聊着聊着，排班制度有了调整，班组培训有了针对性，业余生活渐渐丰富了起来……聊着聊着，大家从最初的躲“喝茶”，变成了预约“喝茶”。特高压长治基地的生活从巡线、上网、睡觉，变成了学习、交流、提高。

如今的布春明可是特高压工区的红人，被小年轻们称为“布头”“春哥”。回首从生产到行政岗位的日子，布春明常常感慨：现在的年轻人讲究个性，不像当年一个命令就能让我们勇往直前地干下去。和 80 后、90 后打交道，先得让他们服气，才能让他们服从。未来是属于年轻人的，可给他们带路却非我们莫属。作为一个引路人，我希望能为山西电网带出能打硬仗的“好兵”。

70 后，技术中坚

超（特）高压分公司变电工区有这样一个传说——谁拿上郝明杰的电脑，谁就成了半个运行专家。

话还得从 2007 年说起，变电运行工区副主任郝明杰因工作需要调动到生技部，临走前，郝明杰把自己的电脑交还工区事务员，工区事务员一忙就忘了重装系统。新来大学生小王因为工作需要，正好借到这台电脑。不看不

04 彩虹副刊　　山西电力报

5年，说短不短，足够一个婴儿学会说话、走路；说长不长，1825个日夜，在安全稳定运行累计天数上是个不太大的数字。成立于2001年的超(特)高压分公司，在"十一五"期间，用5年时间实现了跨越发展，开创了我省交直流混联运行的崭新格局。这期间，年轻的超高压人功不可没。

年轻的超高压人

母亲的腊八粥

爸爸再也不迟到

我学会过日子啦

我自豪 我精彩

知道，一看了不得。电脑里从一次设备到综自系统，从运行规程到应急预案，从设备参数到接线图，包罗万象，应有尽有。生性好学的小王如获至宝，拼命学了两个月，结果在上岗考试中一举考上主值。

上海交大毕业的郝明杰是作为“种子”选手被分公司从外单位挖来的。刚进超高压时，郝明杰曾一度不适应。科班出身的他有自学的习惯，不管多忙，总要想方设法挤时间学习。可年轻的超高压尚在创业期，全体超高压人都在夜以继日地工作，加班回到家常常已是次日凌晨，哪里还有时间读书学习。经历了学习的瓶颈期后，郝明杰开始反思，是不是应该从自己身上找找原因。

于是，传说中那神奇的电脑诞生了。郝明杰把每一项工作都当作学习、提高的过程。工作已然结束，学习却刚刚开始。把工作成果总结、提炼、升华，成为郝明杰每天的学习主题。有了这个好习惯，郝明杰对超（特）高压输变电分公司所辖各站的基本情况都了如指掌。因为这个习惯，郝明杰从变电运行工区到生技部再到检修试验工区，每一步都走得扎实、有力。

如今的郝明杰，担任检修试验工区主任已有一年多的时间。这期间，检

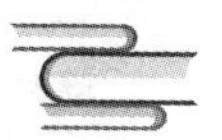

修试验工区配备了华北首台高压试验车，高压试验班获“华北电网公司QC先进班组”称号，15人获得技师、高级工程师职称……郝明杰常对员工说，只有专业才能从容，公司给我们提供这么好的发展平台，我们一定要好好珍惜，为自己，更是为分公司、为山西电网！

80后，敬业正当时

每当听到清脆的“行、好、没问题”，不用问，那一定是办公室的杨宇。80后杨宇是办公室人见人爱的“洋娃娃”，卷卷的头发，粉嘟嘟的脸，话还没说出口，脸上的酒窝就先凹了进去。不过，可爱的杨宇最烦别人说她可爱了，用她的话说，她喜欢别人说她专业，不然就说职业，再不然说敬业也行。

杨宇的敬业是大家公认的。超（特）高压分公司有每周一开例会的惯例，负责例会材料的杨宇连续多年牺牲自己的周末时间整理例会材料。办公室工作本身就很繁杂，杨宇又从事文字工作，每有大小事务总少不了她的身影。2009年年底，信息宣传、职代会、工作会、迎新年活动等多项工作聚在一起，办公室所有人忙得不可开交，杨宇连续十多天加班，身体虚弱患了感冒，最后竟晕倒在办公室。

现在的杨宇又在忙着为下周的周例会整理材料，喜欢热闹的她，注定是无法感受周末的欢乐氛围了。不过，正像她说的：“把工作做好，也就实现了自己的价值，这就是我的梦想！”

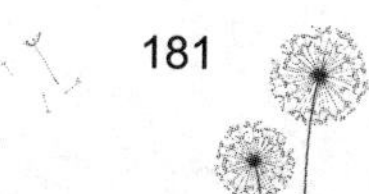

款款而来的春天

孟志捷　要晓丽 | 国网大同供电公司

每个人在5年间都有不同的变化，这期间与我们息息相关的电网企业也发生了很大的变化。他是灵丘供电支公司农电工张银锁，他是大同城区供电支公司线路抢修工张伟，他是大同客户服务中心负责人岳金城，由于工作性质的不同，在他们眼里，这5年间的感受亦不同。走进这3个人的世界，我们看到了大同电网不同角度的发展变迁。

农电工：张银锁

年近60岁的农电工张银锁师傅是灵丘供电支公司的老农电工了，听说要采访他对电网发展的感受，他打开了话匣子：那会儿农电管理站受当地乡镇和县电力总站两级管理，主要工作就是抄表收电费。当时，抄表收费很麻烦，村电工用的是一本自制笔记本，每收一户，就在本上相应的名字上打个对钩，表示这户已经收完了钱。大多数时候，本子上打钩的并不多，因此，常常为分摊电费费口舌。因为经济条件差，一般是多家农户合用一块老掉牙的破旧机械电表，经常就会出现农户们为几分钱的电费分摊不均而互相埋怨，让村里的电工磨破嘴皮，引来

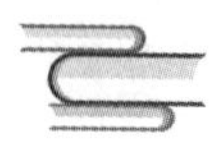

村支书多次调解。而今，通过农网改造，农村低压台区线损都普降到12%以下，农电管理站也归口到供电所，电费好收多了，乡亲们缴纳电费也明白放心了。

张师傅还说，他们供电所所在的北泉小康生态旅游村很值得一看。经张师傅这么一说，我们一行人心动起来："走，去看看。"汽车刚驶入北泉村村界，整齐划一的电杆，条条发光的银线便映入眼帘，再配上那水上凉亭，曲曲弯弯的走廊，如画的风景让我们深感不虚此行。当地村支书郑海水感慨地说："通过这几年的农网改造，北泉村彻底告别了'电视不出影、电灯像油灯、磨面像猪哼'的历史。村民们都用上了放心电和舒心电。这不，老百姓们又赶上了家电下乡，像空调、热水器、冰箱等高档的电器，村民们都用上了。村里逢年过节，张灯结彩一片亮堂，旅游的人也越来越多了！"

线路抢修工：张伟

看到张伟的时候，他满脸的意气风发，言语干脆利落。别看他看起来年轻，说起来，他已是工作近21年的老员工了。开门见山地道明来意后，张伟很激动，他说，作为城区供电支公司电缆班的员工，他对城市配电网的变化印象很深刻。为了让我们更多地了解他的工作，他开车带我们绕着大同市主要干道走了一圈。"你们看，这是城市改造后新铺设的电缆区，你们再早来些日子，我们还正在这干活呢。"顺着张伟指的方向，我们看到了整齐宽阔的道路，没有了交错纵横的线路，头顶上的天空也格外明朗，可谁能知道，这背后凝聚着电力员工多少辛劳和汗水。

谈到自己管辖的设备，张伟露出了自豪的笑容，他说："5年间，10千伏开闭所增加了11座，高分箱增加了341台，电缆线路增加了210公里。当年，我们电缆班修试一班只有5名工作人员，随着电缆条数和配电室箱变

04 彩虹副刊

款款而来的春天

童年之冬

走在成才之路上

和高分箱的不断增多，人员配置已经远远不能满足设备状况，到 2010 年年初，正式更名为电缆班，工作人员增加到了 15 人。”

当我们问到，如今设备增加了，工作能不能胜任时，他说：“现在呀，我们班所有工作人员都拧着一股劲地学习呢，进入‘十二五’了，我们更得加把劲了，跟不上时代就会被淘汰，我还想多干几年，看看电网的新发展呢！”

客户服务中心负责人：岳金城

采访岳金城前，我们联系了很多次，因为他特别忙，好不容易见面了，他一脸的歉意。“唉，实在没办法，干我们这一行的，不敢有半点差错，直接面对客户疏忽不得。”说到要采访他，他很谦虚地说：“我在营销岗位才刚刚干了十年，比起老同志来说，需要学习的地方还很多。不过要谈起‘十一五’期间营销方面的变化，我真想多说几句。”

岳金城打开他的电脑，只见电脑屏幕上出现了营销自动化的网页，电能量采集与负荷管理、营业场所视频监控等一目了然。他说，5 年前可不是这样，单拿最基本的抄表收费来说，那时候供电员工走街串巷地抄表，回来后

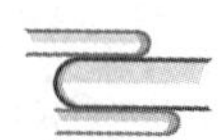

手工算费，后来好一些，在营业厅收费，现在实现了远程集中抄表，客户的用电情况自动生成统计，缴付方式也多了，网银、自动缴费机等。目前，营销自动化系统、95598 客户服务系统等六大系统全部启用，从根本上改变了营销管理分散、营销信息孤岛、服务响应滞后的状况。

在“十一五”期间，我们做了大量改善服务的硬件工作，比如客户服务中心的成立，就是代表之一。我们通过先进的现代通信技术，制定了科学的管理规划，实现了迅速、便捷的服务，在电力企业与客户之间架起了理解、沟通、信任的桥梁。举个例子，2010 年是大同市城市基础设施改造力度最大的一年，因此，我们的服务也受到了严峻的挑战，城市电缆经常被施工单位挖断，我们的报修电话最高达到一天 2000 多个，客服中心人员用细心、耐心为客户解决问题，受到大同市政府和市民的信赖和好评。

我们采访的 3 个人，分别代表了大同供电分公司不同层面的员工，他们见证了“十一五”期间电网的辉煌，回顾往昔，言辞中对新的发展、变化充满了信心和喜悦。面对充满希望的“十二五”，我们相信在科学发展观的指引下，“十二五”的春天正朝着我们款款走来。

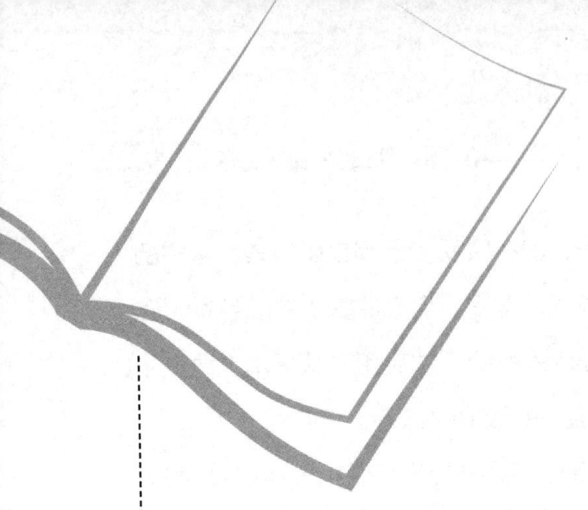

3. 晋段跃升一年来

2013 年是国网山西省电力公司晋段跃升的开局之年，是落实十八大精神的关键之年，也是“十二五”发展承上启下的一年。

回首凝望，这一年，面对复杂的外部环境和艰巨的改革任务，国网山西省电力公司上下认真落实国家电网公司决策部署，各项工作实现新进展、取得新成绩。为充分展示工作业绩，展现各方面工作亮点，《山西电力报》推出“晋段跃升一年来”系列报道，总结成绩，激励干劲，营造良好的发展氛围，开创更加美好的未来。

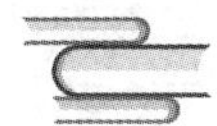

新架构运转顺畅

郝利军 | 国网山西新闻中心

2013 年，国网山西省电力公司认真贯彻国家电网公司决策部署，围绕“2013”工作主线，各项工作取得新成绩、实现新发展，整体水平迈进了国家电网公司系统前列。这其中，管理效益的释放尽显光彩。

2013 年 3 月 20～21 日，以国家电网公司副总经理曹志安为组长的“三集五大”体系建设综合验收组，对公司“三集五大”体系建设进行综合验收。按照国家电网公司全面建设“三集五大”体系总体部署和进度安排，截至 2013 年 12 月底，公司全面完成“三集五大”体系机构设置和人员配置工作，人力资源信息系统调整同步完成，各层级机构业务有序开展。

锐意变革　顺畅运转

2013 年，公司以理清悟透国家电网公司顶层设计为本，以扎实筑牢基础支撑为根，求真、求实、求效，高质量构建“三集五大”体系，省、市、县公司机构人员调整到位，市运营监测（控）中心全部建成。

在国家电网公司二届四次职代会暨 2013 年年中工作会议上，公司被评为“三集五大”体系建设达标单位。

山西电力报

2 2014年1月14日

晋段跃升一年来 ·公司篇

“三集五大”

新架构运转顺畅

综合检修

实践中催生“变法”

电网建设

精心绘发展蓝图

一年来 两会特刊

一年来，“三集五大”体系成效凸显。在公司内部形成了“规划引领、合规建设、安全运行、综合检修、精益营销”的五大运行体系，涌现出太原供电公司“三梳理三提升”的岗位管理、大同供电公司“六个一”工作机制、晋中供电公司“两库一体系”等先进典型。

规划前期工作取得重大突破，一体化电网规划设计平台初步构建，规划计划业务管理全覆盖；建设进度质量管控有力，继续保持各季度均衡开工投产，项目全过程管控获电力管理创新一等奖；运营监控体系集中高效，500千伏及以下变电站实现无人值班，地县一体化调度自动化系统和地县备调系

统建成投运，调控一体化在应对雷电、降雨等自然灾害和雾霾等恶劣天气方面发挥了重要作用。

夯实基础　上下协同

基础支撑坚强，顶层设计才能落地。一年来，公司狠抓基础性工作、深层次挖掘管理经验，统筹加强基础支撑，通用制度对接落地，95598 全业务集中上划，市运营监测（控）中心建成投运，县供电公司、乡镇供电所基层管理进一步提升。

同时，公司执行国家电网公司规定动作不打折，做细、做实、做稳、做优、做精制度体系建设，全面、高质量地完成了“三集五大”制度体系建设方案中规定的各项工作任务。

2013 年 7 月 6～7 日，公司总经理张建坤利用休息日，深入忻州保德供电公司、神池供电公司基层班组调研，对县公司工作提出了“激活末端、当好前沿，规范基础、亮呈精神，保安维稳、德能制胜”的要求，为扎实提升县供电企业基础管理工作明确了方向。

此外，公司综合大检修成为常态，三年检修“药箱”促进业务集成，电网非正常运行方式和现场操作时间大幅减少，变电站投运后停电集中消缺效果良好。配网、农网运行实现在线监测，省、市营销稽查监控中心高效运作，计量资产实现按需调配和全程监控。

固化机制　高效运转

2013 年，公司开展的“三项主攻”之一的“依法规范年”活动取得了积极的成效，固化和保障了“三集五大”新模式落地和顺利运作。

公司扎实推进“依法规范年”活动，以“三集五大”制度体系建设和制度标准体系建设为中心，组织开展内控制度建设。

在制度体系建设中突出“制度先行、总部统领、严格高效、专业专职、科学简约”，国家电网公司制度建设专业评估组对公司制度体系建设给予高度评价，认为公司成绩优秀。

此外，公司围绕建设“三集五大”体系和实现“两个转变”目标，按照“二十四节气”工作法要求，全面落实全员培训考试考核，坚持分类别、分层次、分阶段开展全员培训工作。

根据改革进度，采用远程培训网、电视电话会议、培训讲座、集中研讨等形式，形成全员参与、层层落实、人人争优、持续推进的“三集五大”体系建设培训新格局。

努力超越的信念永远执着，追求卓越的脚步永不停歇。通过“三集五大”体系建设，公司发展开创了全新的晋段跃升发展局面，也将在晋段跃升的道路上阔步前行。

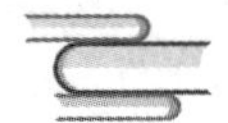

精心绘发展蓝图

刘振梅 | 国网山西新闻中心

无论是漫步于省城太原车水马龙的街头巷尾，还是徜徉在安详寂静的乡村小镇，每当华灯初上，三晋大地到处流光溢彩、夜色阑珊，万家灯火与点点星光交相辉映，强劲电流如股股暖流沁人心房……

2013 年，公司全面落实“大规划”体系建设，精心绘制电网发展蓝图，以电力“引擎”领航山西转型跨越发展，服务百姓生产生活。

大规划　加快电网建设

围绕“十二五”末全省电力装机 8000 万～1 亿千瓦的目标，公司努力加大电网建设力度，“十二五”投资达 677 亿元，是“十一五”的两倍左右，将基本建成坚强、现代化的省内电网，解决电网“卡脖子”问题，确保全省电力安全可靠供应。

以“大规划”体系建设为契机，公司加快完善电网规划机制。为确保国网“四交三直”7 项特高压工程在山西境内顺利推进，公司集中力量做好特高压前期工作，编制完成山西电网“十二五”滚动规划。经努力，“十二五”规划项目基本取得核准，110 千伏及以上项目核准率达

96%，在国家电网公司名列前茅。

2013 年，公司累计新开工 110 千伏及以上输变电工程 86 项、线路 2908.56 公里、变电容量 1158.55 万千伏安。到年底，竣工投产 110 千伏及以上输变电工程 116 项、线路 2841.59 公里、变电容量 1157.7 万千伏安，全面完成电网建设任务，实现“均衡开工、均衡投产”目标。

大环境　联手谋划发展

2013 年 3 月 14 日，国家电网公司总经理刘振亚与省长李小鹏举行会谈，双方表示将进一步加强合作，加快特高压等电网项目建设，推动山西能源基地转型发展，实现互利共赢，为公司电网建设赢得先决条件。

公司从构建良好外部环境着手，超前谋划，研究制定山西电力外送方案，多次向省政府及有关部门汇报沟通，促成省政府将“加快特高压变电站布点和外送通道建设，实现大功率、远距离、低损耗输电”列入《山西省国民经济和社会发展“十二五”规划纲要》，将全力推进特高压骨干网架建设，加强山西煤电基地建设实现输煤与输电优势互补的总体思路写入《山西省电力工业发展“十二五”规划》。

大管理　推进阔步前行

以“安全管理提升”活动为契机，公司在电网建设中认真落实“挂牌督查”制度，做实安全评价，深化月度点评，强化分包管理，开展“安全日”活动，多次开展季节性安全检查，实现隐患发现、排查、整改的闭环管理。

公司深入开展基建质量“回头看”活动，积极开展基建新技术推广应用工作，95 项工程通过国网复检，优质工程率实现“双百”。左权电厂 500 千

伏送出工程入选国家优质工程，阳城北 500 千伏变电站、左权电厂至潞城开闭站 500 千伏输电线路工程获中国电力优质工程奖。

大服务　助推经济发展

公司以助推我省转型综改试验区建设为使命，密切跟踪省重点工程建设，拓展合同能源管理，服务民生发展，为我省经济转型跨越提供动力源泉。

为落实省委、省政府“项目落地年”工作部署，公司责成专人负责，协调解决有关问题，省重点工程建设投资完成额和完成率在全省 11 家央企中排名第三，工程建设再创佳绩。结合省政府“四个山西”和转型发展要求，公司组织开展煤电一体化政策研究，将我省“十二五”电网规划研究成果纳入煤电基地科学开发规划，完成前两批十个项目 812 万千瓦的低热值煤发电项目市场电网组优选工作。

公司还致力于城市配电网建设，争取省市政府资金用于城市道路建设改造引起的电网改造、迁改，这在山西尚无先例。太原市市长对公司服务城市建设改造和电网规划工作给予充分肯定。

站在 2014 年的起点，公司已取得新开工 46 项 110 千伏及以上电网项目的国家电网公司批复文件，为顺利推进项目实施赢得先机。

电网建设　步履铿锵

陈爱红　于国强　景晓玢 | 国网临汾供电公司

2013 年，临汾供电公司电网建设规模再创历史新高，开工及续建 220 千伏及以上项目 16 项、110 千伏电网项目 18 项、35 千伏工程项目 19 项，共计 53 项。截至 2013 年 12 月底，累计完工 31 项，投产 110 千伏变电容量 50 万千伏安，线路长度 195.7 公里，全部工程按计划开工率、投产率均为 100%。2013 年，临汾供电公司电网建设被省公司评为上半年同业对标标杆单位，在电网建设中又迈出坚实步伐。

政企联动　推行“保障性施工”

“电网规划必须与地方经济发展在同一起跑线或略超前。”谈及电网规划，临汾供电公司负责人说。

该公司采取“建设协调领导主动靠前”“外部协调积极争取政府支持”“专业协调充分调动内部资源”的“三步走”战略，就电网规划和建设方面的工作与政府进行对接和协调。

良好的外部环境开辟了电网建设的“绿色通道”。该公司先后完成 42 座遗留变电站土地证和 56 座变电站消防手续补办工作，及时办理完

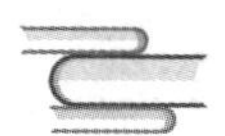

2013 年 7 座新建变电站土地手续，超前办理了 2014 年 2 座新建变电站土地手续，实现全部工程建设的依法合规。“电网建设不仅是供电公司的事，也是地方政府和社会各界的事情。”临汾襄汾县县长张宏志说。

当地电网在和谐的外部环境中持续、快速发展。

攻坚克难　按期竣工保供电

2013 年农历正月初三，在 110 千伏郑庄—翼城电铁Ⅰ回跨越侯月电气化铁路施工现场，响起阵阵“加油”声。这是临汾供电公司的施工人员正在架设侯月电气化铁路跨越架。

施工期间，正值寒冬，山间小路看起来平整，施工人员经常滑倒擦伤。关振峰说，地面作业还算好的，最艰辛的是架构上的收紧，因为这是高空作业，高处寒风呼啸，手脚容易冻僵不听使唤，真的很辛苦。

山西电力报

晋段跃升一年来·基层篇

运城供电公司

推出“电贷通”　实现三方共赢

长治供电公司

“同心”传递正能量

晋中供电公司

“两榜”题名　“五库”成长

临汾供电公司

电网建设　步履铿锵

忻州供电公司

为了冲刺百亿目标

“说实话，那么短的时间完成 17000 余平方米的封网搭设任务，难度特别大。但是当我仰望着长 70 米、高 35 米的跨越架时，感到自己肩上沉甸甸的责任。尽管春节都没能和家人团圆，但没有一个人有怨言。”

为了保证工程进度，该

公司基建、物资等部门成立“一条龙”服务小组，从停电申请到跨越批复，从材料运输到工程施工，提前为施工单位打开“绿灯”。同时组织施工、监理、属地单位负责人在现场进行“沙盘推演”，对跨越方案进行安全性评价、审批、会审、协调。

2013 年 3 月 30 日，侯月铁路桥上牵引站竣工投产。临汾电网建设史上施工时间最短、技术难度最大、跨越次数最多的施工任务圆满完成。

“这项工程的顺利推进也是用实践检验了‘三集五大’体系建成后为公司各项工作带来的质的飞跃。”该公司分管电网建设的负责人说。

精益管理　确保安全建精品

2013 年 6 月 20 日，在翼城南唐 110 千伏变电站质量监督过程中，监理人员发现 10 千伏配电室基础出现了跑模、配筋不规范的现象。为了确保工程质量，尽管工期延长，该公司施工管理人员还是果断要求停工整改。“在施工中，我们狠抓质量通病防治，对发现的问题举一反三，保证质量通病防治率达到 100%。”该公司建设部负责人表示。

该公司在工程质量方面，强化标准工艺推广应用，发挥监理人员现场监督作用，对施工资质、工艺和方法进行重点监督。采取以高压带低压，以主网带农网，实现“无差别管理”，将 35 千伏电网项目整体纳入基建管理，使农网工程管理模式由农电综合管理转为基建专业管理；在工程安全方面，发挥“大建设”一体化优势，建设部联合安质部、质监站全面开展安全质量常态化巡查，对项目施工中的关键环节、重点部位严格过程管控，全年开展安全质量月度巡查 12 次，各类专项检查 8 次，累计提出整改问题和建议 600 余条。

功夫不负有心人。2013 年，临汾地区 110 千伏电网项目工程优质率连续实现 100%，35 千伏农网改造升级工程通过省发改委整体验收并得到好评。

“同心”传递正能量

武丽 | 国网长治供电公司

“干部员工与企业同心同德、同心同向、同心同行，目标一致、思想统一，务实行动、追求卓越。”这是长治供电公司去年提出的以“责任、进取、争先”为主题的“同心”文化目标。

一年来，“同心文化”有效激发员工精气神，开创了企业“精气旺、心气足、风气正”的良好局面。

责任文化：以愿景促实干

“同心”文化是共同奋斗的文化。长治供电公司以责任为基础，以统一的愿景凝聚干部员工同心同德、携手共进，建设和谐企业。

谋事、干事，领导带头。去年以来，该公司 8 位领导深入基层调研累计约 200 余次，解决问题约 90 多项。

110 千伏文王山变电站增容工程作为山西潞宝工业园区建设全国一流现代煤化工循环经济集聚区的工程，该公司经理、分管副经理跟踪服务，工程比预计提前十天顺利投运。

领导带头，员工跟进，干事、争先成为该公司的主旋律，推动各项工作稳步晋级。2013 年，长治电网投运 110 千伏及以上输电线路 170 公里，变电容量 72 万千伏安。为解决低电压、“卡脖子”、县域电网单电源等问题，年内全面完成 150 个三类用电村低电压综合治理任务。

进取文化：以学习促成才

同心文化是以人为本的文化。强调尊重员工价值，充分调动员工积极性、主动性、创造性，建设活力企业。

该公司提升员工素质，为员工搭建成长的平台。开展“岗位大练兵 技能大比武”活动，每年分批次组织调度、变电运行、营销等几项专业技能比武，涉及安全生产、基建、优质服务、经营管理等各个领域，近千名员工参与其中，掀起了全员岗位竞赛热潮。2013 年，该公司参加省公司、代表省公司参加国家电网公司的各项竞赛调考 17 个项目，12 个专业 37 人获奖。其中参加省公司信息通信系统竞赛获得信息团体第一和个人第一的好成绩。该公司拿出 226000 元给予重奖，给予 7 个优秀组织单位和部门 72500 元奖励。

在该公司“同心”文化建设引领下，所属单位和广大干部员工兴起了创建学习型团队、“职工书屋”等活动。武乡供电公司依托八路军红色文化，开办文化阅览室、职工书屋建设等，助长了员工浓厚的学习赶超兴趣。省公司党组书记李强高度赞赏，并为武乡供电公司“职工书屋”赠送价值 5 万余元共 1000 余册图书。

争先文化：以对标促创优

同心文化是追求卓越的文化，企业创优，员工进取，上下一心，争创一

流，建设发展的企业。

该公司通过创建劳模工作室、QC活动小组等平台，同时制定下发创新成果奖励办法和竞赛奖励办法，深化群众性技术创新活动。目前，该公司有13个技能、劳模创新工作室，群众性技术创新项目有29个，获得国家专利60个，非授权项目60多个。科技进步获国家电网公司一等奖1个、三等奖1个，QC活动获得省公司、省级、国家级奖励达300多项。

开展传递最美力量活动，选树劳模、标兵，并让大家登台谈工作经验、创新方法等，带动广大员工向先进看齐，争做标杆模范。发挥党员的先锋模范作用，平顺供电公司西沟党员服务队被申纪兰誉为“人民满意的服务队”。

对标争先，该公司2013年同业对标获得省公司综合标杆单位、财务管理标杆和基建管理标杆单位称号，在全部99项指标中，55项排名前三，其中40项排名第一。

和风吹来满园春。在同心文化的引领下，全公司激情工作、快乐有为的风气正在悄然形成。

4. 聚力收官“十二五”

2015 年是“十二五”规划的收官之年，国网山西省电力公司紧紧围绕 16 项重点引领工作和 10 项重点难点问题奋力拼搏，各项工作取得突破性进展。

为充分展示一年来的工作业绩，总结经验，鼓舞士气，开创“十三五”发展新局面，《山西电力报》在年终岁末推出聚力收官“十二五”主题报道，从 12 月 1～31 日，推出 9 篇稿件，涵盖了公司特高压工程、“三严三实”、创新创效、营销服务、同业对标、电网建设、安全生产等工作，充分展示了公司五年来的发展历程与取得的成就。

站立潮头舞长风

陈帅 | 国网山西新闻中心

北风凛冽，白雪茫茫，寒冬季节的雁门关外行人寥寥。但位于此地的晋北换流站施工现场却是一番热闹繁忙的景象，电网建设者正顶风冒雪加紧施工。他们负责的是晋北—江苏南京 ±800 千伏特高压直流输电工程。而在山西南部的临汾、运城等地，数百名建设者同样奋战在宁东—浙江 ±800 千伏特高压直流输电工程施工现场。

今年，公司承担“四交五直”共 9 项特高压工程的前期和建设任务。如此密集的建设力度，无疑为山西经济的转型跨越发展注入了一剂强心针。

山西素以煤多著称于世，是我国第一产煤输煤大省。然其发电装机仅占全国的二十分之一，大部分原煤直接销售。如何转变卖煤模式，实现煤炭资源效益最大化，成为山西转变发展方式的重要课题。“晋电外送”、建设特高压跨区电力市场成为解决这一问题的关键。

南北互供促经济转型

2009 年 1 月 6 日是世界电力史上值得大书特书的一天，也是中国

国家电网 STATE GRID

国网山西省电力公司主管主办 山西电力报社出版

全国先进企业报 山西省一级报纸

山西电力报

发/掘/精/彩 分/享/价/值

2015年12月1日 星期二 总第1942期 逢周二、周五出版 国内统一刊号:CN14-0043 邮发代号:21-46

公司召开统一的企业文化在电网建设领域落地实践电视电话会议

以文化凝聚人心 以精神鼓舞士气

NEWS 公司要闻

公司系统各单位扎实推进"三严三实"专题教育

"微党课"教育成效显著

灵绍特高压山西段架通

2015年度全国电力行业管理创新优秀成果评出

公司两项成果获一等奖

凝力收官"十二五"

站立潮头舞长风

——公司加快特高压建设服务全省经济发展纪实

电力工业最为扬眉吐气的一天。这一天，代表当今世界输电技术最高水平的1000千伏晋东南—南阳—荆门特高压工程投入运行。

该工程安全运行6年多来，将山西500多亿千瓦时的清洁电力送到了华中地区，相当于输送原煤2300多万吨，充分发挥了特高压安全、经济、清洁、环保的综合效益和巨大作用，为山西实施变输煤为输煤输电并举战

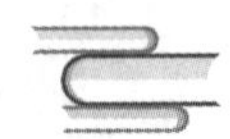

略、加快晋电外送提供了强大支撑，有力促进了山西电力工业的升级跨越和全省经济转型。

在长治特高压变电站主控室，该站站长杨爱民指着大型显示屏告诉记者，从晋东南的左权、王曲等主力电厂汇集的电量，通过特高压线路，经河南南阳，到达湖北荆门，然后通过当地500千伏电网分配到省内各地，部分电量还送往湖南、重庆、江西等省市。线路满负荷运转后，可为湖北新增北方火电逾500万千瓦，相当于再建了两座葛洲坝水电站。不仅如此，在夏季丰水期，三峡的水电也可以送往华北，不仅降低了华北的煤炭消耗，也提高了清洁能源的利用率。

据了解，仅一期工程，晋东南—南阳—荆门特高压线路每年南北互济电量就高达90亿千瓦时。二期扩容后，南阳也建立接入点，山西、河南、湖北三省电网全部互联，南北互供、水火互济的电量将会更多。

测算表明，输煤输电两种能源输送方式对山西GDP的贡献比约为1：6，就业拉动效应比约为1：2。同时，煤就地转化为电，可同步消化煤矸石，为煤矿和发电企业带来更好的经济和社会效益。因此，加快“煤转电”是煤炭资源综合开发利用的重要内容，是山西实现转型跨越发展的重要举措。

特高压通道成首选

过去，由于山西的电网通道建设滞后于电源点建设，导致出现“有电送不出”的尴尬。世界第一条商业运行的特高压线路在山西正式投运，为这个经济欠发达的中部省份提供了变输煤为输电的大通道。但是，要实现“煤从空中走，电送全中国”的目标，仅靠一条特高压线路远远不够。大规模特高压线路建设蓄势以待。

目前，山西电网主网架通过 6 个通道、13 回输电线路向外省送电。其中，通过 1 回 1000 千伏晋东南—南阳—荆门特高压交流试验示范工程向华中电网送电；通过 9 回 500 千伏线路向京津唐、河北南网送电；通过 3 回 500 千伏线路向江苏送电。山西省委、省政府高度关注晋电外送，已分别与山东、湖南、湖北、江苏、浙江、北京、天津等省、市政府签订了战略合作框架协议。

山西外送型电网决定了特高压是主干网架，各级电网都要围绕特高压规划来建设，只有特高压发展了，才能争取到更多的投资，带动山西电网跨越升级。

根据国家电网公司统一部署，今年，公司承担 1000 千伏蒙西—晋北—天津南、榆横—晋中—潍坊、蒙西—长沙、晋东南—豫北 4 项特高压交流工程和 ±800 千伏灵州—绍兴、晋北—江苏、上海庙—山东、蒙西—湖北、陕北—南昌 5 项特高压直流工程建设任务，特高压工程进入全面提速、规模化建设的新阶段。如此大规模的特高压建设，在山西历史上还不多见，建设力度在全国也排在前列。

“特高压工程是山西实施‘煤电并重、输电为主’重大能源战略的最好出路，同时也是提高电网输送能力、资源优化配置能力和抵御事故能力，确保山西电力‘对外送得出、对内落得下’的重要途径。”省政府相关部门这样评价。

为全力服务特高压建设，公司成立以总经理为组长的特高压工程建设领导组，将特高压工程建设列为每周公司领导班子例会的常态议题，及时解决工程前期及建设中的问题。同时，形成省、市、县三级供电公司协同推进的工作机制。公司相关部门与 10 个地市公司上下联动，有效缩短用地预审、规划选址等属地文件办理时间。各市、县供电公司及供电所充分发挥属地优势，积极主动协调解决特高压工程征地拆迁、青苗补偿等问题，保证工程按

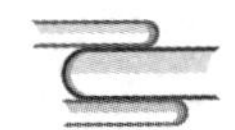

计划顺利推进。

破解“瓶颈”各方均可受益

由于我国的煤电基地主要分布在陕西、蒙西、山西和新疆等地，水电主要分布在四川、云南、西藏等地，风电和太阳能也主要分布在西北部，远离中东部负荷中心，因此需要通过建设坚强电网，实施远距离、大规模输电，在全国范围优化配置能源资源。特高压输电的远距离、大容量、低损耗特点正好能满足这一需求。

随着“蒙西—晋北—天津南”特高压工程的正式开工，我省特高压建设进入新的提速期，这对山西省经济发展必将产生重要而深远的影响。

山西省风能资源较丰富，据统计，其储存量约为5800万千瓦，大型风电场技术可开发利用容量已超过1000万千瓦。截至目前，山西全省发电装机容量突破6500万千瓦，风电达到600万千瓦，占比近10%，装机容量进入全国风电大省前十，机组利用小时数居全国风电大省第三位。

然而，山西风电就地消纳能力却十分有限，需依靠特高压线路以“风火打捆”的形式送出。“风力发电带有随机性和波动性，远比常规火电更复杂、更难控。我们不断加大科技投入，在为风电企业提供技术支持的同时，在全国率先建成投运‘风电优化调度评价系统’，确保最大限度接纳风电等清洁能源，努力提高其在电力跨区交易中的比例。”公司新能源相关负责人说。

为此，公司规划投资近50亿元，加快风电送出及电网加强工程建设，全力满足清洁能源发电需要，推进全省新兴产业发展。“特高压使山西外送电输送能力大幅提升，必将为我们发电企业创造更大的发展空间。”山西各发电企业负责人纷纷表示。

借力好风上青云。到 2017 年，山西将形成 4 个特高压外送通道，输电能力达到 4580 万千瓦。届时，山西电网将拥有至华中电网、京津唐电网、山东电网和华东电网的特高压输电通道，满足山西、陕西、蒙西等煤电基地的电力外送需要。有理由相信，山西今后将真正实现“煤从空中走”。

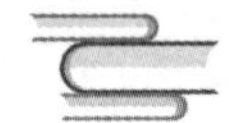

“五子连珠”解难局

张一龙 | 国网山西新闻中心
武雅丽 | 国网山西电力

11 月 28 日一上班，公司人力资源部几位专工照例打开公司“五位一体”网页，查看“要素比对”进展情况，这是近来他们的“规定动作”。自国家电网公司“五位一体”一级部署信息平台改版上线，公司“五位一体”全面进入常态化运行。

公司高度重视“五位一体”深化应用工作，年初将其列为 16 项重点引领工作之一。截至 10 月底，已完成 2015 版顶层设计成果的引用更新和完善工作，构建了涵盖供电业务板块和非供电业务板块的全业务流程体系，共 1323 条，同时梳理引用企业级端到端流程 11 条，实现了“五位一体”协同体系全业务覆盖和深化应用的“三个有效”。

“理”清楚“管起来” 有效解决跨专业管理协同

“五位一体”协同机制建设，关键是打通流程与职责、制度、标准、考核、风控等各管理体系之间的关系，通过流程有效运转，带动管理要求融入日常业务。

公司运用“五位一体”管理机制，梳理引用端到端业务流程。针对县区 110 千伏变电站运维检修业务运转中职责界面不清、增加事故异常处理及倒闸操作业务风险等问题，通过角色分配、制度拆分、绩效设置、风险防控，将变电相关业务在各层级进行了固化，促进了各专业协同。与 2014 年相比，全省故障响应到站时间由平均 105 分钟缩短至 80 分钟，故障恢复时间由 150 分钟缩短至 110 分钟。

基于“五位一体”式的配网抢修指挥管理体系，公司消除了“大运行”“大营销”“大检修”三大体系在配网抢修指挥中存在的职能交叉，实现了专业指标与一线班组和岗位的末端融合。2014 年，全省派单及时率由 98.86% 提升至 99.37%，回单确认及时率由 97.33% 提升至 99.94%，停送电信息报送及时率由 95.97% 提升至 99.53%。

公司梳理“综合大检修”全过程端到端流程体系，以闻喜—三家庄综合大检修为例，按常规检修模式需安排 25 天完成，而实施综合大检修，仅用了 3 天时间。同时，减少倒闸操作时间 86%，减少人员现场作业时间 58%，电网运行风险明显降低。

锻造牢固“价值链” 有效提升专业管理水平

公司以绩效助推企业效益与管理的双提升，修订管理机关 403 个典型岗位的关键业绩指标和 36 个专业班组的一线员工工作积分库，编制完成公司机关典型岗位指标库 802 条、地市县管理机关 1012 条、一线班组长 141 条，一线积分库专业指标 999 条、通用指标 72 条，实现了对各专业部门间协同工作交付时限和完成质量的考核。

计量中心基于“平衡利库、账随物走”的理念锻造牢固“价值链”，建立健全了计量资产集约化管理的“五位一体”新机制。据计量中心技术质检

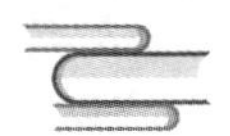

室专工郭海旭说，截至目前，全省库存备表率由 10% 降低到 6%，实现了资产合理化配置和集约化管理，使“沉淀”的价值得以凸显，各要素在松耦合状态下顺利运转。

公司以强化管控为措施，大幅降低电网交易风险，运用“五位一体”管理理念将风险管控手段纳入电力市场交易工作的各环节和流程中，实现各类交易的规范有序开展。

实现多体系协同“落地”　有效推动精益化管理提升

公司针对班组管理协同性不够、考核激励有效性需要提升和班组执行力亟待加强等突出问题，制定下发了“班组优化提升实施方案”和“班组优化提升工作重点”，编写各专业班组优化提升子方案 8 个。

通过《班组工作手册》编制，开展问题排查治理，累计发现解决流程问题 520 项、制度标准问题 171 项，同步清理专业台账 154 类，合并优化班组通用且有交叉考核的记录 24 项，解决数据重复录入项 512 个，班组信息录入工作由 96 项调减至 42 项，因部门间不协同导致反复录入同样数据等现象大幅下降，进一步减轻班组负担，提升班组规范管理水平。

公司通过闭环数据分析推进综合计划编制的准确性与合理性，全面推行“五位一体”评审计划管理模式，建立了覆盖电网基建、研究开发、信息化建设等 11 个专业项目的综合项目评审计划管理体系。据经研院院长王丽彬介绍，实施新管理模式后，评审计划调整率降至 4%，较去年同期降低了 30 个百分点。今年 5～9 月项目储备进度均衡有序，彻底解决了以往项目集中扎堆评审的问题，提高了项目评审质量和效率。

据了解，在此基础上，公司还将加强“五位一体”与风险管理、安全管理、质量管理等专业管理的持续“合规”和改进，全面提升企业管理水平。

行者常至　勇往直前

陆晨　宋康　张旺鲲 | 国网山西电力

经济发展，电力先行；电网发展，前期先行。

电网项目前期工作是在电网工程开工建设前开展的一系列工作，主要包括制定可研方案、落实外部条件、办理行政许可、完成核准立项等内容。前期工作直接关系着电网规划的有效实施和电网项目的合法落地。如果把电网比作参天大树，前期工作就是它焕发生命的种子；如果把电网比作高楼大厦，前期工作就是它扎实可靠的地基。走过“十二五”，公司前期战线用数百份可研方案、上千份手续文件为电网发展保驾护航，用千方百计、千辛万苦、千言万语践行着“诚信、责任、创新、奉献”的企业核心价值观。

逢山开路　遇水架桥　为特高压发展奋力拼搏

“以电代煤、以电代油、电从远方来”，特高压战略符合国家生态文明建设目标，符合山西省“变输煤为输电”的转型诉求。2009 年，我国首条 1000 千伏特高压交流试验示范项目晋东南—荆门工程正式投运，线路起点就在山西。步入“十二五”，更多特高压工程落地山西。

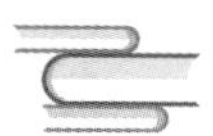

2011～2013 年，晋东南特高压站扩建工程、哈密—郑州直流工程相继完成前期核准并开工建设。2014 年 5 月，蒙西—晋北—天津南、榆横—晋中—潍坊交流、晋北—江苏直流、盂县电厂—河北南网等“晋电外送”项目和宁东—浙江、上海庙—山东直流、府谷锦界电厂扩建送出工程纳入国家大气污染防治行动计划 12 条重点输电通道，山西特高压发展迎来新的历史机遇。

伴随机遇而来的永远是挑战。相比一般电网工程，特高压工程占地大、路径长、电压高、涉及面广，倍受外界关注。“十二五”期间，山西特高压工程涉及 9 个地市 60 多个县区，每一个特高压项目从可研选址选线开始，到办理县、市、省和国家各级手续，直至取得国家能源局核准，往往需要办理上百项过程性文件，加之国家电网公司严格的里程碑节点控制，前期工作的困难可想而知。

只要脊梁不弯，就没有扛不起的山。面对空前压力，公司前期战线用责任心和“铁军”精神作支撑。哈密—郑州工程、宁东—山东工程穿越自然保护区，榆横—潍坊工程、上海庙—山东工程穿越汾阳市核心城区，晋北、晋中交流站和晋北换流站缺乏用地指标……针对数不清的各种具体问题，公司领导坐镇指挥、周密部署，省市县公司密切联动、奔走协调，业务部门精诚协作、群策群力，一次又一次征服任务的极地，一次又一次强渡困难的急流，一次又一次圆满完成前期任务。到“十二五”末，宁东—山东工程即将竣工，晋电外送“两交一直”工程顺利开工，上海庙—山东工程、盂县电厂—河北南网工程前期工作全部完成。

五年来，公司为特高压发展交上了一份优秀答卷。2015 年，国家电网公司发来感谢信，表扬公司在特高压前期工作中的卓越贡献；省政府多次称赞公司在特高压前期工作方面“力度大、抓得实、见效快”，要求其他行业领域予以借鉴学习。

栉风沐雨　砥砺前行　为山西经济转型贡献力量

回顾“十二五”，山西电网经历了历史性的跨越式发展，公司累计完成电网基建投资 478 亿元，新开工 110 千伏及以上输变电工程 414 项，线路长度 11893 公里、变电容量 5744 万千伏安；投产 110 千伏及以上项目 377 项，线路长度 10230 公里、变电容量 4502 万千伏安。山西主干电网在“十二五”形成以特高压为核心、500 千伏“两纵四横一环网”、220 千伏分区供电的格局，不仅承担着本省经济社会用电需求，还肩负着向京津唐等地区送电的重要任务。

每一座变电站、每一条线路的顺利施工，都凝聚着前期工作者的心血劳作。五年间，公司积极适应不断变化的外部政策环境，提前落实外部条件，依法履行前期程序，合计办理 110 千伏及以上工程环评水保、用地选址等

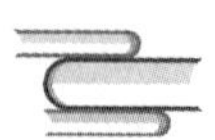

各类文件1600多项，先后完成21项500千伏和393项220千伏、110千伏省内电网项目的前期核准。保障兴县、五寨、太原南、运城东、大同东、平鲁等重要主网架工程顺利落地，保障北电南送“西通道”全面贯通，北部电网窝电局面得到有效缓解，山西电网走向坚强智能；保障同煤、神头、左权、木瓜界、宁武、朔南等大批省内大型火电和低热值煤电源送出工程按期开工，保障风电、光伏等新能源电源项目顺利并网，山西新型能源基地建设得到有力支撑；保障大西高铁、中南部铁路、大学高校园区、煤矿双电源等重要项目用电，保障新型城市化改造、新农村建设等重点领域供电需要，为山西经济转型发展和人民生活水平提高提供优质绿色电力，为公司依法合规增供扩销打下坚实基础。

国家电网 STATE GRID

山西电力报

2015年12月25日

发/掘/精/彩 分/享/价/值

公司党组召开“三严三实”专题民主生活会

公司完成合表打开近139万户

筑牢电网安全大堤

两座220千伏风电场同时投运

行者常至 勇往直前

——公司“十二五”电网项目前期工作回眸

公司“四表合一”试点建设完成

积土而为山，积水而为海。前期战线为山西电网建设一点一滴汇集力量，把长长的愿望清单变成现实。“十二五”期间，公司前期专业绩效指标在国家电网公司同业对标体系中排名靠前，公司电网投资完成率在省内十大重点投资领域长期保持第一。

纲举目张　执简御繁　为提升工作质效凝聚心智

明者因时而变，知者随事而制。前期工作在外部要应对复杂严峻的发展环境，应对各方交织的利益诉求，在内部要适应大量艰巨的发展任务，适应严肃刚性的计划管控，必须在创新工作模式、夯实基础能力等方面下功夫、动脑筋。

“十二五”期间，公司前期工作转变观念、适应形势、励志创新、改革提升，积极主动加强与政府各级部门的沟通汇报，谋求政企联动的良性格局。起草《关于加快山西省外送电通道建设的建议》提案，作为全国两会期间山西省人大代表团议案；促成国家电网公司与省委省政府战略会谈，并成立特高压建设联合领导组，通过周报、旬报、月报主动构建高效协调机制，省主要领导多次在报件上批示解决重点难点问题，为特高压前期工作的完成提供了强有力的支持。

此外，公司从内部着手理顺业务流程、明确工作标准，狠抓前期工作基本功。制定和完善公司电网项目前期工作管理办法、可研设计管理办法等内部制度，紧盯电网规划和可研质量，规范前期每项细分工作和具体环节；不间断滚动前期工作里程碑计划，通过精密的过程控制督导各阶段任务均衡完成；借力“大规划”体系建设形成支撑项目规划可研的技术体系，为工作顺利推进提供了坚强的基层保障。重视经验总结和外延拓展，通过课题研究和大数据回溯为前期工作提升质效。提炼前期工作亮点，《输变电工程线路建设中调整省级自然保护区功能规划满足电网建设需要》《建立前期大数据体系支撑特高压等重点电网项目可研和前期工作》两项典型经验入围国家电网公司典型经验库；与省住建厅合作编制《山西省城镇体系规划电网专项规划》，首次将山西电网发展规划纳入全省城镇建设体系；开展《220 千伏及

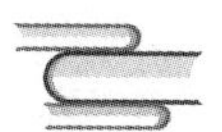

以上电网项目水土保持重大措施体系研究》等科技项目，获得中国水土保持学会科技进步奖和水利部综合事业局昆仑科技奖。

功崇惟志，业广惟勤。“十三五”期间，山西电网发展将“提速两头、强化中间”，作为电网发展的先头部队，前期工作需要在集结号吹响之前就悄然出发。为了电网和公司发展，公司电网前期工作者担当重任，勇往直前，将在公司党组的坚强领导下，在各级政府的大力支持下，在各职能部门和基层单位的通力配合下，绳锯木断、水滴石穿，克服一切障碍，创造一切条件，为各项电网建设任务的顺利完成铺平道路，为实现“十三五”公司新发展、电网新跨越做出新贡献。

勇立潮头唱大风

赵亚男 | 国网山西新闻中心

临近岁末，又到了盘点一年工作的时候。近日，国网山西省电力公司的创新工作可谓捷报频传、收获颇丰：在 2015 年全国电力行业企业管理现代化创新成果评选中，公司《构建项目预算管控机制，全面提升项目预算管控效率》《以“体感实训”为依托的安全培训模式创新与实践》两项成果斩获一等奖，在国家电网公司系统位列第 5，为近年来最好成绩；公司获 8 项省部级科技奖（国家电网公司科技进步奖和山西省科技奖各 4 项），其中，“超特高压输电线路带电运检一体化关键技术及装置的研究与应用”获山西省科技一等奖……这些佳绩正是公司创新创效工作的完美展现。

创新是进步的动力、发展的源泉。公司历来重视创新工作，今年更将创新工作列为 16 项重点引领工程之一。用管理创新增加效益，用科技创新解放生产力，用职工创新激发活力，公司上下创新创效蔚然成风。

管理创新：让工作更顺畅

11 月 12～13 日，三晋大地大街小巷、集镇超市里，许多身着红

马甲的电力青年志愿者向用户宣传“掌上电力”APP，并现场安装成功，让用户在初冬感受到融融暖意。这是公司营销部和团委联合开展的“掌上电力”APP推广活动。利用营销人员、青年志愿者人数众多的优势，通过街头宣传、进超市、进社区等方式，让“掌上电力”在用户中呈“井喷式”推广。截至11月底，公司“掌上电力”注册用户422514户，远超国家电网公司下达的10万用户的任务，新增用户排名冲至国家电网公司系统第一，注册用户总量排名第二。这是公司创新管理的一个典型范例。

国家电网 STATE GRID

山西电力报

2015年12月15日

发掘精彩　分享价值

公司党员干部认真学习两项党内法规

牢记各项廉洁自律要求和党的纪律底线

NEWS 公司要闻

公司选送项目获一银两铜

公司提高信息系统安全水平

专业巡检 确保安全

公司推进“五位一体”深化应用

勇立潮头唱大风

——公司创新创效工作纪实

岗位竞聘出实招重实效

今年以来，公司创新工作不断引入新的管理要素、管理手段、管理模式，有效提升了公司管理水平，为实现争先进位创造了条件。

为持续深化管理创新工作，公司下发了《关于印发深化管理创新工作实施方案的通知》等文件，开展管理创新项目立项、审查和计划制定。召开管理创新立项审查会，确定106个项目为年度“重大管理创新示范项目”，30项管理创新推广项目为年度“管理创新成果推广项目”，将其作为公司优秀项目标杆。同时，开展管理创新工作培训，1200余人参与了培训，邀请国家电网公司专家对本部各部门及所属各单位共计 110 余人开展集中培训。首次组织管理创新专业调考，调考覆盖了公司系统各层级人员 102 人，大幅提升了公司管理创新队伍素质，有效提高了公司管理水平。

科技创新：让技术更先进

11 月 16 日，太原配网 10 千伏 8 路线因道路施工作业破坏故障掉闸，太原供电公司配网调度值班人员监控到故障信息后，立即通知配网抢修指挥中心，不到 1 分钟，停电信息在 95598 供电服务热线和门户网站公布；不到 10 分钟，故障点周边线路恢复供电；不到 15 分钟，抢修人员赶到现场处理故障。

今年以来，太原市开展大规模的城市建设改造和 54 个行政村整村拆建，误碰线路、挖断电缆等外力破坏供电设备的故障时有发生。该公司依托 GNSS 车辆监控系统建立抢修快速反应平台。接到抢修指令后，通过平台系统通知离故障点最近的抢修队伍。如果有抢修任务，无法在规定时间内到达现场，重新筛选相对较近的队伍组织抢修，确保抢修时效。这种按区分责、互为补充的抢修区域“网格化”创新体系，使抢修人员到达现场时间由原来的 30 分钟缩短至 20 分钟以内，抢修及时率达 100%。这只是公司依托先进技术平台，提升工作效率的影子。

近年来，公司强化科技创新机制建设，优化重点科技项目管控流程，完善技术标准体系，全面支撑公司坚强智能电网建设。编制《关于进一步深化科技创新工作的意见》，加强科研项目立项顶层管控，加大项目立项前的查新和研发路线图管控力度，提升自管项目质量。构建群众性创新项目管理平台，广泛开展技术革新、发明创造等群众性创新。

2015 年，“超特高压输电线路带电运检一体化关键技术及装置的研究与

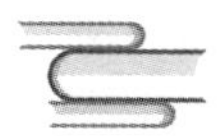

应用”（牵头）和“下一代互联网在智能电网应用关键技术与示范工程”（参与）两项成果分获山西省和国家电网公司科技进步一等奖。其中，山西省科技进步一等奖是公司自 2009 年以来首次获得。

职工创新：激发全员活力

王利红，晋城供电公司输电专业一名司机，现在也加入了创新的队伍。他发现调整铁塔塔脚、拆卸更换铁塔地脚螺帽是一项非常耗时耗力的工程，往往一个班一天都完不成，有时拆换一个严重锈蚀的螺母会让人筋疲力尽，并有很大的安全隐患。于是他开动脑筋，成功研发出一种地脚螺栓拆卸工具，原先五个人的活儿现在只要一个人就能做完，提高效率的同时也提高了安全系数，成果获山西电力专利一等奖、科技进步三等奖。

时代需要创新，创新驱动发展。而企业创新的一个重要主体就是广大一线员工。近年来，公司致力于员工创新，激发班组开拓进取新活力。2013～2015 年累计评选出职工技术创新优秀成果 86 项，其中许多成果获得国家级或省部级表彰。晋城供电公司宰宏斌“输电线路新型跳线接续管的研制”，荣获第四届全国职工优秀技术创新成果一等奖和 2015 年国家电网公司职工技术创新成果二等奖。

同时，公司加快劳模创新工作室复合化建设。目前，共创建 25 个劳模创新工作室，范春燕劳模工作室被评为“全国示范性劳模创新工作室”，5 个工作室被命名为“全国能源化学系统示范性劳模创新工作室”，6 个工作室被命名为“国网公司劳模创新工作室示范点”。

青年员工思维敏捷、思想活跃，最具创新潜力，最具创造锐气。公司积极鼓励青年员工想出好点子、谋出好创新、钻出新成效。9 月 17 日，公司举办“青春点亮梦想　创新引领未来”青年创新创意大赛。检修公司的

“500 千伏输电线路合成绝缘子金具更换专用卡具的研制”、晋城公司的“基于精益化运检的输电线路系列创新机具研究与应用”荣获一等奖。

革故鼎新，方能激发活力；创意无限，才能激流勇进。如今，创新已在公司上下达成共识，在这片晋商文化热土上，正茁壮成长，源源不断地为企业的发展和腾飞注入着新的动力。

提升管理　向着卓越迈进

张宏艳｜国网山西新闻中心
郭丽｜国网山西电力

今年以来，国网山西省电力公司以提升企业管理水平和经营业绩为着力点和落脚点，以精益化管理为主线，深化市公司对标，强化县公司对标，开展班组对标，加强过程管控，完善考评机制，以服务保障“三集五大”体系建设运行为重点，全面加强和改进对标工作，夯实管理基础。

全面深化对标　夯实管理基础

在同业对标的道路上，公司不断健全管控体系，夯实管理基础，对标典型经验连续三年持续攀升，这是一年年追求卓越、一次次自我超越的奋进成果。

对标管理持续深化。拓展指标的广度与深度，组织本部 13 个部门以专业为主导制定包括 91 项指标的市公司对标指标体系，其中业绩对标指标 36 项，管理对标指标 55 项。结合县公司管理特点，开展县公司对标指标体系构建，形成县公司同业对标指标体系。开展专业机构对标工作，将181项指标细化分解到相关部门和7个主体管理单位。搭建典型班组对标平台，制定公司班组对标指标体系，包括对标指标45项，其中公共指标7项，核心业务指标38项，涵盖省、市、县、班组及专业机构的全方位指标体系基本建成。

规范对标的管理和分析。制定下发《国网山西省电力公司对标考核细则》和《国网山西省电力公司对标实施细则》，进一步规范公司对标工作。落实对标月度分析、评价、通报工作机制，组织专业部门分析指标运行情况及特点、变动趋势及原因，通报公司对标工作开展情况。抓住国家电网公司对标信息系统推广的契机，率先实现省、市、县三级全面应用，形成了分析工具模型化、对标工作透明化的新机制。点面结合强化系统应用培训，协调解决系统运行问题，顺利实现系统的全面应用。

注重经验的提炼与推广。在2015年国家电网公司同业对标典型经验成果评选中，省公司3项典型经验入围，4项典型经验入选，入选数量在国家电网公司系统中名列第三位，创历史新高。组织开展同业对标典型经验申报，共收集78项典型经验，通过初评、专业和综合评审，确定10项成果予以表彰推广，对推动同业对标典型经验水平的提升起到积极作用。

完善管控机制　逐层逐级细化

同业对标是一种管理方法，是企业持续改进工作的推动力，对标管理的创新，将促使企业管理体系日臻完善、运转更趋高效。

今年年初，公司立即着手组织本部专业部门深入学习研究国家电网公司2015版同业对标指标体系，结合公司管理特点和实际需要，分解落实国家电网公司发布的99项指标，确保体系框架科学、结构合理。

4月3日，公司印发市公司2015版同业对标指标体系，市公司对标指

标 91 项，其中业绩指标 36 项，管理指标 55 项。公司进一步逐步完善市公司对标指标体系，根据 10 月份月度例会上提出有关市同业对标指标体系和考核办法完善等工作要求，面向本部各部门、各单位征求关于《县公司对标指标体系（2015 版）》《市公司对标指标体系（2015 版）》和《国网山西省电力公司对标工作考核细则（试行）》的意见建议，共收集到意见建议 69 条，采纳 43 条。

国家电网 STATE GRID

山西电力报

2015年12月22日

发掘精彩 分享价值

精心运维 确保冬季电网安全

太原供电公司
提升运维管理水平

临汾供电公司
严把岁末“安全关”

提升管理 向着卓越迈进

——公司开展同业对标工作纪实

NEWS 公司要闻

省发改委下发文件
6项500千伏工程获核准

公司完成两座500千伏变电站无人值守联合验收

公司资金监控体系
被评为华北区域标杆

大同供电公司
政企合作力保电力设施安全

为建立多层级指标管控责任体系，公司细化指标，落实责任，按照 2015 年 16 项重点引领工作深化同业对标管理要求，首次统一制定了县公司同业对标体系。对标体系充分考虑县公司管理特点，本着“顶层设计、重点明确、减轻负担、便于操作”的原则，从 9 月底到 12 月份，通过广泛征求意见，五易其稿，初步形成县公司同业对标体系，力求实现县公司对省市公司指标的支撑作用。

加强指标分析 齐力寻求对策

公司所属各单位正确认识对标工作与管理提升、管理过程及工作成效的关系，专注于找标杆、学经验、促提升，深化同业对标指标分析，着力提升同业对标指标水平。

按照国家电网公司2015年省公司专业机构对标方案的要求，12月份，国家电网公司公布了2014年省公司专业机构对标排名，山西物资公司在全国26家省物资公司中总得分位列第三名，在列入考核的26项指标中有18项得分排名第一。今年以来，物资公司高度重视对标争先，坚持以同业对标为抓手，切实提升管理水平，抓指标促发展、靠发展保指标，努力争先晋位，找准改进着力点，紧密跟进、严格管控，有侧重、有方法、有措施地推动同业对标工作。

长治供电公司持续深化同业对标管理工作，1～11月，综合排名全省第二，进入先进行列，管理对标和运行、财务、配套保障管理成为全省标杆。该公司一是做实指标工作，每一项工作，从专业部室、基层单位、县公司、班组、供电所等逐级分解，落实到人、落实到质量提升上、落实到完成节点上，保障指标有效提升。二是做优指标分析，排名向好的指标，认真总结和分享管理经验；排名下滑的指标，从主客观两个方面深刻查摆问题，及时制定可行的整改措施。三是做严指标考核，专业排名在月度绩效中进行奖惩，短板指标在月度例会上进行通报，指标成绩列在对应的领导、专工的名字上，作为干部考核提升的重要参考。

大同供电公司认真落实省公司同业对标工作决策部署，夯实指标责任体系，63名人员被明确为指标专责人；建立关联指标评价机制，提高部门、二级单位之间协作和配合意识；围绕公司及专业重点工作，以强化基层指标支撑为目的，设置完善县公司、供电所、班组同业对标指标体系，实现了对标工作的全面覆盖；加强指标诊断分析，提升月度综合分析和专业分析质量，引导全员树立“所有非A区段指标全部是短板指标，所有非满分指标均有提升空间”的理念；建立部门及负责人、指标专责人对标考核积分档

案，月度、季度和年度考核相结合，每月发布积分排名，年度进行兑现，营造了全员争先氛围。1～10月，管理对标和安全、规划、物资、营销管理成为全省标杆。

管理的最终目标是激发员工潜能、完善管理流程、提升企业综合实力，以创造更多的效益。同业对标，实则是看齐标杆，提升管理，朝着更高的目标前进，向着卓越迈进。

第三辑

情愫·心灵之音

心扉
在纸墨间敞开
心灵
在无声中打开
敞开心扉　打开心灵
心与心间的距离
因了文字渐渐走近

于是，笔墨间
我们的思想充满血和肉
生活变得诗情画意
工作多了些许乐趣
敞开心扉　打开心灵
心与心在温暖着
奋进着……

1. 静享书香　滋养身心　感悟人生

一部好书就是尘世里的一盏明灯，它能照亮人们的心灵。一部好书，就如同在阳春三月的踏青郊游，如同仲秋九月的开镰收割，抑或隆冬季节与久违的朋友围坐火炉边的娓娓叙谈。每一次细细品读，就是一次心灵的远行。而如今，在网络、电视、杂志等快餐文化的影响下，读书被或多或少地冷落了。

每年的“世界读书日”再次唤醒了我们心底的渴望，因此，每年读书日前后，《山西电力报》都会特别编发通讯员的读书感悟，与广大读者分享读书给他们带来的顿悟和收获。同时，在信息化时代，唤醒人们放下手机走进书本，亲近书香！

倾听心底的声音

聂晓俭 | 国网晋中供电公司

读书使人明智。回顾阅读史，倾听心底的声音，可以让前方的路去往想去的方向。

童年的生活在我的脑海中已是很模糊了，童年的阅读更是仅存散落的碎片。只记得，那时我总能看到《少年文艺》这本杂志，里面总是讲一些作家努力奋斗的故事，还有一些好文章很吸引我。我觉得那就是启蒙，影响了我日后的人生。

读中学时，印象最深的是同学间传看琼瑶的书，《在水一方》《庭院深深》等，几乎每一本都看过。而当时给我影响最大的作家就是三毛，她的《撒哈拉的故事》我读了很多遍，每次读过，都有不同的情怀萦绕于心。

高考报的志愿是中文系，可阴差阳错地上了哲学系。所以除了专业的《尼采的哲学》《逻辑学》外，我更多地读自己喜欢看的书，如《红楼梦》《家》等。给我印象最深的就是《简·爱》这本书了，其中，女主人公对男主人公说的“我不是一架没有感情的机器，我的灵魂跟你的一样，现在是我的精神在和你的精神说话……我们是平等的！”至今在心里留下了深深的烙印，简·爱有自己的尊严，她努力维护自己的尊严，渴望平等。

1995 年，我大学毕业分配到电力职工学校，开始关注一些教学及管理类的书。2001 年从事新闻宣传工作后，我开始读报，有空就读，读过就写。后来，我开始喜欢读余秋雨的书，记得《山居笔记》中的“小引”这样写道：“离开城市，长途跋涉，借山水风物与历史惊魂对话，寻找自己在辽阔的时间和空间中的生命坐标，把自己抓住。”我想，读书的过程就是想抓住心里那个自己的过程。

读书使人充实，笔记使人准确，一路记下来，倾听心底的声音。正是这样的阅读让我有了这样的精神发育史，虽然可能某些具体的内容记不清楚了，但其中的思想的确深深地影响了我的人生，影响了我的生活。

我已为自己的发展选择了所需要的书，这也许就是选择了自己所要走的路。

“狼性”呼唤

张敏 | 国网山西电力

《狼图腾》是我上大四时读过的一本书，也是我唯一读过三遍的小说。

本书彻底改变了我对狼的认识。狼狡不如狐、猛不及虎、速不及豹，仅仅是靠群居数量取胜，如何配为图腾崇拜？可随着书中情节的深入，我对狼的认识加深了，也更透彻了。狼是智慧、团结、勇敢、舍生取义的化身，狼集体狩猎，就像是“孙子兵法”演练，在头狼的带领下分工合作，配合得进退有序，即使陷入人类的包围圈也一丝不乱、攻防有度。呜呼，此物不为图腾，何物可配？

书中揭示了人、动物和草原生态之间的和谐，一切都要遵循自然规律，若打破大自然的平衡，就会威胁到人类的生存。因为狼的存在使得黄羊、旱獭的数量得以控制，防止了其数量过多造成土地沙化、蚊虫肆虐的恶果。生活在草原上的牧民都了解这一点，所以他们恨狼，同时也爱狼，杀狼的同时也崇拜狼。人和狼就在这种微妙的关系中生活了数千年。狼也成为那里文明的起点，那里人们歌声、舞蹈和人性的豪放，无不和狼有着密切关系。

此后，从学校走进社会，走上工作岗位的我，人生观、价值观深受《狼图腾》影响。再次翻阅两遍之后，发现作者想说的不仅仅是图腾崇拜、人与自然，最重要的是在呼唤，呼唤我们从祖先身体中传承下来的“狼基因”，唤醒我们血液中奔腾的“狼性”。我深深地感到作为企业大家庭的一员，要身带正气，遇事不怕事，自信自立自强，做一个堂堂正正的大写的人；要敢于负责、勇于承担，关键时刻能够站得出来，让领导和同事信得过、靠得住；要用心用智、坚定执行，做好做成每一件小事，成就一番大事业。仔细想来，这不正与我们“诚信、责任、创新、奉献”的价值观相吻合吗？

04 热点话题　山西电力报

精神盛宴——读书日里话读书

《目送》的力量

“狼性”呼唤

张敏

平凡的生活最精彩

陈爱红

感悟《人生》

平凡中感受幸福

我的浅阅读

享受阅读

太原供电分公司深入开展“爱读书、读好书、善读书”活动

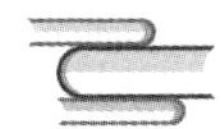

生命的礼赞

侯捷敏 | 国网运城供电公司

翻开于娟遗作《此生未完成》，一行行刚劲的宋体字映入眼帘，衬上那张灿烂无瑕的笑脸，让人感慨万千……书的封面上，有这样一句话："我们要用多大的代价，才能认清活着的意义？"这是一个关于人生的大命题。

于娟用自己的生命为这个命题进行了最好的注解，她用自己的文字诠释了什么是爱，什么是幸福。同为母亲、妻子、女儿，我为如此美好生命的逝去而扼腕叹息，同时感激她在生命的最后阶段，将自己对生命的思考写出来，让无数读者和我一样，通过读她的文字重新审视健康、正视生命。

读完《此生未完成》，胸腹间有如磐石般积压的厚重感无以言表。于娟，1978 年生，毕业于上海交通大学，获挪威奥斯陆大学经济学硕士学位、复旦大学经济学博士学位，生前执教于复旦大学社会发展与公共政策学院，一个两岁半男孩的母亲，一个四十岁男人的妻子，两位六十岁老者的女儿，几个失学儿童的资助者，很多人的朋友……她是癌症病人，却从容欢喜，并不哀伤，她已辞世，却与身后的世界同在。她是一个坚强的女子，一个令人敬佩的女子，在生命的尽头，毅然坚持写

04 热点话题

山西电力报

阅读，让我们的世界更丰富

自己才是自己的"幸运神"

——读《遇见未知的自己》有感

用创新咬出的"苹果"传奇

——《史蒂夫·乔布斯传》读后感

感受《七十年代》

你，《幸福了吗？》

博采众长而来的《中国震撼》

生命的礼赞

——《此生未完成》读后感

下生命的体悟以启示世人。她的文章平实朴素，丝毫没有悲伤和绝望的感觉，有时你甚至会被书中的片段逗得笑出声来，居然忘记了斯人已去。

“得了病我才知道，人应该把快乐建立在可持续的长久人生目标上，而不应该只是去看短暂的名利权情。名利权情，没有一样是不辛苦的，却没有一样可以带去。”于娟是坚强乐观的女人，在生死关头，她用笔留下了对人生的深刻反思。人之一生，犹如赶路，背负行囊马不停蹄，从起点到终点，从生到死。生命是一段连续的体验。很多时候，我们往往不知道自己需要什么，因此在面对物欲横流的花花世界之时，往往迷失了自我，于娟用自己的

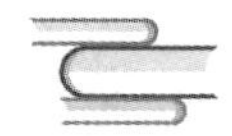

体悟告诉我们，要爱惜身体，珍惜生活，要用心体味生活的酸甜苦辣。身体是工作和生活的本钱，有一个好的身体，才能更好工作、才能更好地生活。对于一个国家来讲，“多难兴邦”，同样，对一个人来讲，经受挫折，经历苦难才能变得成熟，方能感受生活的真正意义。人生的路上，总会遇到磨难和挫折，但无论怎样生命才是最重要的。活着，就有希望；活着，就有机会；活着，就是幸福。

“虽然生病让生命变得很痛苦，但是有更多的真情让我们不能放弃，虽然生病让生命很惨淡，但是有更多的美好让我们不忍放手。”从于娟的文章中，我读出了亲情的可贵。她带走了亲人的思念和不舍，却给我们留下坚强的力量。生活中的点点滴滴，一旦有死神铺上了黑色的背景，那些点点滴滴，都会变得像星光一样，微弱而珍贵。能够拥有最真实的亲情、友情和爱情才是真正的幸福。于娟用自己的爱唤起人性最柔软最真诚的那一面，告诫我们要爱护亲人，善待他人，对身边的人，多一些爱，少一些苛责和批评。亲情、爱情、友情、师生情，是我更应该珍惜和追求的。让我们慢下人生的脚步，滋养生命，滋养生命中的他和她。

合上书，心里依然久久不能平静。再远的风暴也要着陆，再长的旅行都要回来，生命终归会有终结。于娟用生命的余晖警醒人生，让世人体悟人生的意义，这是一种大爱。让我们怀着对生命的敬畏，快乐地生活，快乐地工作……

用创新咬出的“苹果”传奇

程曦 | 国网长治供电公司

作为一名标准的“果儿粉”，我正一手捧着个苹果大口地咬着，一手端着 iPad 认真拜读乔布斯的自传，一旁的 iPhone 手机响起来自老爸的温暖问候。

那个被咬了一口的苹果标志几乎被所有人牢记，无论它的来源在乔布斯心中到底是基于什么样的深刻意义，它已然成为这个时代的象征之一。也许，它是那颗把牛顿砸醒后发现了万有引力的聪明果，或者是《圣经》中象征“伊甸园的黎明”而被夏娃咬了一口的智慧果，抑或是为了纪念计算机之父阿兰图灵的悲伤果，这些都已不再重要，重要的是乔布斯将他紧握在手的这只“苹果”，用创新的力量狠狠咬出了一个奇迹，乔布斯用毕生精力和心血打造了一个具有划时代意义的苹果帝国。

在熟读了乔布斯自传后，我被他的故事深深折服了。在商业界可以称之为成功的商人比比皆是，可是唯有乔布斯堪称商业伟人，他身上有着让无数人着迷的特质，他成功的秘诀可以归结为坚忍、执着和创新。从年少时对电子的着迷，到一生对“改变世界”这个梦想的坚持，历经艰难而曲折的 28 年创业路上，乔布斯也曾面临过失败和挫折，可正是他那无穷尽的意志力、创造力和行动力，推动他几经起伏却从未倒下。

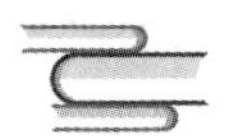

从离开苹果到华丽转身的王者归来，从计算机行业先锋到创造出迪士尼电影的传奇，从几近成为街机的 iPhone4 到高级白领和学者办公必备的 iPad，他真实上演了一出海明威式的神话："你可以打败我，但你永远打不垮我。"正如乔布斯在斯坦福大学演讲时所说的"求知若饥，虚心若愚。"他告诉我们要珍惜时间，努力追求内心的声音和理想，只要你有决心并愿意坚持为梦想而努力，那么，凡事皆有可能。乔布斯成功的故事被业界广为传播和学习，令人震撼的不仅是苹果公司 5000 亿美元市值背后那巨大的影响力，更值得我们关注的是乔布斯主义精神如何扎根于中国的肥沃土壤而绽放出创新之光华。

作为一名国家电网人，不禁要拿自己所热爱的企业与苹果公司去对比。中国企业在不断寻找其可供参考的成功路径，我们首先要做到的是在独特的社会经济环境下，发掘创新人才，增强培养力度，在稳步发展的基础上不断追求突破性的改变，用乔布斯那领先于凡人的专注和坚持，打造出优质服务有口皆碑的"国家电网"品牌。在中国经济腾飞的大好形势下，乘势而上，协调发展，发挥努力超越的团队精神为社会奉献清洁能源，用追求卓越的完美服务为这个时代雕刻印象，让科技创新的力量伴随着信息化建设的步伐，更好地推动我们企业真正建设成为世界一流电网、国际一流企业。

阅读异乡人

朱琳 | 国网阳泉供电公司

去年去了一趟古都南京，第一站没有去中山陵、总统府，没有去夫子庙、玄武湖，而是直接锁定了作为南京文化名片的先锋书店。因好友在南京的缘故，时不时听着她的絮叨，早就对先锋书店向往已久，这次终于如愿以偿。在好友的陪同下，迫不及待地奔向“好书在先锋，众览天下人”的最具文艺气质书店。顺着葱郁幽深的小径走进先锋，果然别有洞天，独特的设计立即将眼球吸引，因为是由一个旧的地下停车场改造而成，所以通往大厅的路是一个斜坡路，上面仍清晰可见两条黄色的停车分割线，在斜坡两面，整齐地摆放着阶梯式的放书平台，上面放着琳琅满目的书籍，边走边看，发现每隔一段距离还有一盏橙色台灯点缀其中，让人沉醉。视线正前方，一个大大的黑色十字架尤为醒目，我正纳闷，好友会心一笑对我讲解说：很奇怪对吧。正中的十字架，代表一种信仰、一种文化标记，人们在刚进门时一眼就能看到，而且出门时因为是个斜坡正好要走一段上坡路，所以它的寓意便是希望人们“进门向善，出门向上”，原来如此。

润物细无声，露泽浸书香。在先锋，随处可见静静看书的人们，或站或坐或摘抄或沉思，彼此互不打扰，伴着店里舒缓柔和的音乐，仿佛

山西电力报 热点话题

2015年5月22日 星期五

04

“书籍是人类进步的阶梯”，为倡导广大干部职工爱读书、多读书、读好书，公司将5月份定为“学习月”，大力营造“重视学习、崇尚学习、坚持学习”的浓厚氛围，引导职工与好书同行、与经典结伴，在读书中陶冶性情、涵养品行。

本期“热点话题”，特编发部分职工读书感悟，让我们从现在做起，静享书香、滋养身心、感悟人生。

静享书香 滋养身心 感悟人生

让社会充满书香

享受学习月

让阅读成为信仰

俺家的阅读生活

读书的日子

书呆子

阅读异乡人

忆少年读书时

书就是整个世界。在这里，没有营销、炒股、励志的“伪书”，也没有各种外语、考试、辅导类“红宝书”，所有的书籍都定位在人文、社科、艺术三大领域，并由店主亲自挑选，有些是你不曾涉猎的，有些是你心仪已久的，目光所及、指尖所触，让人暂时忘了外面的喧嚣，尽情徜徉在文墨书香的天堂里。

店主钱晓华是一位书店的忠实守望者，他不是基督徒，但对书的信仰就是他的宗教。他曾说过：“我既不是千万富翁、百万富翁，也不是文化商人，更不是文化诗人，我不过是一个佩戴着桂冠的文化乞丐，一个行走在大地上的异乡者，在通往精神的诗与思的途中，书山为径，书生意气，至死不渝。”正是因为这样的坚持与信仰，今日的先锋书店就像一间温暖的书房，恣意散发着浓郁的阅读气息，它可以是思想交流的据点，可以是文化撞击的摇篮，亦可以是“异乡者”温暖的精神家园。

好友说，先锋书店定期还会组织新书签售、名人演讲、文化沙龙、艺术分享等活动，与大师对话、与文化同行。心里着实羡慕生活在南京的人们，可以有这样一块交流思想、沉静心灵的地方。

不知不觉，一上午飞速而逝，可我还沉浸在这地下风景中久久不能自拔。离开书店前，特意挑选了几张手绘明信片，留作小小的纪念。回头望了一眼墙上的十字架，我想，十字架是基督徒的信仰，阅读，也应该是读书人的一种信仰！

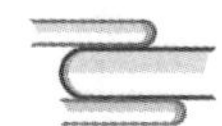

从书中走来

乔琳会 | 国网临汾供电公司

读书是一种爱好，认真品读人生的酸甜苦辣；读书是一种习惯，自然之中融入每种心情、每个情景；读书是一种人生，每每与书相伴，时时与书同行。读书，已然成为我生命中不可缺少的一部分，我坚持阅读、热爱阅读、科学阅读，并坚信从书中走来，必能够从阳光中走来。

将阅读作为创作源泉

多年来，我结合工作实际阅读各类书籍，注重知识更新积累，不断提升自我的写作能力。完成自考《新闻学》的全部课程，获得山西大学新闻学本科学历。同时，完成经济师、企业培训师等课程的学习并通过考试获得证书。

通过阅读，不仅让我获得了知识，更丰富了创作思维能力。为了采写鲜活生动的作品，我经常会在凌晨的抢修现场、一线的工作现场出现。一边是坚持阅读，一边是细心观察，使我能够采写出一篇又一篇具有可读性的作品。近年来，我在省级以上报纸发表各类报道百余篇，采写作品《太阳一出来我就发电》荣获中国电力新闻奖一等奖、山西电力新闻一等奖。新闻稿件《线路班长的长征之歌》获省公司、临汾公司优秀作品等。同时，我也将自己平时的读书感悟写成散文、诗歌，作品在《山西电力报》《脊梁》等报刊发表。

将阅读作为沟通桥梁

读书，不仅是个人行为，而是要把它拓展为一种氛围、一种常态环境。为了建立家庭读书氛围，我为每一位家庭成员长期订阅杂志，比如为女儿订阅《儿童文学》，为婆婆订阅《养生与健康》，每人一本杂志，每年一次订阅，长期的阅读习惯让家成为固定的读书场所。为了帮助孩子养成读书的好习惯，我还与女儿约定：一定读名著，每天讲一段。针对四大名著，共同阅读、共同分享，使读书成为家庭的一道风景线。在单位，作为党群工作者，我每年会制订读书月活动方案及推进计划，并结合节日积极创新载体，开展"三八谜语会""好书下班组"等活动，在活动中通过看书、讲述等形式持续提升大家的阅读兴趣和素质，受到广大职工欢迎，营造了"人人爱读书、好读书、读好书"的企业氛围。

将阅读作为有效平台

以书为平台广泛开展各类活动，搭建分享、服务、互动的有效平台，使阅读融入职工生活、融入中心工作、融入企业文化建设之中。

以公司职工书屋为平台，组织开展"电亮青春"团青结对帮扶活动，公司团员青年与霍州市库拔村小学杨彩兰小朋友结对，定期资助与帮扶，邀请小朋友参观书屋，并开展赠书活动，与小学生分享读书心得和人生感悟；针对离退休同志的生活情况，充分听取老同志的意见建议，订阅《金色年华》

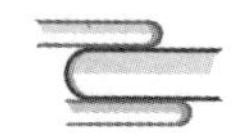

等多种杂志，义务管理离退休活动室，定期更换杂志，设计“光阴的故事”照片墙等；设计公司荐书卡，组织开展“摘一语、荐一书、写一文”读书活动，并通过展出、分享的形式提升读书效果；搭建“开讲啦”员工展示平台，举办“经典诵读”“图说”等专场，职工通过读、诵、讲的方式表达对于经典的理解和热爱。

从书中来，是一种行动，更是一种愿望。作为读者，我不仅认真开展阅读活动，有序提升自我素质，并且主动影响和带动身边人加入其中，善于搭建有效载体开展分享与读书活动，使读书成为一种习惯、一种氛围、一种风尚、一道美丽的风景。

专题报道

山西电力报

一起走进书本

亲近书香吧

爱如山

泛舟在“书海”

心态与读书

简单爱或不爱

编者的话

倾听心底的声音

沉醉于烈火人生

狼的精神和勇气

做个快乐的人

岁月静好　以书为伴

张洋 | 国网山西检修公司

作为 90 后的我，爱读书，不仅是因为一次又一次陶醉于书中的世外桃源，更是因为它能够改变一个人的精神、气质和品性。在读书的那一段时间内，与自己对话，与他人交流，倒也收获了一些心得体会。

把诗词融于自然，把心灵交付苍宇

我喜欢写诗词，来赞美世间的一切美好，也自费把自己写的一百多首诗词装订成册，留作美好的回忆，我把它取名《洋杂》，五味皆有，诗词皆存。

写过“花竞春风不待君，君依孤冢把花寻。寻也无踪叹春风，风吹花香落伊裙。”也写过《捣练子 · 济南情》，“执笔难，愁丝乱，艳阳不见旧济南。蜷卧床头绕云烟，幽幽情愫扯不断”。还有“我愿化一柳浮云，片片飘荡在空中，风一吹，缠绵悱恻，雨一打，虚幻缥缈，向着逃亡的方向，欣喜，狂奔，那里有跳动的精灵，那里有恬静的桃源，游荡吧，我是微微一柳浮云”。这些灵感的闪现不光是应景应情，更多的是在读书的乐趣中，发散自己的情感，作为读书的另一种体现形式，寄予

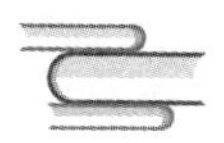

诗词，丰富感情。不断地读书，不断地增加自己对生活、对自然、对生命的领悟，从而用自己喜欢的方式去书写。

多与读书人交流，和书中灵魂碰触

在工区以及公司内，经常会组织大家开展读书交流活动。曾作为输电运检中心读书交流会主讲人的我，通过与同事共同探讨各自喜爱的书籍，以及对这本书的认知和感悟，发掘了一批有价值的读物，听取了许多故事和精神，详细记录下来，作为日后选书的参考。

在整个交流会上，在我的主持和带动下，形成一派积极讲述、乐于分享的气象。这其中，收获的不仅仅是几本好书，更是灵魂深处的醍醐灌顶。记得那是在公司举办的读书交流会议上，我被邀请为其中的一员，发表了自己对《狼图腾》这本书的看法，结合自身所处工作环境，详细阐述了自己对这本书的不同角度认知，受到了在座读书人的一致好评。

写身边的人和事，为和谐生活点赞

在山西检修公司工作的日日夜夜里，我的周边发生了许多事情。

我从一个初出茅庐的牛犊，成长为一名合格的运检工人，这期间，有过欢乐、有过艰辛。我经历着大山、铁塔的威严，感受了运维工人的艰难，我一步一步地铿锵前行着。每一个感人的瞬间，每一处动人的场面，每一次工作任务的开始与完成，我都会把它记录下来，写一篇报道，抑或是文章，都让世人了解和认可运检工人的工作，让每一次作业得到赞许，让心灵对工作省察、对自己省察。截至目前，我撰写的稿件已有 213 篇，连续三年报道数量和质量为工区最佳，连续两年获公司“优秀工会积极分子”。

虽然我的事迹很平凡，没有轰轰烈烈，但我在这岁月静好的青春中，以书为伴，从自身做起，带动身边人，去读书、去感悟，把心置于广袤的宇宙间，任其翱翔、任其游荡。

正如毛姆曾经说过：“为乐趣而读书”。我爱读书，用自己的乐趣、自己的生命、自己的灵魂来拥抱书籍，拥抱这个阡陌浮世。

山西电力报 热点话题

2015年9月22日 04

从书中走来

在读书中看到未来

最美读书人

书香沁流光

岁月静好 以书为伴

□ 张洋

读书成就精彩人生

读书是一种生活态度

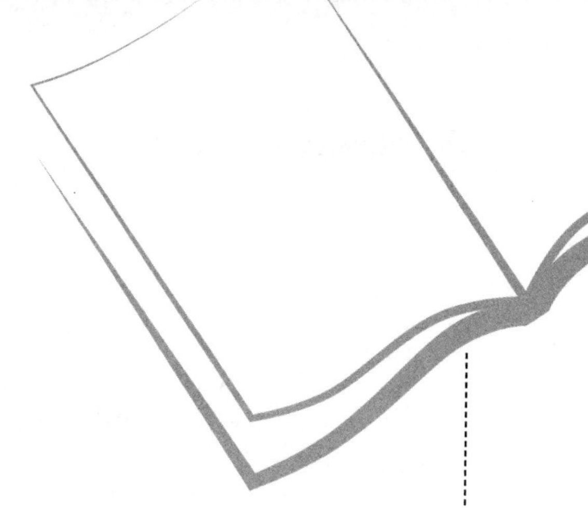

2. 峥嵘岁月　情漫天

1949年4月24日上午10时，随着英勇的中国人民解放军战士攻进太原城内，占领绥靖公署，太原宣告解放，盘踞山西38年之久的阎锡山政权从此灭亡。这一天，在山西历史上具有里程碑意义，山西人民结束了战火纷飞的生活，开始了令人憧憬、向往、和平的新生活。

每一个时代，都会在风云际会中催生出伟人、俊才、豪杰。他们的凸显，就像苍穹中璀璨的星辰，在人类文明发展的进程中耀眼夺目。岁月愈荡涤，愈显出其风采和光芒。我们走近国网山西省电力公司系统曾参加过太原战役的几位离休干部，以此向参加过解放太原战役的先辈们表示崇高的敬意！

淖马英雄杨凤鸣

支翠平　柴晶｜国网山西新闻中心
郭灵芝｜国网吕梁供电公司

淖马战役是解放太原的攻坚战役。曾在该战役中荣获“淖马英雄”称号的吕梁供电公司离休干部杨凤鸣回忆起那段惊天动地的战斗经历时，激动之情溢于言表。他说：“这辈子我能参加解放太原的战役，活得真值”。

杨凤鸣，1927 年 9 月出生于柳林县一个贫苦家庭，自幼给地主当长工，挨饿受冻的经历让他明白了一个道理：“只有共产党才能救中国，只有共产党才能领导人民得解放”。1946 年 6 月，不满 19 岁的杨凤鸣参加了中国人民解放军，先后参加了太原、西昌等大小战役数十次，他的事迹被录入《开国将士风云录》（第二卷）、《一八四师战斗历程从汾河到凉山》等书籍。

英雄班长带出英雄班

1948 年，太原战役打响了。184 师 129 团受命攻取淖马主阵地。突击队受命爆破一道两丈深、五丈宽的外壕，为主力部队顺利开进铺平

太原解放 60 周年专刊　责任编辑 柴晶　电话：(0351)4269112

山西电力报

2009 年 4 月 24 日　星期二　第四版

淖马英雄　杨凤鸣

——记解放太原战役亲历者、吕梁供电分公司离休干部杨凤鸣

本报记者 支翠平 柴晶　本报通讯员 郭灵芝

太原解放60周年

系列报道

祝贺本报连续五年荣获山西省一级报纸

加油，再上一层楼

——为改版后的《山西电力报》喝彩

道路。由于敌人的炮火非常猛烈，爆破几次都没有成功。这一艰巨的任务最后交给了杨凤鸣所在的该团二营四连。

正当连长和指导员考虑让谁去爆破时，战前发过誓，定过立功计划，要争取火线入党的时任二班班长杨凤鸣自告奋勇完成这项危险的任务：“我一定能完成，我要为人民报仇！”说着他就捆起 50 公斤重的炸药，在战友们的掩护下向爆破目标爬去。敌人的子弹密集地落在他的周围，但靠着机智和

勇敢，杨凤鸣硬是把炸药固定在敌人的壕沟外沿，随着“轰”的一声，壕沟附近地碉里的敌人飞上了天。顿时，眼前一片昏天黑地，血肉模糊。“那场战斗打得真是过瘾，我扛起一个炸药包，从爆破的斜坡靠着墙壁内沿往下跑，没想到却与敌人的一个排长撞了个满怀，他朝着我就是一枪，我就这么一闪，可子弹还是落在了我的腿上。”杨凤鸣激动地讲述着。就是在鲜血浸透衣裤的情况下，他仍然不顾疼痛，提起一支三八式步枪，端着刺刀便向敌人刺去。当听到嘹亮的军号吹响，突击队占领了敌人的主碉堡，杨凤鸣这才松了一口气。经此一战，解放军彻底摧毁了阎锡山苦心经营多年的淖马要塞，为胜利解放太原铺平了道路。

淖马战斗进行得非常激烈，敌人组织了好几次疯狂反扑。杨凤鸣所在的二班多次扮演排头兵的角色。班长杨凤鸣经常鼓励大家：“光我一个人是英雄还不够，我们一定要争取成为英雄班”。在他的带领下，战士们奋勇杀敌，攻下了好几个地堡，缴获了不少机关枪、手榴弹和弹药等。阵地巩固后，杨凤鸣因此被评为“淖马英雄”，光荣地成为一名中国共产党候补党员。他带领的班被命名为“杨凤鸣爆破班”，师党委还特别奖给该班一面“机智歼敌互助作战”的锦旗。

永久的印痕

在参加解放战争的近十年间，杨凤鸣身上留下了累累伤痕。他的头上、腿上有三四处枪伤，腰上曾挨过国民党军的刺刀。解放太原当爆破手时，他的耳鼓膜被震坏，听力逐年下降。他先后荣立特等功两次，大功四次，小功两次。

太原战役后不久，杨凤鸣所在的部队向大西北进军，参加西昌战役。12月的一天，驻守县城的522团3营战士正补充休整，村保长和一个老百姓

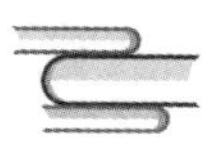

报告说有十几名土匪正在城外大堰沟抢夺老百姓的东西。时任九连连长杨凤鸣接到任务后，迅速带领连队赶往大堰沟。为防止土匪半路设伏，杨凤鸣命令二排占据有利地形后再进村。突然，山顶上冒出许多土匪疯狂地向九连射击，顷刻间杨凤鸣和战友们陷入上千名土匪的包围中。杨凤鸣依靠战士搭成的人梯爬上了房顶，因为房顶铺的是薄木板和油毡，没走几步，房顶就被他踩穿了。掉进房子后，他的一只脚卡进了床板，身子正好砸在埋伏在屋里的土匪身上。杨凤鸣把卡在床板里的脚猛抽了出来，立即感到锥心地疼痛，原来整个踝骨已被崴断了。院子里的土匪发现后便向房中开枪。杨凤鸣在还击时被一颗子弹击中头部，一下子昏了过去。就在这个关键时刻，副连长郭二小带领战士冲了进来，把敌人打了个落花流水。战士们有了高大的院墙做掩护，与山顶上的二排遥相呼应，英勇地打退了敌人的一次次进攻。

1950 年在西南军区英模代表大会上，杨凤鸣被授予“特级战斗英雄”称号。他还被西北军政委员会授予“人民功臣”称号，并荣获中华人民共和国“解放奖章”。

桑榆虽晚为霞满天

1958 年，杨凤鸣因身体原因，转业到广西水利电力厅第一工程处任党支部书记。1963 年 12 月调回吕梁，先后任中阳发电厂、离石发电厂书记，吕梁地区电业局政工科长、工会主席等职，1984 年正式离休。

当谈到今年是太原解放 60 周年时，杨老难掩激动。杨老说：“改革开放好啊，太原的变化真是太大了，1999 年，太原解放 50 周年时，太原市委、市政府曾邀请我们这些老同志们参加庆典仪式。时间过得真快啊，如今又一个 10 年过去了，太原肯定变化很大。”他说，那些为解放太原牺牲的战友，如果能活到现在，看看现在的太原，看看美丽而繁华的龙城，体验体验如今美好的和平生活，该有多好啊！

如今的杨老，每天早晨 6 点起床、7 点半吃早饭、9 点半在院子里遛个弯、11 点看书、读报……生活规律而丰富，每天的生活都安排得井井有条。他说：“作为山西供电系统的一员，在生活上得到了公司很多关照，很幸福，也很幸运能在这么和谐的环境中生活。现在公司上下都在开展学习实践科学发展观活动，衷心希望企业能发展得更快、更好”。

实践中感受新闻魅力

——《山西电力报》“彩虹”专副刊创新之道

○支翠平 柴晶

2007 年《山西电力报》正式改为周二刊，“彩虹”专副刊版一周两版，如何保证可读性、趣味性，提升文化品位是我们每期策划时要思考的问题。

勇于创新不断变革

创新是贯穿传媒业发展历程的永恒主题和不竭动力，也是困扰传媒业进一步发展的重要问题。报纸的变革在不断继续，眼前一亮、心中一震，是这一年副刊所追求的。

2010 年，我们第一次以主持人方式推出报道，策划了“文艺沙龙·畅谈‘三思三晋’”专版。栏目推出后，广大干部职工纷纷畅所欲言，撰文写诗表达己见，抒发情感，该报道创新性地首次以研讨方式报道公司策略谋划，将平民百姓、普通职工的看法、观点以“沙龙”的形式搬上媒体。

胡适先生说过，人与人的区别在于 8 小时之外如何运用。8 小时之外更凸显人的精神气质由来、人的性格特征差异，以及人的兴趣爱好等等。2010 年年初，我们开设了“第 25 小时”栏目，展示公司各级领导多面的人格魅力、丰富的精神世界、多彩的业余生活。

太原供电局郭学英特撰文《“第 25 小时”的精彩》，表达对该栏目的认同。他说，“第 25 小时”的精彩就在于——当别人悠哉游哉的时候，我倾心浩瀚的书海；当别人打牌游戏的时候，我坚守孤独的思考；当别人推杯换盏的时候，我徜徉于枯燥的文字；当别人海阔天空的时候，我推敲只言片语；当别人荒废时间的时候，我甘洒无尽的汗水。真诚地为“第 25 小时”献上一束康乃馨，她为职工带来了新思路，为领导带来了新感觉，为企业带来了新正气。

我们首次开设的“视觉新闻”专版，将图片新闻列入重点报道行列。已刊登了“春检，我们鏖战正酣”“我爱我家——超特高压”“校园永远是春天”“星光璀璨激情夜点燃活力无尽时”等等专版，通过图片反映公

力，媒体报道家庭暴力数量相比，媒体如何报道更加重要，因此作为媒体工作者，在没有法律强制力的约束下，应该提高媒介素养，自觉形成一套伦理规范。

1、保护受害者及其亲属的隐私。在报道受害者及其亲属的信息时，首先要征得他们的同意，还要考虑他们的处境，避免因为身份曝光后，其生命或身体再次陷入危险的境地。即使他们同意，也需小心谨慎，避免发生再度伤害。

2、对于施暴者或犯罪嫌疑人的报道，同样也应该尊重他们的人身权。尤其是在报道法庭审判过程时，如果涉及到犯罪嫌疑人的照片，要进行处理。应避免因为过度曝光，犯罪嫌疑人改过自新后无法正常生活的情况。

3、语言处理要慎重。不使用强化性别成见、性别角色陈规定型的语言。还应避免因为夸大性描述血腥场面，或刺激性语言，形成“媒体审判”。在报道家庭暴力时，不宜掺杂记者个人的情绪化表达，而应采用一般性描述。

4、说明家庭暴力事件对于家庭成员造成的伤害。当然不应仅仅局限在受害者本人的身体侵害，还应延伸到他们以后的生活及精神伤害。更应提醒呼吁公众避免家庭暴力这类不幸事件的发生。

5、媒体不应停留在对案件本身的报道上。要使公众了解我国的反暴力进程如何，有哪些组织正在开展这方面的工作等。家庭暴力的报道应介绍和普及防治家庭暴力的相关法律法规，还应该提供如何预防家庭暴力，消除家庭暴力留下的阴影等方面知识。

媒体作为社会的守望者，在揭露家庭暴力现象、引导和树立正确的家庭观念和道德伦理方面起着举足轻重的作用。无论是加强人文关怀，还是恪守和弘扬新闻专业主义，都需要和传媒立法结合起来。以法律的形式约束媒体工作者的行为，对传媒人行为进行一个大致框定，必然会对人的行为起到规范作用。■

（作者单位：中国传媒大学电视与新闻学院）

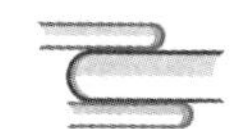

穿越枪林弹雨　寻着革命的脚步前行

支翠平　柴晶｜国网山西新闻中心
郭茂有　张敏｜国网山西送变电公司

今年 82 岁高龄的原省送变电工程公司武装部部长董德喜。1947 年 8 月参加革命，1948 年 10 月加入中国共产党，1964 年转业到山西电业局工作，1989 年离休，享受县处团级待遇。

这位诞生在战争年代的农家子弟，少有壮志，历尽磨难，投身革命，几十年来，从解放军战士到企业干部，从企业干部到爱心使者，纵横驰骋，为新中国的解放事业，为山西省的电力建设事业奋斗了大半生。

董老在几十年的革命生涯中，对党忠心耿耿、对革命无限忠诚，对共产主义信念坚定不移，为民族独立和人民解放，做出了自己的贡献。战争年代，他转战南北，出生入死，勇敢作战，屡立战功。和平建设时期，他以身作则，忠于职守，兢兢业业，奉献爱心，寻着革命的脚步前行着，表现了一个优秀共产党员的品质和品格。

从战士到连长　枪林弹雨中的幸存者

董德喜原籍河南滑县，一家兄妹 6 个，两个哥哥，3 个姐姐，他是

太原解放 60 周年专刊　　山西电力报

太原解放60周年

穿越枪林弹雨

寻着革命的脚步前行

——记解放太原战役亲历者、省送变电工程公司离休干部董德喜

从战士到连长 枪林弹雨中的幸存者

从企业干部到爱心使者 荣誉见证续写魅力人生

家中最小的。小时候日寇入侵，黄河泛滥，连年灾荒，国民党军队败退，骚扰百姓，土匪横行，民不聊生。董老的父母负担不起孩子们的吃饭问题，为了不让小儿子因为没有粮食吃而活活地饿死，就忍痛将他卖给了人贩子。于是 7 岁那年，年幼的董德喜被贩卖到了山西霍县西坡村一姓董的农民家中。

艰难战乱中成长起来的董德喜，在抗日政府的领导下，受游击队影响，参加了当地的民兵组织，打鬼子、埋地雷，破坏敌人交通线。18 岁那年，他在太岳军区部队当了一名革命战士，后历任通信员、班长、排长、指导员、连长。参加了中国人民解放军从山西汾河到四川凉山的无数次战役，荣

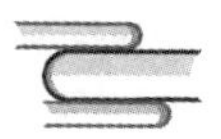

获过“全国解放纪念奖章”、“华北解放纪念奖章”、“西北解放纪念奖章”、“西南解放纪念奖章”、“三等功”纪念章、“通令嘉奖”等一系列荣誉，被北京党史研究室授予“开国将士”荣誉称号。

1947 年，广大农民翻身解放，阎锡山勾结地主组成还乡团，进行疯狂的阶级报复和残杀。

1948 年 2 月，董老所在的兵团开始了清除太原外围的战斗。进行牛驼寨、小窑头、淖马、山头四大要点争夺战，对敌人采取围困瓦解。

1948 年 6 月 2 日，经中央军委批准，发起晋中战役，董老当时在 184 师 550 团 1 营重机枪连，他与战友们经过 40 多天的奋战，解放了晋中 10 个县城。我军以 6 万兵力，全歼灭阎锡山有生力量十万余人，本次战役受到了毛主席的赞扬。特别是在围歼赵承绶军队逃回太原、董村的阻击战中，董老所在的重机枪连在敌人不惜一切代价的突围中，在火炮和飞机的掩护下，进行了十多次进攻，死守了三天三夜，最终敌人死伤严重、损失惨重，落荒而逃。鉴此，该团被授予“能攻善守天下无敌”的光荣称号。

令董老记忆犹新的是那场攻克淖马主阵地的战斗。淖马山位于太原城正东 7 华里处，是东山的最高点，高出城墙 300 余米。倘若能占领淖马，则可居高临下踏进平川，多路展开，直通城下。因此阎锡山非常重视淖马阵地，将这一战略要点作为防守重地，并任命他的得力干将赵瑞为淖马要塞司令，用了从未遭遇我军打击的精锐主力 8 总队固守。敌人的主阵地设在淖马山主峰上，中间筑有的梅花大碉高出地面十几米，可以控制整个太原防区，同时还配备了强大的支援火力，组成了完备的防御体系。

战斗打响后，我方包括榴弹炮、野炮、迫击炮甚至小炮在内的各种炮火猛烈地轰击敌人阵地，一时间把敌人的火力完全压制住了。在火力掩护下，爆破组在前方炸开缺口，突击组带头冲破敌阵，首先攻克了淖马以东的集团工事，歼灭了守敌，为进攻淖马主阵地打开了一条通道。敌人失去了一个侧翼阵地，便示威性地向我军进行报复，先是在主阵地碉堡四面的射击孔里，轻、重机枪疯狂地喷射出火苗，接着无数炮弹也从四面八方朝我军阵地飞来。顿时，弹片、弹头夹着碎砖烂石像冰雹大雨似的洒落下来。战士们有的衣服被弹片刺破，脸上泥土斑斑，有的头发、眉毛都被烧焦了，有的负了伤，用纱布简单包扎后继续作战。残酷的战斗，昔日的战争情形董老历历在目。董老说："当时我们的口号是'人在阵地在'，战士们个个都生龙活虎，敌人两万余人攻击我军5000余人，但最终还是被我军拿下了淖马的全部阵地"。

说到战争，董老说："我这条命可是多次从敌人的枪口捡回来的，大难不死，必有后福。"一次是在攻打敌人的时候，敌人的子弹穿过木门板将董老的衣服穿透，人却毫发未伤；一次是在淖马战役中，敌人空投的炮弹落在了董老的脚下，坚硬的地面早已被炮弹炸得泥土松软，炮弹竟然没有爆炸。说到第三次逃命经历时，董老激动地边比划、边向我们讲述着："好家伙，6个敌人追我一个人，我只好拼命地跑，看见有个洞，就往里跳，后来才知道那是个坟墓"。

从企业干部到爱心使者　荣登荧屏续写魅力人生

太原解放后，董老转业到山西省电业局工作。董老说："咱没有文化，刚到电业局时，谁家搬家了、打扫卫生了，我就去帮忙，给大伙儿打打零工"。

1965年，董老调任省送变电工程公司基层支部书记和武装部长。在工作中，他带领职工奋战在线路工地，为山西电力建设事业尽心竭力，曾多次被评为先进生产者、先进工作者和先进武装干部。

在省送变电工程公司工作时，董老有两三年时间都在负责建设"人防工程"。当时上级领导为了赶时间、抢工期，命令工人们没日没夜地苦干，工人们在20米深的井底长期疲劳作业，且在所挖地道的附近有一3米深的大

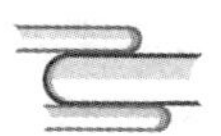

洞，容易造成塌陷，这无疑给工人们的人身安全造成了巨大的隐患。

董老具有很强的党性和组织纪律观念，他说：“咱工作得为党、为人民负责，施工一定要保证安全。”于是他结合在部队挖地道时的经验，向上级提出了一个既安全，又能确保质量和进度的建议，受到了上级领导的赞扬，杜绝了一起违章指挥事件的发生。工人们都说：“董德喜的意见，是为我们的生命安全着想哪！”在那个大干快上的年代，能从人的角度去考虑问题，实属难得。

1989 年，董老从省送变电工程公司离休。“离休勤学跟党走，老有所为不停步。为公清廉知荣辱，和谐奉献建小康。”这是董老离休后所信奉的格言。他说：“我虽然离休了，但不能总闲着，得为社会做点什么”。

于是他常常义务在附近社区给居民讲解“312”养生之道，去学校给小学生们讲解如何加强自我保护等，受到了社区和学校的好评。为此，学校还专程给省送变电工程公司送来了感谢信，太原市迎泽区街道党工委还给董老颁发了“五好”老人证书。

在采访过程中，董老兴致勃勃地还为我们讲述了北京中医教授研究 20 年、推广 10 年，至今三四万人受益的养生之道——“312”经络锻炼健身法。“这是一种简便易学的健身方法，按摩合谷、内关、足三里三个穴位，会使全身的气血通畅，达到有病治病，无病健身之目的。只要每天坚持锻炼 25 分钟，通过 3 种不同方式（穴位按摩、腹式呼吸、两腿下蹲），有计划地激发经络系统，可以预防和治疗高血压、糖尿病、关节炎等多种常见疾病，使人达到精力充沛、延年益寿的良好效果。”董老不厌其烦地将拇指弯曲、垂直地按在记者的合谷穴上，向我们做一紧一松按压的示范，嘴里还不住讲解道：“按压的力量要强一些，穴位下面要出现酸、麻、胀的感觉，即‘得气’现象，这样才能起到防病、治病的作用。”董老像是一位资深医学专家，那技艺、那神态、那动作……你绝不相信他是业余的。

董老的热心与爱心让他成为附近社区的名人。在一次社区义务讲座中，社区的工作人员邀请董老参加由太原电视台百姓频道承办的《2008 美丽家园　魅力老爸老妈》评选活动。

热情的董老当然是义不容辞地爽快答应了。“初赛时，音乐一响，浑身就有了劲，一首‘打靶归来’唱完，毫不费力地就晋级了。”董老在两万多名选手中脱颖而出，他向观众展示了一位军人的热情和风采。虽然顺利晋级，可是按照电视台的要求，要想继续表演，必须在本社区再找几位老人一起参与，这下可把董老急坏了。那段时间董老是饭吃不下、觉睡不着，就在他一筹莫展的时候，一天在去公园锻炼的路上，董老就将此事告诉了每天一起锻炼身体的老朋友们，大家一听，这是好事呀，大伙儿帮忙找有同样才艺的老人。经过努力，最终组成了一个拥有 15 人的表演团队，其中有 4 人是省送变电工程公司的离休干部。有了队伍，有了参赛资格，在朋友的支持和鼓励下，他们经过多次排练，推出了“找朋友”这一节目，再次经过选拔赛，又一次直接晋级。

2 月 16 日，年事已高的董老生病了。他说：“电视台给我这个表演机会，说明有很多人都喜欢看我的表演，说什么我也不能辜负观众，不能辜负和我一起排练、演出的朋友们。”于是董老又带病坚持参加了第三次演出。中央电视台《新闻联播》《晚间新闻》《朝闻天下》在春节期间，还对那次演出做了大篇幅的报道。那次演出结束后，董老不得不依依不舍地退出比赛。比赛一路走来很艰辛，可董老却感觉异常甜蜜。他说：“能在有生之年经历一次年轻人的时尚活动，真是太幸福、太幸运了”。

董老的事迹曾被中共党史人物研究会出版的《开国将士风云录》记载，成为一名千古风流人物，他的故事将和那些参加过解放太原战役的无数英烈们一样，永远代代相传，永远活在人民的记忆中。这，既是对董老人生的肯定和褒奖，更是对我们后人、对历史的最好交代。

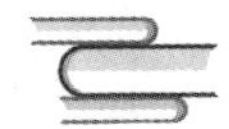

峥嵘岁月　情漫天

支翠平　柴晶 | 国网山西新闻中心
田晓君 | 国网太原供电公司

60 年前，太原城内处处饱经战乱，满目疮痍。1949 年 1 月，太原城彻底被解放军包围，除空运外，外界的一切物资供应都断绝了。学校、医院、粮店，几乎所有的公共机构全部停止运转。而如今的太原在党的领导下，各项建设事业均取得了巨大的成就，太原也和全国一样，发生了翻天覆地的变化。昔日只有几米宽的马路和街道两旁几家稀稀拉拉的小摊小店。如今几十米宽的路面上车流如潮，道路两边高楼林立，商铺一家紧挨一家，竟显繁荣。

今年已 87 岁的老人裴瑞昌目睹了这座城市的巨变，亲历了太原解放战役。他从一个农家子弟到军事管制委员会成员，再到朴实、平凡的电力员工，无论在战争年代还是和平年代，一生对党、对人民、对革命事业无限忠诚，时时处处都在各方面严格要求自己。他的事迹被中共党史人物研究会出版的《开国将士风云录》收录，成为后人追忆历史，进行革命传统教育的典范。

14 岁 大哥带他参加八路军

裴老 1923 出生于山西平遥一个农民家庭。1934 年，他靠着大哥每月仅有的 7 元钱的奖学金进入了太原国师街附小上学。裴老的大哥裴瑞康是山西国民师范学生，因为学习成绩优秀，学校每月用 7 元钱作为奖励。

当年，青春、年少的裴瑞康极力反对阎锡山亲日政策，于是，他加入地下党，与学生代表们开展了抗日运动。“当时大哥和学生代表个个都是情绪高涨，他们每个人都高举着‘打倒日本帝国主义’、‘反对亲日政策’等标语，每日在大街上游行。在他们的带动下，游行的人越来越多，一些商贩也停止了买卖，加入到游行的队伍中。不久游行队伍遭到了阎锡山士兵的镇压，16 名学生代表被逮捕，大哥是其中之一，有 6 名代表不甘屈辱，英勇牺牲。”在谈及被迫害的学生时，裴老那双慈祥的眼中噙满了泪水。“当时，大哥与其他 9 名学生代表被关押在现在的太原市面粉二厂附近，在这里大哥遇到了他革命生涯的领路人——时任共产党中央秘书长的王若飞。1937 年西安事变后，全国掀起了抗日救国高潮，大哥在薄一波、王若飞的帮助下，被共产党救出”。

当时的裴老，在大哥裴瑞康的影响下，坚定了心向共产党的决心。1937 年 10 月，裴老在大哥的带领下，参加了八路军 115 师，开始了他的革命生涯。

接管太原的日子

1947 年，裴老因工作需要，被调到平遥第六高校担任校长。1949 年 4 月，又接到晋中榆次地委的指令：“准备参加接管太原”。于是，他成为太原

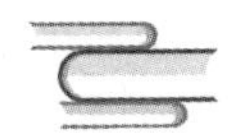

军事管制委员会文教接管处的一员。

1947 年 4 月 20 日 5 时 30 分，在太原前线司令部统一号令下，全线 1300 余门大炮，从四面八方，齐向太原城墙猛烈轰击。裴老与 5 万余名解放军战士仅用 4 个多小时便将阎锡山守军 8 万余人全部歼灭，太原城从此回到了人民的手中。

那时候，裴老和十几位接管队员带着封条、提着糨糊、拿着铁锁，随着 10 万接管部队从新南门（又名首义门，今五一广场所在地）进入硝烟弥漫的太原城，负责接管阎锡山的第四完全小学、十二完全小学、十完全小学、大白门街小学校、东辑虎营小学。

“当时，我们身穿灰色的军装，每个人左胸前都别着一条印着黑字的白布，上面写着‘中国人民解放军太原市军事管制委员会接管第四小组’字样。踏着战火的余烟，步履坚定地往指定地点前进。那时候街上到处都是被炮火烧成的一片片火堆；大街小巷遍地都堆满了阎军的各种枪支、子弹、地雷、燃烧弹……一片狼藉。凭借手中事先准备好的地图，黄昏时分，我们终于找到学校。”裴老回忆当时的情景兴致勃勃地说道：“当时，学校的师生都被战火吓坏了，情绪异常不稳定。到了学校，我们把老师们召集起来给他们讲政策，告诉大家只要没有参加反动活动的，都不予以追究，按原职、原薪聘用。”经过裴老和接管队员耐心细致的工作，很快便取缔了学校中的“国民党、三青团、同志会”等反动组织。在学校内部，取消了原来的教务处和训育处，建立了教导合一的教导处，同时取缔了政训处和军事处等专门监视进步师生的法西斯机构。学校恢复了正常教学，学生们回到了和平的学堂。

延安精神影响着他

1940 年，为了给革命力量培养人才，裴老被推荐到抗日军政大学第 7

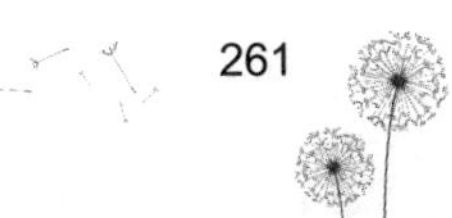

分校学习。后因战事需要，学校由晋西北转移到甘肃。

在转移的途中，经过延安。毛主席为了欢迎抗日军政大学学生，在庄稼地里与学生们开了一次“迎接会”，那次迎接会让裴老永生难忘。他说：“大家就这么席地而坐，都很随意，一点也不拘谨。主席身着灰色军装，黑色帆布鞋，衣服上被磨损的地方还落着几个补丁，和平常人一样，大伙儿都感觉特别地亲切。”主席说：“我欢迎你们，又欢送你们到陇东去。我们为什么抗日，很简单，老百姓没有吃的，我们怎么办？解散？回家？没有别的办法，只有艰苦奋斗，自力更生，开展生产运动，依靠自己的力量丰衣足食”。

毛主席那平实、质朴的话语和延安人的精神深深地烙在了裴老的心里。他更加坚定了对共产党的向往，于 1950 年 6 月加入中国共产党。

1969 年，裴老被安排到忻州地委政治处工作。1977 年，裴老调到太原供电局，担任政治部主任，1982 年正式离休。

刚进供电局，裴老的供电知识非常少，甚至对供电设备都不了解。为了尽快对工作有所熟悉，白天，他经常到现场，向一线工人请教，晚上，他钻研专业书籍，使自身的专业技术水平有了很大的提高。

在谈及现在电网建设的步伐时，裴老竖起了大拇指，笑着说：“原来电网网架薄弱，三天两头停电，现在我们供电企业搞优质服务，在社会上赢得了很好的口碑，每年基本上不怎么停电。社会稳定了，单位效益好了，老百姓得到了最大的实惠。这也是我们老一辈人最想看到的。”回首峥嵘岁月，裴老难抑激动之情，他说，祝愿家乡太原越来越美，祝愿山西电网更加坚强，供电服务更加优质。

那段硝烟弥漫的记忆

支翠平　柴晶｜国网山西新闻中心
仇晓静｜国网晋中供电公司

那是一段硝烟弥漫的记忆，那是一段刻骨铭心的记忆。经历了60年的洗礼冲刷，解放太原战役亲历者、晋中供电分公司离休干部李有生依然清晰如昨，历历在目……

“就是要去打阎锡山”

李有生，1931年生于介休三佳乡曹麻村一个农民家庭，1946年6月参加了村里的民兵组织，从此走上了革命道路。

“那时阎锡山的部队隔三岔五地到村里抓人，掠夺粮食、家禽。我当时就想有支枪，为民除害！”说起那段往事，李老很激动。“我家兄弟姊妹多，我自幼身体瘦弱，父母为了不让挨饿就把我送到了灵石的大姐家。大姐夫的外甥是灵石县公安队队员，我就央求人家介绍我加入，但是大姐觉得这事该由父母做主，死活不答应。心想，在这当不成兵，我就回家去当，于是我就从灵石回到了介休。一天，阎锡山的兵又到村里抢夺，将农民辛辛苦苦种下的西瓜糟蹋了一地。我亲眼看到了阎军那非人的作为，自那以后，我便给自己下了个死命令：一定要拿起枪把这些‘害群之马’打死。就这样，我偷偷找到村里的民兵队长，参加了革命”。

为了组织的秘密，也为了家人的安全，李老从 1946 年参加民兵到 1949 年太原解放，中间只回过一次家。“那时母亲以为我被国民党抓走了，眼睛都要哭瞎了。在 1947 年的一天深夜，我偷偷回家看望了母亲，母亲这才安心……”夕阳下，李老那布满沧桑的脸，银白的头发仿佛都在讲述着，为了解放、为了和平，有多少慈母与游子承受了惜别，甚至永别的痛楚。

“拉锯中”夺回阵地

说起解放太原，李老提到最多的是他的战友、排长、连长……那段生死患难的经历，让他刻骨铭心。

几经跋涉，队伍整编。1948 年李老成为了华北独一旅的一名战士。1949 年 1 月，该旅奉命将太原河西区白家庄以西全部包围，消灭驻扎在那里的阎军，与大部队迎合全面解放太原。就在这块阵地上，李老与战友经历了一场殊死拼杀。

1 月 11 日早上 6 时，当一连正在操练的时候，突然接到命令：5 号阵地失守，需要增援反攻！命令一下达，部队马上出发。根据作战方案，一连掩护，三连突围，但是敌人的进攻很猛烈，他们在做最后的挣扎与反抗。上级马上调整方案，改由一连突围，并分成三组。打前阵的是投弹组，12 个人统一背着 20～30 枚手榴弹。紧接着是突击组，十几个人脱去大衣、装上刺刀，架上两挺机枪，准备搏杀。最后是突击排，等待时机、集中火力击退敌人。晚上 6 时左右，突围成功，敌人被赶下山头，阵地又夺回来了。然

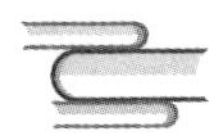

而，次日凌晨，敌人又组织了新一轮的反扑，双方形成了对峙。“交战更加激烈了，子弹夹杂着碎砖烂石，劈头盖脸地过来，溅起的土迎面飞扬着，天昏地暗。一天滴水未进的战士们，顽强地与敌人奋战着。就在我眼前，连长胸部中弹、排长倒下了、通讯员胳膊炸断了……我心疼啊，真想张嘴也能咬死几个敌人。那时什么都不想，只知道打枪、投弹，就在我刚刚打退左边几个敌人进攻，转身打右边的时候，一颗子弹从后腰穿过我的身体，就再也起不来了，什么都不知道了。再睁开眼睛的时候，知道阵地又夺了回来，心里才算踏实点。两天两夜的浴血奋战，两天两夜的‘拉锯战’，敌人再也翻不过身了！”

虽已是 78 岁高龄的老人，但是说起那段往事，李老依然是一板一眼，流畅而清晰。他说，那是烙在心上的印。战友们捍卫阵地，生死与共的英雄气概，激励了他一辈子。如今，闲暇时李老经常一个人翻看老照片，怀念已逝的战友。

珍惜平淡生活

1956 年，李老转业到了太原电业局。由于家在晋中，1957 年，调至 110 千伏使赵变电站。1966 年，参与筹建 110 千伏寿阳变电站，并任站长。随后，在农电科、保卫科任职。1984 年，从保卫科副科长岗位上退居二线。1992 年正式离休。

谈起现在的生活，李老很满足。“如今的生活我很珍惜，也很满足。我们这一代人最期盼的就是和平。现在的生活环境、物质生活，在从前是想都没想过的，国家强了、企业富了、老百姓的生活是一天比一天好啊！”离休后的李老，每天早晨 6 点起床，帮老伴做做饭，招呼孙子上学。上午、下午李老都会在附近的小公园散步。由于在战场上受过伤，李老从 1982 年开始坚持散步，现在每天平均要走 6 公里。每天 19 点 30 分的《新闻联播》是李老的必修课，他说：“人老了，可是还想看看社会的变化”。平时，李老还喜欢跟老伴摆弄摆弄花，窗台上一盆盆争相吐艳的花，就如李老的一生，不是传奇而是真实的盛开。

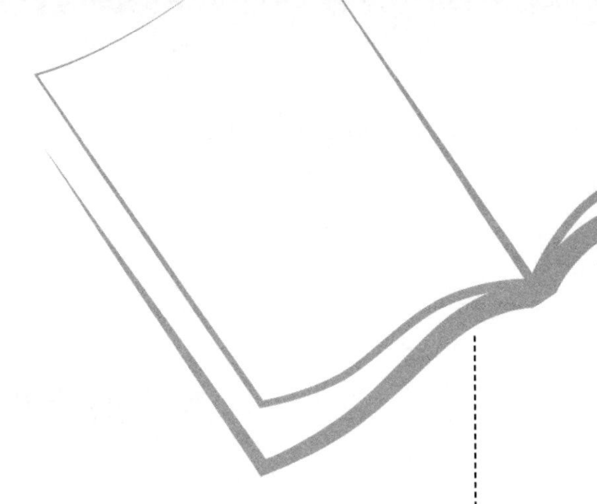

3. 第 25 小时

胡适先生说过，人与人的区别在于 8 小时之外如何运用。8 小时之外更凸显人的精神气质由来、人的性格特征差异，以及人的兴趣爱好等。

2010 年，国网山西省电力公司“两会”吹响了“三思三晋”的号角。新的征程上，各单位领导是领头雁，美好的蓝图靠他们带领广大员工去绘就。为了展示公司领导多面的人格魅力、丰富的精神世界、多彩的业余生活，《山西电力报》“彩虹副刊”开设“第 25 小时”访谈栏目。访谈内容为 8 小时之外的业余生活是怎样度过的。

八小时之外的幸福生活

曹明德 | 国网山西电力

“你幸福吗？”

“10 年代”来临，我拿这个问题问我身边的人，他们给出不同的答案。

“还算幸福吧。”生于 80 年代，参加工作一年的小刘笑盈盈地说：“工作很充实，虽然比较忙。业余时间和朋友出去滑滑雪，唱唱歌……还算多姿多彩。”

“非常幸福。”刚刚退休的老职工付师傅告诉我，最近张罗着给儿子装修了新房，娶了新媳妇，一家人其乐融融。

幸福是种美好的感觉，在我的 8 小时之外，幸福有三种色彩。

绿色。业余时间我酷爱读书，我把书籍比喻成我人生的伊甸园，心灵的宁静港湾。我认为人与任何物质的东西一样，都会“折旧”的。防止自己不会因“折旧”而落伍的唯一方法就是不断地学习，不断地获得新知识、新技术、新观念，不断地与时俱进。按照现在的发展速度，大约一周不学习，将会感到明显的不适应。由于自己从事的管理工作所涉及的面，不仅与专业技术有关，还与管理学、心理学、公约、规则、法律等有关，因此始终感到自己的不足，永远觉得有很多东西还没有去

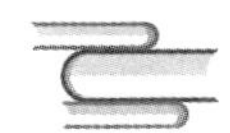

彩虹副刊

山西电力报

八小时之外的 幸福生活

曹明德

超(特)高压输变电分公司经理

第25小时

主持人语

感动在留白

身边的名人"尧尧"

清平乐

春检之歌

倡导低碳生活的"加减乘除"

学，所以我的业余时间绝大部分都用在了看书学习上了。而且我还喜欢随手做些笔记，或把书中美好的哲思、话语、警言妙句，随时记在我特制的字条上，它能帮助我放松，更是我多次训练博闻强记的方法之一。

白色。乒乓球是我酷爱的体育运动，一有空我就会打打乒乓球来放松一下。我的球艺还不算太好，可是，那白色的乒乓球能训练我的速度、敏锐力和观察力，最重要的是训练我精神集中、应变自如。其实，工作和打球一样，要稳中有快、快中有狠、狠中有准。我经常告诫自己，要努力做好自己。我们虽然不能左右他人，却可以把控自己的行为。作为领导者，要学会做好自己，这不仅能够获得个人的成就，同时，还可以潜移默化地影响、激励，甚至去感动他人，从而带领整个团队走向卓越。我总结乒乓球的精神是：永不言败。一个人，要想超过别人，先得超过自己。超越是在暗中的较量，精细的人，往往会不动声色地展现自己的才华，训练自己、提升自己都在日常习惯中完成。

红色。我喜欢和人聊天，聊得热火朝天，跟不同的人聊不同的事：喜欢和朋友聊生活，喜欢和同事聊工作，喜欢和家人聊家常，喜欢和同学聊股票基金……反正碰到哪类人就聊哪类话题。海纳百川，有容乃大，聊天时应该有一种谦逊和包容的心态。“三人行，必有我师”，只要你愿意聆听，任何人身上都有值得学习的地方，关键要时刻以一种开放的、包容的心态向身边的人学习，听取他们的意见。鲁迅先生说，时间就像海绵里的水，只要愿意挤，总还是有的。别人 8 点上班，我就提前一小时到，上网浏览文件、收集信息，与同事交流工作、处理问题等，无论是任何工作或生活中的沟通，我都告诫自己，不能以“忙”或“没有时间”为理由来逃避。8 小时之外，当我为柴米油盐奔忙时，也喜欢挤进熙熙攘攘的集市和小贩们聊一聊市井生活，也喜欢走进市场，用心去寻觅真实的草根生活。我期望人们交往不要怨恨，不要太功利，要用爱心去填平心路鸿沟，用爱心让生活更和谐。

以前看过一本心理学专家金韵蓉的著作《幸福有七种颜色》，幸福就好像暴风雨后那道彩虹，充满希望，给人带来梦想。虽然我的生活还只向您讲述了三种色彩，但我衷心地希望，在“10 年代”我的朋友、我的家人、我的同事都能拥有多姿多彩的幸福生活。

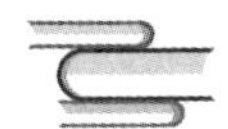

一个“笨人”的业余生活

李芸欣｜国网朔州供电公司

交流到忻州工作，觉得自己很笨。忻州分公司是一个文化体育氛围很浓厚的单位。干部职工中各种业余爱好的都有，而且水平都很高。有爱好摄影的，是市影协的秘书长，休息天自己租汽车到偏关航拍老牛湾。有爱好打乒乓球的，成为市乒协的知名球友，自费到北京参加博乒网长胶大本营活动。有爱好打网球的，几天不打就手痒痒。有爱好唱歌的，自费到名校名团拜名师学艺。有爱好演讲的，自费到北京参加培训。有爱好徒步旅游的，闲暇时背起帐篷锅灶去野营。有爱好读书的，对南怀瑾著述的研究有独到之处。而自己什么也不会，但下班后也不能闲着，就找事做。因为是单身，业余时间多一些，又笨，和大家一起玩拖累大家，于是就给自己安排能够独立完成的活动。

一般来说，我晚上睡觉不拉窗帘或拉半个，尤其是夏天。每天当晨光洒在脸上的时候，生物钟唤醒了我，我穿戴上舒适而不考究的运动服提着宝剑去晨练。我从 1981 年开始习练太极拳，所以我首选这个项目。公司办公大楼前是一条绕楼的路，路边是硬化的停车区，其南边是一块绿地，绿地的南端院墙下有一条小径，院墙上“努力超越、追求卓越”八个大字赫然醒目。每天早晨我在绿地边的停车区面向绿地先活动

彩虹副刊

山西电力报

一个“笨人”的业余生活

老王的低碳生活

第25小时

主持人语

春风赋

塑文化 强队伍 铸品质

电话线“牵”来的荣誉

——记山西省“巾帼文明岗”、晋中客服中心95598服务班

关节，再压压腿，然后做仰卧起坐和引体向上，再蹲一会儿马步，大约半小时。然后就是打太极拳和练剑一小时。先打的是103式和49式太极拳，这两套杨氏拳法，动作简单，轻缓舒展，特别适合刚刚起床身体有点僵的我。48式太极拳是国家体委审定的套路，动作要复杂一些，幅度也大，放在后面打。最后是67式太极剑，这套剑法速度要快一些。每天早晨我面对着郁郁葱葱的绿地，呼吸着花草散发出来的清爽气息，看着企业精神的标语，沐浴着初升的阳光宁心静气舒展拳脚，浑身上下每一个细胞都感到舒服。尤其是那阳光并不一下子照在身上，而是随着太阳的缓缓升起，由少到多，由弱

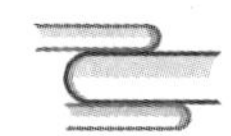

到强地照在身上。由于建筑物的遮挡，有时虽然太阳升起来了，但只有少量的散光照在身上，当她升到一定的高度后，会让人感到突然一轮红日升了起来，强烈的阳光照在脸上，让人睁不开眼睛，这时我就闭着或眯着眼完成了我的套路。

中午在食堂就餐一般来说半个小时结束，回到办公室，摆开笔墨纸砚，开始了我业余生活的第二个项目——习字。之所以说是习字，而不能说书法，是因为虽然从小临帖，特别是从1981年开始坚持习字，但由于悟性不高，也没有拜师，所以长进不大，也没有获过什么大奖，只是作为一种习惯坚持。大字、行草等写的人很多，我就选工笔小楷来写。每天中午，整个办公楼特别安静，我端坐桌前，挺胸拔背，气沉丹田，悬腕垂笔，一笔一画地写着一厘米见方的小字。时间长了，觉得写小楷可以练视力，每天开始写时，视觉模糊，写一会儿就会觉得清晰了许多，写到下午两点左右，休息半小时上班。党的十五大召开时，我搞宣传工作，曾写过十五大报告的17米小楷长卷参加展出，宣传大会精神。

下午下班结束一天的工作后，大家都回家了，我又开始了自己的业余生活。先是临帖一个多小时，然后是到院子里按6公里的时速快走。忻州分公司机关大院地处开发区，空气质量比较好，院子大而且方正，绕院一周400米，自动大门上有一个电子表，可以控制时间，是一个理想的快走场所。经过一天的伏案工作，身体有些疲惫，夜幕降临的时候，换上运动服，迈开大步，甩开臂膀，挺胸收腹，快走一会儿，不觉得累，反而觉得好像甩掉了包袱，身上特别轻松。由于我的坚持，其他几位交流干部也都加入进来，最多时4位公司领导列队快走，成为机关大院的一道风景线，其中一位领导因为走得快而获得“钻山豹”的美名。后来其他几位陆续调走，只剩了我，新的队员还没有补充进来，我就一个人走。经过一个时期的练习，觉得走500米不过瘾就走一万米，一百分钟。在安静的院子里快走有时也枯燥，于是我就背书。从事政工工作十几年来，读了不少的书，也记了近十万字的经典名篇笔记，由于是中年时期才开始的，所以要常常温习才不至于忘记。所以在快走时就背这些篇章。有时想想自己在院子里走路一定很滑稽，那么长时间像被人追着一样快走，嘴里念念叨叨自言自语说着什么，当我走完一百分钟的时候，25000 字的东西已经温习了一遍。有时夜里快走也是很有意思的，特别是在两种情况下快走。一种是皓月当空的夏秋季节，月光洒落在院子里，所有的建筑和车辆植物都披上了银装，给人一种田园生活般的享受。后院硬化得多，走起来感觉到有点热，而到了前院穿过绿化区小径时，一股清凉袭人而来，特别爽。另一种是在雪后或下小雪的时候，穿上雪地鞋和厚厚的棉衣，戴上毛线帽子和手套，脚下踩着白白的雪咯吱咯吱作响，空气经过雪的洗涤特别地清爽，好像回到了童年在雪地里玩耍。我的这身冬天的装束也是很特别的，尤其是毛线帽子，以至于一位交流干部开玩笑说，不让我戴着帽子到他办公室，说我像个“恐怖分子”。

快走结束以后，也就晚上九点多了。回到宿舍，把汗水浸湿的衣服脱下来，冲一个热水澡，躺在沙发上看着电视，给老婆打电话。孩子和我都不在家，老婆身体不太好，有过敏性哮喘和心动过缓的毛病，每天晚上总要打一会儿电话聊聊天排解她的寂寞。十点多，电话打完了，就看看书或写点东西。由于我们国家正处在社会转型体制转轨时期，各种思想文化互相激荡，干部职工的思想状况也比较复杂，所以我常看一些伦理学、心理学和经济管理学方面的书，希望从中受到启发，推动工作。2007 年的一篇经济方面的论文在《中国经济导报》发表，2009 年关于企业文化方面的一篇论文在《国家电网》杂志发表，一篇散文在《山西文学》发表并获年度优秀散文奖。到十一点半，结束一天的工作生活，准备迎接新一天的到来。

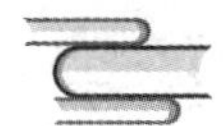

时刻为八小时以内准备着

赵杰英 | 国网山西电力

仔细想来，我的业余生活一是充足的休息，二是最大限度获得有用的知识和信息。别人看似比较简单，但自己并不觉得单调。

我的八小时以外往往是为八小时以内做准备的。同部门的人曾问我，怎么没有多少业余爱好。我想了想，工作可能就是我的爱好，在工作中能找到乐趣，能找到自我的价值。

八小时以外的应酬大多是工作的继续。没有应酬时，我一般都在晚上十点以前休息。列宁说过，不会休息，就不会工作。较规律的作息，使一天精力充沛，注意力集中，工作质量好、效率高。过于丰富的业余生活，既影响工作，又影响外在形象。

我不爱买书，到了书店就发愁，总觉得能看的书太少，但我也是拿起书就放不下的人。我认可邓小平的观点，人的一生时间有限，在看书上不能兴趣过于广泛，得奉行“实用主义”，看有用的书，尽量吸纳对工作、素质、精神生活提升有用的信息。为此，我对于订得种类不多的报纸、杂志是全要看完的，即使出差或工作忙落下了，也要在空闲时间“消灭”掉。网络上的信息虽然及时，但高度、深度不够。要提升素质，在“单位时间内”看报纸和杂志的“投入产出比”最高。

彩虹副刊

山西电力报

时刻为八小时以内准备着

赵杰英

省公司经济法律部主任

第25小时

主持人语

低碳生活50条准则

低碳就在我们身边

沁园春

三思三晋

水调歌头

塑文化 强队伍 铸品质

用心履责 真情奉献

一份责任

一种超越

在看书上，我偏好历史书籍和与现实形势密切相关的书籍。我在大学是学中文的，但对小说、散文等“闲情”书籍没有时间感兴趣。记得几年前，与英年早逝的山西著名作家钟道新一起聚会，竟没有多少共同语言，颇觉尴尬。

看历史书籍，我喜欢“拾遗补阙”。如看《跟毛泽东学史》，主要看毛泽东对历史人物、历史事件的看法与自己有何不同。看入缅作战、流浪“金三角”、朝鲜战争、大国崛起方面的书籍，是补充自己的历史知识。由于以

往的抗日战争知识，都是我党如何领导抗战，为此，看《蒋介石日记》等书籍，进一步弄清抗日战争的国际环境和战争全貌。看与现实形势密切相关的书籍，我喜欢猎奇和跟风，如看《货币战争》以及与之叫板的《金融的逻辑》，看外国学者写的《文明的冲突》《中国大趋势》等。

不“博览群书”颇有“好处”。记得与几位近友谈论历史，别人记不起来的人物、事件，我还多能说得上来。想想原因，人脑似电脑，储存得少，信息调出的速度就快。

话苏州

邱扬 | 国网山西电力

业余生活，工作之外，我特喜欢公司强制性到特定的地方休假，每年都在期盼着。那不仅仅是“走万里路，胜读万卷书”之缘，而且能暂时放下心中的羁绊，暂时不考虑红尘中的烦恼，于无人处、在怡人的绿中去静静地思考点什么，或肆无忌惮地呼喊点什么。那心中的不快、胸中的郁闷便有了了结。假如能巧遇几位好旅伴，途中的幽默，“英雄所见略同”而引起的感悟，还有情不自禁偶尔胡诌出的几句歪诗，笑声连连、乐不思蜀，便是情理之中了。

有一年，到苏州休假。提起苏州，脑海中浮现的是细致的苏绣、柔婉的言语、姣好的面容、精雅的园林，好像还有幽深的、润润的、湿湿的街道，给人温馨居家的感觉，感官上是十分的舒服。记得十几年前到苏州，便喜欢上了这个灵巧而不大的城市，喜欢她的安静、喜欢她的秀美。甚至一厢情愿地认为：苏杭？苏杭？一定是苏州略胜一筹，所以名字排在了前面。特别是当我看到了那么多的庄园式的园林建筑，原来是达官贵人们在职场上创建伟业后，寄情于山水的退隐之地，就更坚定地认为，这里远离红尘，这里是中国文化宁谧的后院。

苏州在历史上有过两位名人，一位是具有沉鱼落雁之貌的西施，一

彩虹副刊

话苏州

第25小时

主持人语

3月27日，全世界统一行动，我们共同熄灯1小时

“关上灯，你也是绿色之星”

低碳　圆我田园梦

七彩春检

用心构筑“连心桥”

——记者公司“十大杰出女职工”、万荣支公司牛凌云

客户就是她心中的上帝

用细致服务守护大客户

塑文化 强队伍 铸品质

低碳生活50条准则

位是号称江南第一才子的唐伯虎。越国自从把西施进献给吴国夫差后，夫差便慵理国事、沉溺于温柔之乡。这位美女不用一枪一炮，便起到了保家卫国之作用。方法之独特，真的是前无古人、后无来者。她为当年的越国立下了赫赫战功。而唐伯虎这位江南第一才子，并没有在官场上留下什么“正事”，风流倜傥、高傲不羁，留下的是诗歌和名画，还有百姓津津乐道的故事和“点秋香”的传说。想一想真是有意思，也许只有在苏州这一方不喜肃杀的民风下方能诞生出这样的人物，也许中国之大需要有这样的沉静、这样的风

韵、这样的让人修身养性的地方。

曾记得有一位色彩学家提出一个城市要有自己的颜色。这种“颜色”就是有别于其他城市的地方，比如建筑、比如民风、比如特点、比如文化，万不可千篇一律、千人一面，那样我们的城市特色、民族文化就会毁在我们的手里。苏州是如此与众不同，如此地贴近百姓，中国不多，外国不多。

我曾想，假如把苏州比作一个女人，那一定是个羞羞答答的、手也巧、人也俏的小家碧玉，是一个擅长居家过日子的美人。

假如我是一个普通男人的话，我也许会喜欢同大家闺秀做朋友，同她聊天、同她品酒、同她谈论人生，让她成为自己的红颜知己。可我要找媳妇，我就会选择小家碧玉，这样的日子虽然波澜不惊，可温馨常在，踏实而平稳。

世界上优秀的男人很多，可普通的男人更多。

苏州是百姓的乐园。

当我休假时又一次到了这个地方，虽然我看到了深深的巷子和关得紧紧的厚重的大门依然还在，可我也看到了宽宽道路上尘土飞扬。我看到了田野里一望无际亭亭玉立的荷花将红未红、待香未香，也看到了很多不知名的外企安营扎寨在路旁。虽然金鸡湖气度不凡，可苏州护城河为何在夜晚也要色彩斑斓、亮灯如昼？虽然中国制造使这里成了上海工业的大后方，可噪声、人流、物流破坏了这里的安详。

今天的她，分明成了走向 T 型台的骨感美人。

苏州的今天，给人的感觉始终有着委屈的地方。比如：小巧而玲珑的城市，分明已承担起了工业重镇的大任；以古老、静谧著称的寒山寺，周围被现代的粗俗建筑所包围；那一座座关得紧紧的门庭，一座座建设得精美绝伦的园林家院，熨平了多少受伤的、沸腾的心灵，可在近代吴侬软语和玩物丧志同义。当年乾隆六下江南必到的苏州木渎、必住的民宅家院，今天却疏于

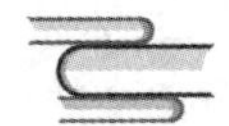

打扫，门庭冷落鞍马稀。

这就是苏州，默默地承受着矛盾的苏州，骨感的苏州，需要尽快地丰满起来的苏州，需要和谐的苏州，给人们启示的苏州。我曾经深爱、今天不懂的苏州。

我想起了“放弃”这个词，从小到大，我们始终被一种理念所灌输，这就是如何努力、如何坚持、如何永不言弃。其实，很多时候，我们更需要学会放弃。

小溪放弃平坦，是为回归大海的豪迈；黄叶放弃树干，是为了期待春天的葱茏。放弃了蔷薇，还有玫瑰；放弃了一棵树，还有整个森林；放弃了驰骋原野的不羁，还有策马徐行的自得。

也许，一切尘埃落定，也许，当一切归于平静，我们才会真正懂得，选择什么，放弃什么，对苏州而言，是不是也同样？

“广而不精”我的快乐生活

张丙寅 | 国网运城供电公司

说到八小时以外的业余生活，我敢说我的兴趣爱好是广泛的，却都广而不精，但就是这些兴趣爱好，使我收获了工作和生活中最宝贵的东西：快乐！

少年时随当兵的父亲到了军营，跟着来自天南海北的战士们学会了打乒乓球和打篮球，成为校队一员。几年后，回到乡村上学，又入了校队，由于成绩不错，两次被乡联校选送到县少体校观摩学习打乒乓球，技术有了大的长进，曾入选县中学生代表队参加地区中学生运动会。参加工作后又积极参加单位组织的比赛，作为替补队员拿过市直单位赛的团体冠军。此后，由于条件所限再也没有动过球拍。最近受球友相邀又重拾球拍，走进体育馆，加入了打乒乓球的行列。分公司里的好多年轻人非常喜欢篮球运动，希望我牵头组织业余篮球队强身健体。我欣然应允，一支二十余人的业余球队就这样诞生了，定期活动切磋球技，坚持得很好，和青年人在一起运动交流沟通，不但健体、养心，而且还能朝气不减，我有一种说不出的成就感，快乐享受着我的生活！

2001 年我到分公司机关工作，下班后常常要在游泳馆里等候爱游泳的女儿回家，自小不曾下过水，自然也就不会游泳，而且对水还多少有

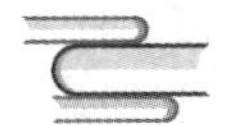

彩虹副刊　　山西电力报

省公司代表队荣获
全省女职工全健排舞比赛铜奖

与电邂逅

电网巾帼的骄傲
——记省公司“十大杰出女职工”、孝义供电支公司王海娥

新闻策划出优势

“广而不精”　我的快乐生活

主持人语

为生命而歌

几分胆怯。看着受训的小队员用各式的泳姿在池里如鱼得水，甚是羡慕，于是便突发了想学游泳的奇想。我一步步走入泳池，暗地里听教练讲动作要领，看小队员做泳姿示范，在38岁时开始学游泳，而且靠顽强的毅力坚持到了现在，成了游泳馆里的常客。分公司搬了新办公大楼，游泳馆近在咫尺，好多同事都想学游泳，我就亲自到体育局找当局长的老师给大家办优惠卡，也算实践了一件利用资源优势为职工“谋利”的“大事”。你说我能不快乐吗？

在中学时代，受语文老师的影响，对学习写作产生了兴趣，开始了大量的阅读，抄写过好几本“好词好句”，先是日记被老师讲评，后常有作文被张贴在教室“示范”。参加工作后，从通讯员做起，渐有“豆腐块”见诸报端。结合工作实际，曾有论文《民主生活会要重在提高质量》、《应倡导向下“跑官”》，散文《新绿》、《当紫荆花盛开的时候》，诗歌《飘雪的日子》、《我的祖国》等在当地小报和行业报刊上刊登。2008年在杭州参加中纪委培训班，学习之余坚持每天记日记，学习结束，一本《天堂日记》已自辑在手。2009年参加省公司组织的清华培训班，写了《在清华的十日十记》，记述了在清华这座历史名校的感悟。新中国六十周年国庆长假，志趣相投的同事们自驾入川旅行，跨黄河、翻秦岭，吃在成都，醉饮酒城，又写了《川行记》。写作的喜悦曾惠及过我的工作，也伴随着我的生活，给我以快乐！

由于从事过基层的人力资源工作，业余时间更多的是观察和思考。针对基层培训质量不高的问题，我曾撰写了《检验评价——人力资源培训的一个重要环节》论文，其观点得到了同事和领导们的肯定，并在实践中得到了检验。去年，运城分公司准备入迁新办公大楼，为了使大家在入住新办公大楼时能有一个崭新的精神面貌和新的工作作风，分公司组织对本部全体职工进行培训，人资处的同志请我给大家讲一课，我以“建设一个什么样的公司本部”为题，谈自己对加强本部建设的认识和设想，开了第一课，随后又应邀给公司大集体职工讲了“用阳光心态看待人生”。分公司团委组织培训，我用“丰富你的精神生活——走进音乐世界”为题，同青年们在音乐的世界里交流思想、畅谈人生，引导青年朋友们走进多彩的生活。2010年年初，又应邀为新进公司的大学生们讲“走好人生的每一步”，受到大学生们的欢迎。讲稿都是我在工作之余写就的，每次都是有感而发，自己也从中受益匪浅。当一名人民教师曾是我年少时的一个梦想，怎么也没有想到，到了中年还当了几回“老师”，过了一把“讲课”的瘾，也算是快乐生活中的理想实现。

“兴趣是生活的发现，爱好是生活的伙伴，更是快乐的源泉，它不仅能强健你的体魄，更能丰富你的情感，滋养你的心灵。”摘一段《走好一生每一步》讲稿，与所有青年同志们共勉。

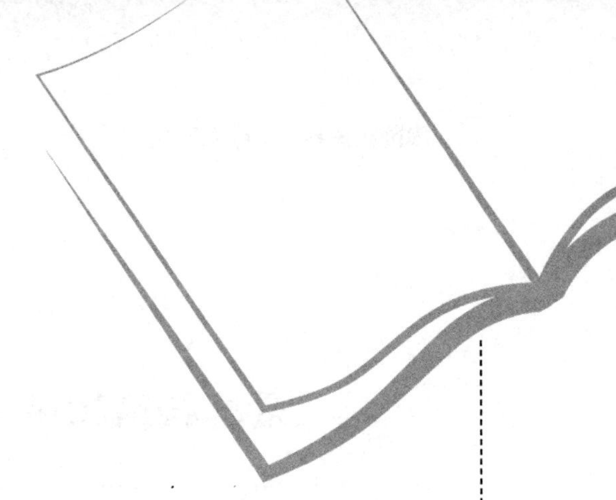

4. 爱心构筑和谐　助学成就梦想

国网山西省电力公司自启动“金秋助学”活动以来，已资助几百名大学生，他们分布在全国各大院校。为此，《山西电力报》策划了“爱心构筑和谐　助学成就梦想”“金秋助学　圆梦在行动”“受助贫困生，求学路上传递爱”等一系列报道，全面报道公司“金秋助学”活动，并由记者和特约通讯员对部分受助学子进行了回访。

通过回访，我们了解到，这些曾经接受捐助的贫困生在进入大学后，选择了自强不息。我们欣慰地看到：他们没有因为贫穷而丧失求学的信心，而是刻苦地学习，想方设法积极改变着自身的处境；他们学会了感恩，开始了爱心传递。

爱心构筑和谐　助学成就梦想

支翠平　柴晶 | 国网山西新闻中心

一滴雨露，可以折射太阳的光辉；一次资助，可以成就一个梦想；一份责任，可以让梦想成真……2005 年至今的每年 8 月，都有一股暖流感动着公司每一名职工，至此，公司已连续 6 年开展“金秋助学”活动，累计资助 204 名大学生，资助金额达 97.7 万元。

8 月 26 日，记者从省公司 2010 年“金秋助学”资助仪式上获悉，在受资助的 40 名即将迈入大学校门的学生中，有双双考入大学的双胞胎姐妹，你推我让，要放弃学业减轻家庭负担；有要弃学照顾病重的父亲，与母亲一起承担家庭责任的好孩子；更有从小立志要像已故父亲一样，当一名优秀光明使者的钢骨少年……这些学生的家庭都因不同的原因面临着同样的困境。

面对这一特殊群体，公司多年来持续开展“金秋助学”活动，以实际行动，表达对困难职工家庭的关爱之情，为职工在岗位上安心地工作提供保障；用实际行动，践行着国有企业所应承担的社会责任，彰显大爱。

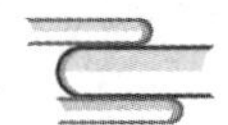

关爱　为梦想插上翅膀

由于各种原因，公司系统内部还有一部分困难企业，部分职工家庭生活比较困难。在经济迅猛发展的今天，他们的子女试图圆大学梦，但面对高昂的学费，却不得不叹息。

关爱弱势群体，是每一个社会人应尽的义务；建设和维护一个美好的家园，需要每一个成员的倾情付出。近年来，公司切实关注、关爱困难职工的生活，倡导“职工利益无小事”的理念，深入开展送温暖活动和困难职工帮扶工作，广大干部职工从关爱身边的同志做起，让爱在同事间、朋友间以及路人间不断传递扩展。“金秋助学”活动，是公司在不断壮大发展过程中关爱职工的具体行动。今年，公司出资 20 万元每人资助 5000 元，为莘莘学子插上梦想的翅膀。

今年，省电建二公司职工王启良的儿子王波以 605 分的优异成绩考入上海外国语大学日语专业，但昂贵的学费、生活费挡住了他的求学路。一大家人都要靠父亲王启良微薄的工资生活，儿子的学费无疑给这个本不富裕的家庭增添了沉重的负担。正当全家人陷入大喜大忧（欣喜过后又发愁学费）的两难之际，省公司伸出了援助之手，为他们排忧解难，提供物质和精神上的帮助。即将迈进梦寐以求大学校园的王波在资助仪式上深情地诉说着内心的感恩：“小草的茁壮成长离不开雨露的滋润与灌溉，贫困不应当成为我学习的枷锁，我一定会不断奋斗、不断拼搏、不断进取，以优异的学习成绩回报省公司和各级领导无微不至的关怀和厚爱。”

山西电力职业技术学院职工张春林的女儿张艺洋今年被保送到厦门大学外语系，张春林患有尿毒症，先后花去 60 余万元，他的妻子每月工资只有一千余元，高昂的医疗费给这个家庭蒙上厚厚的雪霜。张艺洋说自己在接到通知书后“兴奋”得一夜未眠：那一夜，是高昂的学费、困难家境等不争的事实，让年幼而懂事的她做出了人生中最重要的决定；那一夜，她自作主张打算放弃学业，准备打工赚钱给父亲治病。是“金秋助学”重新点燃了她的希望，成就了她的大学梦。

同样是因为贫困，一只脚已经踏入梦想之门的应县支公司农电工子弟杨波犹豫了。全家四口人，都靠父亲杨向高一人工资生活，而母亲又多年患贫血疾病，长期治疗需要一大笔费用。杨波从小就有一个愿望，长大后也要当农电工，做一名光明使者。今年，他以 545 分的好成绩考入上海电力学院，是“金秋助学”帮他圆了梦。

切实关爱职工生活，公司从点滴做起，“金秋助学”活动是一个载体，更是一次爱的奉献。能够在他人成长路上助一臂之力，无论是对个人，还是对企业都将是一件有意义的事情。公司“金秋助学”这一善举，使参加资助仪式的所有人都感受到了企业关爱职工的浓浓情意。

责任　让梦想变为现实

今年，公司总经理张建坤实名资助长供已故职工王宏广之子、南开大学学生王非一，刘光书记实名资助山西电力职业技术学院教师张春林之女、厦门大学学生张艺洋。张总和刘书记带头实名资助公司困难职工子弟，体现了公司党组和他们本人对困难职工的关爱。资助仪式上，张总说：“关爱职工，特别是关爱困难职工是我们义不容辞的责任，一定要切实把‘金秋助学’活动这项有爱心、有行动的公益事业坚持下去。”

出于那份沉甸甸的责任，公司已连续 6 年开展此项活动，累计让 204 名学生梦想成真。“是责任，是企业的社会责任促使我们这样做的，省公司领导实名资助，更为我们做出了榜样。”公司工会负责人如是说。临汾

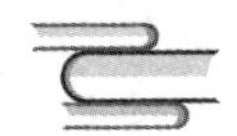

供电分公司离休职工解黎明20余年来，坚持不懈地捐资助学，截至目前，累计资助特困学生145人，累计捐款87500余元。同时，她还积极参加所在单位组织的献爱心捐助活动，在社会上引起了良好的反响。晋盛达物业公司职工卢丰，多年来资助平陆古王村一名家境贫寒的学生，并鼓励他考取了电力学校。如今，这位学生已走上了电力企业工作岗位，成为一名合格的电力职工。正如公司领导所希望的，许许多多的电力人已加入到扶困助学的行列中，勇敢地承担起社会责任，用真诚的行动圆贫困孩子的大学梦。

电力环保厂职工李原滋的女儿李琳，与双胞胎姐姐李璐同时考入大学。父亲是一名普通职工，家中人均月收入仅有700元，家庭经济入不敷出，靠东挪西借维持着她们姐妹的读书费用。今年，就在她们一家人借贷无望，一筹莫展决定一人放弃大学生活的时候，公司“金秋助学”活动让这个家庭看到了希望。李琳说：“在自己内心最焦急、家庭最困难的时候，是电力公司这个大家庭帮我圆了大学梦，给了我进入高等学府进一步深造学习的机会，当时激动得一连几天都睡不着觉。我为爸爸身为一名电力人而骄傲，为自己身为一名电力职工子女而自豪。”

近年来，公司晋级发展呈现充满活力、奋力争先的新态势，职工与企业共同发展逐渐步入良性循环。帮助困难职工子女上大学深造，帮助他们顺利完成学业，是落实科学发展观，构建社会主义和谐社会的必然要求，也是公司开展“忠诚企业、和谐建家”创建活动，贯彻“企业以职工为本，职工以企业为家”理念的具体举措。

“金秋助学”，不仅仅帮助贫困学生实现求学求知的热切愿望，而且在公司全系统形成人人做乐善好施之事，行爱心奉献之举的良好风尚，形成团结互助、扶贫济困和平等友爱、融洽和谐的人际环境，让每一名职工共享企业发展成果，共建和谐的大家庭。

大爱　给梦想添加力量

参加省公司“金秋助学”资助仪式最大的感受是人与人之间的大爱所体现出的人性美令人感动，也时刻在激励着受助家庭与学子们和困境抗争的勇气。

长治供电分公司职工王宏广的遗孀郭文兰在代表受助学生家长发言时眼含泪花，激动地说，当 40 个家庭为考入大学欢欣庆幸、当他们的孩子在艰苦拮据的生活条件中学会了自立自强，懂得了修身报恩、更懂得了求知学习的重要时刻，他们又遇到了共同为筹措学费而四处奔波的难题。正值艰难时刻，公司及时提供了助学资金，真是雪中送炭。郭文兰多年来一个人带着孩子，作为一个单亲家庭，生活中的苦涩和艰辛我们无法想象和体会。“公司系统各级领导多次给予帮扶，这次‘金秋助学’活动更让我感到企业大家庭的温暖，增强了我战胜困难的勇气和信心。”是公司的关爱让她看到了生活的希望。

2009 年“金秋助学”受助学生、西南大学国际法学院的学生康娜在代表受助生发言时说，一年的大学生活中，她刻苦学习，获得了优异成绩；积极参加各种社团和学生会组织的集体活动，锻炼了组织协调能力；担任班委，竞选为学生会干事……“这一切都源于我身后有一个温暖的大家庭，是叔叔、阿姨的关爱，是公司的关爱，激励、鼓励我克服一个个困难，让我时刻充满了信心和希望，不断走向人生的另一个高度。”“受之于滴水之恩，定当涌泉相报。”受助生表示将时刻铭记省公司领导和广大职工的关怀，珍惜来之不易的学习机会，毕业后回报企业、回报社会，让大爱延续。

“积小爱成大爱，让大爱无疆。”通过开展“金秋助学”活动，不仅让我们看到了一批批学子在大学里安心地读书、学习；看到了他们思想、情

感上逐渐地成熟、懂事、感恩；更看到了受助学生家长们迎难而上的坚强和乐观。

我们有理由相信，“金秋助学”这一善举和爱心，必将化作广大职工忠诚企业、回报社会的动力；必将鼓舞广大职工以百倍的努力，更加积极地投身到建设坚强智能电网的实践中，为把我们的企业早日建成全体职工共同拥有的幸福家园而努力奋斗。

彩虹副刊 责任编辑 柴晶

山西电力报

2010年8月27日 星期五 第四版

爱心构筑和谐 助学成就梦想

——公司2010年“金秋助学”活动侧记

本报记者 支叡平 柴晶

关爱 为梦想插上翅膀

责任 让梦想变为现实

大爱 给梦想添加力量

助学圆梦 我们在行动

金秋助学　圆梦在行动

支翠平　柴晶 | 国网山西新闻中心

8月22日，省公司举行2007年“金秋助学”活动资助仪式，出资20万元资助40名贫困生上大学。

金秋八月，当经过十年寒窗苦读的学生们拿到大学录取通知书的那一刻，心里甭提多高兴了，但是高兴之余，又为4年的大学学费而犯愁，正在他们一筹莫展之时，是省公司开展的“金秋助学”活动为他们开启了大学的校门。省公司“金秋助学”活动于2005年开始，2005年资助19人，2006年资助25人，至今已有84名学子获得资助。

8月22日，在省公司2007年“金秋助学”资助仪式上获悉，受资助的10名即将迈入大学校门的学生中，有单亲家庭；有遇到不幸，突然陷入困境的家庭；有双双考入大学的双胞胎兄弟；还有本身先天性残疾，一边治病、一边靠着个人的毅力，奋力拼搏考入大学的学生等，这些学生的家庭都非常困难。省电力设备厂职工子女、受助学生代表王晓燕说，她的母亲下岗多年，就连这第一次入学的学费还得向亲朋去借。她的话说出了一个基本的事实——社会上存在贫困生，在我们企业同样也存在着这样一个特殊群体。可喜的是，有贫困生更有资助者。受助者与资助者双方，依托着一座叫作“金秋助学”的桥梁，把心与心紧紧相

联，“金秋助学”圆梦在行动。

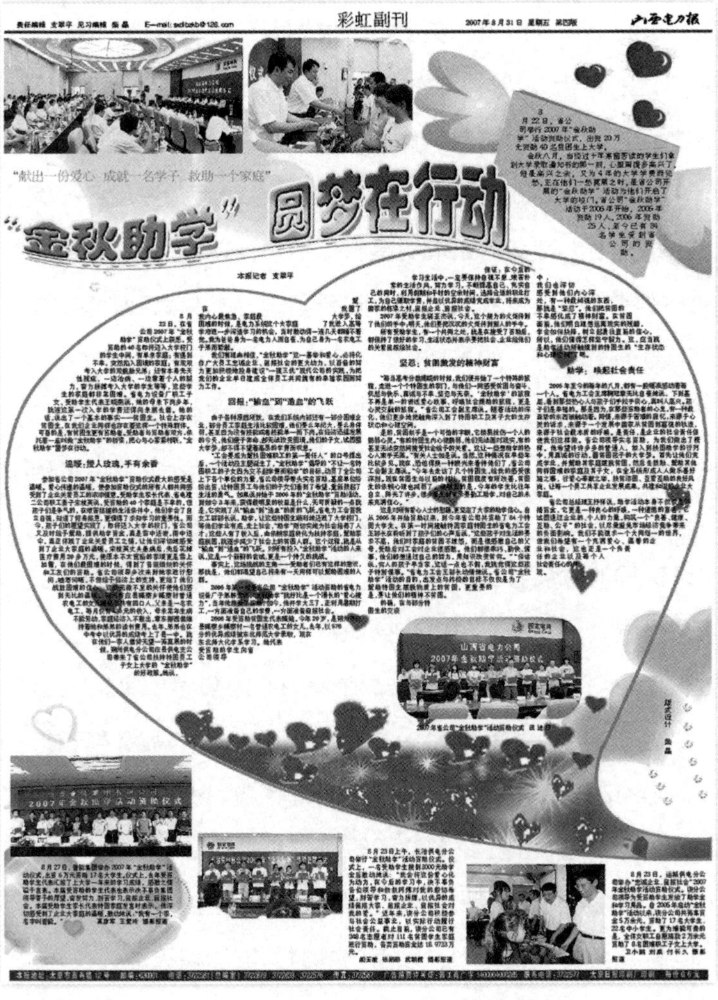

彩虹副刊

“献出一份爱心 成就一名学子 救助一个家庭”

“金秋助学”圆梦在行动

温暖：授人玫瑰，手有余香

参加省公司 2007 年“金秋助学”资助仪式最大的感受是温暖。爱心传递的温暖，使参加资助仪式的所有人都共同感受到了企业关爱员工的浓浓情意。受助学生家长代表、省电建二公司职工妻子宋桂英说，受资助的 40 个家庭是不幸的，但孩子们是争气的，在艰苦拮据的生活条件中，他们学会了自立自强，知道了修身报恩，更懂得了求知学习的重要性。而今，孩子们的愿望实现了，即将迈入大学的校门，省公司又及时给予帮助，提供助学资金，真是雪中送炭，雨中送伞，真正体现了企业关爱员工之情，让他们深切地感受到了企业大家庭的温暖。宋桂英丈夫患病后，先后花掉医疗费用 20 多万元，使原本不太宽裕的家境更是雪上加霜，在他们最困难的时候，得到了各级组织的关怀和工友们的资助。省公司领导多次来到她家进行慰问，嘘寒问暖，不但给予经济上的支持，更给了他们战胜困难的信心，这些无微不至的关怀使他们感到无比的温暖。朔州市应县臧寨乡臧寨村臧勉家共有四口人，父亲是一名农电工，每月仅有 430 元的收入，母亲常年生病不能劳动，家庭经济入不敷出，靠东挪西借维持着她和弟弟的读书费用。去年，弟弟也在中考中以优异的成绩考上了县一中。就在他们一家人借贷无望一筹莫展的时候，朔州供电分公司应县供电支公司带来了省公司扶持特困员工子女上大学的“金秋助学”的好政策。她说，在我内心最焦急、家庭最困难的时候，是电力系统这个大家庭帮我圆了大学梦，给了我进入高等学府进一步深造学习的机会，当时激动得一连几天都睡不着觉。我为爸爸身为一名电力人而自豪，为自己身为一名农电工子弟而骄傲。

我们有理由相信，“金秋助学”这一善举和爱心，必将化作广大员工忠诚企业、回报社会的更大动力，以百倍的努力更加积极地投身建设“一强三优”现代公司的实践，为把我们的企业早日建成全体员工共同拥有的幸福家园而努力工作。

回报：“输血”到“造血”的飞跃

由于各种原因所致，在我们系统内部还有一部分困难企业，部分员工家庭生活比较困难，他们要么年纪大，要么身体弱，甚至因为没有技能或者技能单一而下岗。在经济迅猛发展的今天，他们疲于奔命，却无法改变困境。他们的子女，试图圆大学梦，却不得不望着高昂的学费而叹息。

“工会要成为帮扶困难职工的第一责任人”的口号提出后，一个活动及主题诞生了，“金秋助学”倡导的“不让一名特困职工的子女因为交不起学费而辍学”的目标，动员了全公司上下各个单位的力量，省公司领导带头实名资助，基层单位纷纷出资，让特困员工与他们的子女们看到了希望，重新鼓起了生活的勇气。如果说开始于 2005 年的“金秋助学”资助活动，到如今 3 年来，获得最明显的收益是什么，无可置疑的一点就是，它实现了从“输血”到“造血”的质的飞跃。省电力工会宣教女工部部长说，助学让这些特困生顺利地迈进了大学校门，等他们学业有成，走上社会，“助学”则切实地为社会培养了人才；这些人有了收入后，由依赖家庭转化为扶持家庭，帮助家庭脱困，就逐步减少了社会上的贫困人群。这个过程，就是从“输血”到“造血”的飞跃。对所有投入“金秋助学”活动的人来说，这是一个新鲜的尝试，更是一个持久的挑战。

事实上，这场挑战的主角——受助者们已有这样的意识，那就是，他们都渴望自己将来有一天同样可以帮助困难的人群。

2005 年第一批受省公司“金秋助学”活动资助的省电力设备厂子弟韩宏说，“金秋助学”就好比是一个漫长的“爱心接力”，当年他接受了资助，如今，他开学大三了，正利用暑期打工，一方面准备自己的学费，另一方面准备回报社会。

2006 年受资助贫困生代表臧勉，今年 20 岁，是朔州市应县臧寨乡臧寨村一名普通农电工的女儿，去年，以 576 分的优异成绩被东北师范大学录取，现在东北师大化学系学习。她代表受资助的学生向省公司领导保证：在今后的学习生活中，一定要保持自强不息、艰苦朴素的生活作风，努力学习，不断提高自己、充实自己，同时利用假期和平时的空余时间，选择合适的职业打工，为自己赚取学费，并且以优异的成绩完成学业，将来成为国家的栋梁之材，回报企业、回报社会。

2007 年受助学生骈亚杰说，今天这个接力的火炬传到了他们的手中；明天他们要把沉沉的火炬传到别人的手中。

所有受助学生有一个共同之处，就是在接受了资助后都保持了很好的学习、生活状态并表示要把社会、企业给他们的关爱回报给社会。

坚忍：贫困激发的精神财富

“每当高考分数揭晓的时候，我们便开始了一个特殊的旅程，走进一个个特困生的家门，与他们一同感受贫困与奋斗、忧愁与快乐、真诚与不幸、坚忍与无奈。‘金秋助学’的旅程不再是单一的讲述爱心故事、呼唤社会援助的旅程，更是心灵交融的旅程。”省公司工会副主席说。随着活动的深化，他们更多地深入到特困职工及其子女的生存状态和心理空间。

是的，贫困似乎是一个可怕的字眼，它极易挫伤一个人的脆弱心灵。“有的特困生内心很脆弱，他们无法面对现实，有的甚至无法突然间接受社会给予的关爱。这让一些想助学的热心人束手无策。”有关人士如是说。当然，这种情况在早些年比较多见。现在，恐怕得换一种眼光来看待他们了，省公司工会副主席说。“今年去走访了几个特困生，给我的感受很深刻。现在贫困生与以前的相比，贫困程度有所改善，贫困生的依赖心理也减弱了。

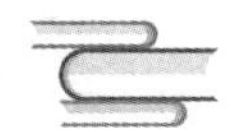

很明显的是，今年的学生比往年自立、阳光了许多，很多学生都表示要勤工助学，对自己的未来充满信心。”

这是对所有爱心人士的慰藉，更坚定了大家的助学信心。自从 2005 年开始资助以来，到今年省公司共资助了 84 个特困大学生。在第一时间接触特困家庭特困生的省电力工会王部长在聆听到了孩子们的心声后说，“这些孩子对生活的要求不高，他们对家庭的贫困不埋怨，而是很感激自己的父母，受助后对工会对企业很感激。他们都很乖巧、勤快、懂事，他们都想通过自己的努力，用知识改变贫穷。”“俗话说，穷人的孩子早当家，这话一点也不假，我就觉得这些孩子特别懂事。”省电力工会王部长动情地说。省公司“金秋助学”活动的目的，出发点与终极的目标不仅仅是为了帮助特困生摆脱物质上的贫困，更重要的是要让他们的精神不贫困。

的确，在与部分特困生的交谈中，我们也深切感受到他们内心深处，有一种最顽强的东西，那就是“坚忍”。他们把贫困的不幸感化成了精神财富。在贫困面前，他们明白理想远离现实的残酷，学会如何抉择，树立起勇往直前的信心，所以，他们懂得怎样坚守毅力。这应当就是助学活动所触摸到的特困生的“生存状态和心理空间”了吧。

助学：唤起社会责任

2005 年至今的每年八月，都有一股暖流感动着每一个人。省电力工会主席鞠冠章无比自豪地说，下到基层看到那些热心人与孩子们手拉手谈心，真叫人高兴。孩子们是幸福的，在那些资助者的心里有一种最真挚的东西被触动着。同情，来源于苦难的回忆，来源于心灵的诉求，来源于一个发展中国家从贫困到富强的轨迹，来源于社会最本质的呼唤。是责任，是企业的社会责任促使我们这样做。省公司领导实名资助，为我们做出了榜样。他希望许许多多的普通人，加入到扶困助学的行列中，用真诚的行动，圆贫困孩子的大学梦。首先让他们完成学业，并帮助其家庭摆脱贫困，然后去鼓励、帮助其他同样困难的家庭及其子女，在全系统形成人人做乐善好施之事，行爱心奉献之举，扶贫济困、互爱互助的良好风尚，让每一个员工共享企业发展成果，共建和谐的企业大家庭。

省公司总经理王抒祥说，助学活动本身不仅仅是筹措资金，它更是一种良心的呼唤，一种道德的宣言，它试图通过企业的、个人的力量，构筑一个“良善、健康、互助、公平”的社会。我们不能强求一个大同划一的世界，但我们希望有一个充满爱心、温馨的企业和社会，这也正是一个负责任的企业以及每个人社会责任心的体现。

受助贫困生　求学路上传递爱

支翠平　柴晶 | 国网山西新闻中心

心怀感恩　成立“行知助学社”

受助学生：骈亚杰，贵州财经学院大三学生，曾在2008年“金秋助学”中得到省公司资助。

骈亚杰的父亲骈振国是沁县供电支公司的一名农电工，30年来始终奋战在农电岗位。母亲在家务农，家中还有风烛残年的爷爷，哥哥一人上大学的学费和生活费全部靠贷款和假期打工赚取。就在决定骈亚杰人生命运的关键时刻，省公司把爱的双手伸向了他，为他捐资助学，圆了他的大学梦。

回访：穷人的孩子早当家。大学里，骈亚杰始终严格要求自己。3年来，他每学期都能获得奖学金，两次荣获校“优秀团干”称号，并于2009年12月18日成为一名共产党员。先后担任班级团支部书记、院团学办公室主任、院团总支副书记。在此期间，他还成功地主办了学院第一次团学两代会。

在完成学业的同时，骈亚杰多次参加志愿活动，被学校评为“优秀青年志愿者”。2009年暑期，对于骈亚杰是最难忘、触动最大的一个假期。他与15名同学参加了贵州省第六届大学生绿色文化营，走访了贵州省台江县的一些村落。台江县是苗族第一县，地处群山环绕中，交通极不便利，经济极其落后。村里的好多青壮年都在沿海大城市打工，走在村子里，看到的是满目萧条。那里的孩子大多是初中毕业后就走上了外出打工的艰辛路。“每当看到路边孩子们渴求的眼神，我就会备感辛酸，那一刻，我下定决心，一定尽自己最大的努力帮助他们。”骈亚杰深情地说。

短短7天的活动，让骈亚杰和同行的学生们做出了重要的决定——成立学院第一个支教性助学社团“行知助学社”，旨在号召更多的同学参加到助学行动中来。目前，该社团的志愿者已走进了学校周边的每一个农民工学校。为更多的孩子提供助学服务，这是骈亚杰的心愿。

勤工俭学　为“低碳”贡献力量

受助学生：宋金娟，中国传媒大学南广学院大二学生，曾在2009年“金秋助学”中得到省公司资助。

宋金娟的母亲王翠香是省电建三公司人资部合同管理员。父亲2002年因车祸去世，让本不富裕的家庭雪上加霜。是“金秋助学”活动给这个家庭解了燃眉之急。

回访：2009年宋金娟入学后，为了减轻家庭负担，在努力高效完成学业的前提下，她勤工俭学，并在学校倡导全员“低碳生活”。

源于对书的热爱，刚入校，宋金娟便成功申请了学校图书馆助学岗位，薪资是每小时8元，每天1小时。她的主要工作是将归还的书分好类并摆放整齐。每天几百本书需要上架，这对于身高1.6米的宋金娟可不是一件容易的事，一天下来，胳膊发酸、腿发软。在学校每学期开展的“学风建设积极分子”活动中，她连续两学期全票通过并荣获此称号。因为全校师生都记得

她每天下午奔波在图书馆路上的身影。

宋金娟说："我爱书，也爱买书，还想写本书。"为了购买到自己心仪的书而不给家里增添负担，她利用双休日打短工。在得知对方管午餐但要扣10元钱的时候，她打起了自己的小算盘，一个包子5角钱加上一瓶白开水，便轻松地解决了午餐问题。如此一来，她用省下来的钱买了那套喜爱已久、网上正版两折优惠价为169元的《米兰·昆德拉作品》系列图书。

宋金娟在照顾好自己的同时，还积极加入学校公益爱心社团。今年4月23日是"世界地球日"，宋金娟与所在协会共同发起了以"保护环境，从我做起，以旧换绿，变废为宝"为主题的倡议，只要用3个废旧瓶子就能换到一株新鲜的草莓苗。志愿者们还精心为参与活动的同学分发标志着"世界地球日"的胸贴。活动当天，同学们纷纷拿出废旧瓶子前来换取幼苗。该活动的成功举办，一方面深化了学生对低碳生活、资源循环利用的意识，另一方面也为保护地球、美化校园环境贡献了力量。

感恩回馈　发起"学雷锋"活动

受助学生：谢泽宇，大连工业大学大二学生，曾在2009年"金秋助学"中得到省公司资助。

谢泽宇的父亲谢鹏是省电建四公司职工，常年患有脑梗死、心脏病。母亲患糖尿病，父母常年服药治疗，费用高昂。2009年，昂贵的学费阻碍了谢泽宇前进的脚步。是省总工会、省公司、省电建四公司向他伸出了温暖的援助之手。

回访：过去一年的大学生活，谢泽宇没有辜负父母和各级领导的殷切期望。认真求学、踏实做人，每学期的学习成绩均名列榜首。同时，他还严格要求自己，主动向党组织递交了入党申请书，成为一名合格的入党积极分子。

在校期间，谢泽宇一直担任班里的团支部书记，为同学服务、帮老师排忧。此外，通过努力奋斗、勤俭自勉，他顺利地通过了一轮又一轮的面试，加入了学生会，成为校团委干事，并在学校几个知名的学生社团担任职务。

作为受资助的大学生，谢泽宇同样也不忘关心那些同样需要帮助的特殊人群。今年 3 月 5 日是“学雷锋日”，谢泽宇作为策划人，组织全班同学到康乐养老院义务服务。为此，学校授予该班“学雷锋标兵班”荣誉称号。

谢泽宇说，自己起初是一个人到敬老院义务当护工的。在那里，他结识了已在床上躺了 40 多年、84 岁高龄的陈奶奶；年轻时是钢铁厂的工人，现在却患有老年痴呆症的李大爷；每天都要靠护工帮忙照料、生活不能自理的徐大娘……谢泽宇在与康乐敬老院院长交谈的过程中了解到，他们是靠着自己微薄的收入和好心人的无私捐助才得以维持这个养老院的经营。谢泽宇被敬老院里所有工作人员的无私奉献精神感动了，更怜惜那一个个需要照顾的老人。于是，他发起“学雷锋”活动，带动全班同学参与到这项爱心服务活动中来。

此外，他还积极参加多种社会实践活动，如文艺演出、看望盲聋学校的小朋友等。他时刻提醒自己，今天的一切离不开父母的养育、老师的栽培和山西省电力公司领导的关怀。

义务授课　欢笑溢满农家院

受助学生：范晋娇，山西大学大三学生，曾在 2007 年公司系统“金秋助学”中得到晋中供电分公司资助。

范晋娇的父亲范竹盛是介休供电支公司张兰供电所的农电工，收入微薄。母亲务农，家里还有年迈的奶奶，要供一个大学生确实非常困难。考上

彩虹副刊　山西电力报

受助贫困生

求学路上传递爱（上）

心怀感恩　成立"行知助学社"

勤工俭学　为"低碳"贡献力量

感恩回馈　发起"学雷锋"活动

义务授课　欢笑溢满农家院

志愿服务　获工信部优秀个人

彩虹副刊　山西电力报

受助贫困生

求学路上传递爱（下）

积极进取　荣获"国家励志奖学金"

回馈母校　义务传授专业知识

社会实践　积极参加"三下乡"活动

回报社会　敬老院义务服务

传递爱心　让更多学子感受温暖

大学是农村人改变命运的途径，全家都很高兴，可是一大笔学费、生活费就像一座山压在了他们的肩上，是晋中供电分公司的"金秋助学"给了他们意外的惊喜。

回访：success 成功，power 力量、动力……"寻着声音，记者来到一户农家小院，只见一群孩子正围着一个女孩聚精会神地朗读英语，这个女孩就是范晋娇。每年寒、暑假，她总会免费给村里的孩子们补习英语课。义务授课的消息不胫而走，一年又一年，从范晋娇家中小院传出的读书声、欢笑声渐渐洪亮悦耳。看着孩子们求知的渴望，看着孩子们欢欣的笑容，范晋娇喜在心头。她想让更多的孩子走出去，扩大视野，了解外面的世界，改变农村落后的面貌。

如愿实现大学梦的范晋娇怀着一颗感恩的心，无时无刻不在帮助着需要帮助的人。汶川地震后，她上街宣传防震常识；玉树地震后，她把省吃俭用节省下来的零花钱捐给了灾区。

“现在社会需要复合型人才，我想让自己成为多面手。”这是范晋娇对自己的要求。为此，她在努力学习的同时，加入了山西大学“荆棘鸟新闻社”。寒、暑假期间，她还到社会媒体去实习，通过实习，对新闻工作有了更深刻的了解，特别是作为特约记者，成功地采访了“环保卫士”哲夫先生之后，更激发了她对新闻工作的热爱。“毕业后我想当一名记者，用新闻的力量号召更多的人传递爱的接力棒，让社会处处充满爱。”

志愿服务　获工信部优秀个人

受助学生：成欣，哈尔滨工业大学大三学生，曾在2008年“金秋助学”中得到省公司资助。

成欣的父亲成学超是吕梁供电分公司生技部专工，家庭负担沉重，2006年公司“金秋助学”活动让成欣感受到了电力大家庭的温暖。

回访：在哈工大，身边都是来自全国各地的佼佼者，学习压力很大。成欣常常是早上6时走出寝室，晚上11时才回来休息，中间的十多个小时大部分都用在了学习上。大一期间，她就顺利通过了大学英语四、六级考试，并且拿到了“国家奖学金”。

上大学二年级后，随着课程的不断增多，学习负担更加繁重，但成欣依然保持了全系前5名的好成绩。在一如既往学好各门功课的同时，她还积

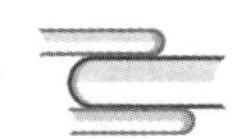

极参加学校的社团活动和各种社会志愿活动，并成功竞选为院学生会文体部长。校运动会期间，成欣从人员选拔到力量调配，从组织训练到后勤保障，每一个环节都牵头组织并收到了良好的效果。鉴于成欣的突出表现，校学生会连续两年授予她“优秀工作者”称号。

谈起丰富多彩的大学生活，成欣仿佛有着说不完的话。最让她有成就感的是在大一暑假参加的工信部“家电下乡”社会实践活动。当时，工信部面对全国知名大学招收“家电下乡”社会实践活动志愿者。成欣得知消息后，召集班里几个同学一起报了名，并顺利被活动组织方选中。为了做好这项工作，她和同学们分工协作，通过网站、报纸等媒体了解了很多“家电下乡”政策，并由她牵头拟定了调研提纲。活动开始后，她和同学们先后深入山西、黑龙江等地的农村调查国家政策的实施情况，由她执笔撰写的调研报告得到了活动组织方的好评，她也被工信部授予“优秀个人”荣誉称号。

积极进取　荣获“国家励志奖学金”

受助学生：王菲，太原师范学院毕业，曾在2006年省公司系统“金秋助学”中得到长治供电分公司资助。

王菲的父亲王进平是壶关供电支公司内退职工，母亲下岗，姐姐是长沙理工大学在读研究生，全家唯一依靠的经济来源就是父亲的内退工资。2006年，王菲考入大学后，全家人都为交学费发愁，正当此时，长治供电分公司给他们送去了“金秋助学”资助金。

回访：上大学后，王菲深知自己的学习机会来之不易。在学习上，她认真刻苦，严于律己，在学好专业知识的基础上，还利用课余时间阅读了大量的课外书籍。在校期间，她曾获得了“国家励志奖学金”，连续3年获得学校“一等奖学金”，荣获“三好学生”、“优秀班干部”等荣誉称号；在生活上，她省吃俭用，参加了勤工俭学活动，减轻了家庭负担，增强了自己的社会实践能力；在思想上，她乐观开朗、积极进取，光荣地成为一名共产党党员，实现了梦寐以求的人生愿望。王菲说："作为一名师范生，良好的讲授和沟通能力是必不可少的。"为此，在暑假期间，她主动帮助当地家庭贫困的中学生补习英语和数学等课程。通过一个假期的补习，帮助孩子们解决了学习中遇到的疑难问题。充实的暑期生活，让王菲感触颇深："我深刻地体会到了为人师表的重要性，更加坚定了献身于崇高的教育事业的决心。这些收获将影响我今后的学习和生活，而且会让我受用一生。"

2010 年，王菲顺利考取了华中师范大学硕士研究生，实现了继续深造的梦想。滴水之恩，涌泉相报。她说，一定会努力提升个人的素质和修养，尽自己最大力量回报社会。

回馈母校　义务传授专业知识

受助学生：陈申毅，四川美术学院大四学生。曾在 2007 年省公司系统"金秋助学"中得到晋中供电分公司资助。

陈申毅的母亲宋玉珠是晋中供电分公司变电运行工区职工。2007 年，陈申毅以优异的成绩考入了四川美术学院，高兴与担忧同时降落在了这个单亲家庭。能够考上理想的大学，母子俩发自内心高兴，然而，艺术院校高昂的学费也让陈申毅的母亲犯了愁。晋中供电分公司得知情况后，将陈申毅列为当年"金秋助学"的帮扶对象。

回访：校园里，从小自立的陈申毅表现出了出众的组织才能。刚入学的军训期间，他被选为代班长。军训归来，颇有号召力的他，更想发挥自己的长处，就申请加入了学生会，成为宣传部干事后又成为主席团成员。从此，各类活动都能见到他的身影，同学们亲切地称他为"小喇叭"。

“我觉得收获的不仅是知识，还有一份责任。作为宣传干事，每次活动策划、组织，我都认真对待，要干就要尽最大努力干好……”天道酬勤。他组织的活动得到老师和同学们一致认可，曾参与策划和主持过“四川美院2008年元旦晚会”、“迎新晚会”、“首届大学城模特大赛”等活动。他本人也先后获得“第六届四川美术学院主持人大赛第一名和最佳口才奖”、“最佳团员奖”、“最佳团干部奖”等荣誉称号。

“授人玫瑰，手留余香。困难的时候得到帮助，我想无论是帮助的还是受帮助的人，心总是暖暖的。”陈申毅一直心怀感恩，通过各种方式，报答社会。作为青年志愿者，他一直坚持到当地敬老院做义工。2008年汶川地震时，他通过学校学生会、班团委等，多次为灾区捐款捐物。同年，他又放弃假期休息，为高中母校高二的学弟学妹们讲授基础美学课程。在一个月的时间里，他的教案和教学心得写满了半本笔记本。教学中，他把自己上学时的作品当作案例，与大家分析，收到了良好的效果。当问到他毕业后的打算时，陈申毅略有思索却坚定地说：“我想先就业，为了妈妈，为了帮助过我的更多人。”帅气的脸上流露着对未来的憧憬！

社会实践　积极参加“三下乡”活动

受助学生：冯欣哲，中北大学大二学生。曾在2009年“金秋助学”中得到省公司资助。

冯欣哲的父亲冯增胜是省电建四公司职工，父亲的收入是全家的经济支柱，母亲是家庭妇女，多年在家操劳着全家的生活，期盼着他学业有成，能给全家生活带来新的希望。去年，冯欣哲在接到录取通知书的同时，也获得了一份珍贵的助学金。

回访：在一年的大学生活中，他始终保持着一种积极向上的生活和学习状态。刚一开学，他就有幸被选中，分别在校、院两级的开学典礼上代表新生发言。入学以后，他积极参加了各种学生社团，并竞选为学生会干事。

从小兴趣爱好广泛的冯欣哲，大学里充分发挥着自己的特长。学习之余，他参加了学校举办的辩论赛，并和队友们一举夺得了冠军；写作是冯欣哲一直以来的爱好，他积极给校报投稿，发表了数篇文章；进入学校广播站后，经过一年的努力，终于成为一名合格的责任编辑。

“大学，培养我们的更多是一种思维方式、一种解决问题的能力，而这些素质的提升，都需要我们在实践中逐步完善。”冯欣哲是这么说的，更是这么做的。他在学习过程中，积极参加学校和社会组织的各种义务活动。今年暑假，冯欣哲参加了学校组织的“三下乡”社会实践活动。在活动中，他和同学来到了五台县东冶镇大朴村。该村几乎家家都种地，但年轻人大都在外地打工，使得该村种植技术较落后。得知情况后，冯欣哲和同学们通过在人流量较大的农贸市场门口发放宣传单、现场解答农作物种植技术等方式向农民提供各种种植、养殖常识。“朴实的农民在拿到散发的资料后，一个劲儿地对我们说谢谢，说我们带来的资料是他们迫切关注和想了解的。”冯欣哲说，看到付出劳动后能得到大家的认可，成就感和自豪感油然而生。

回报社会　敬老院义务服务

受助学生：康娜，西南政法大学国际法学院大二学生。曾在2009年“金秋助学”中得到省公司资助。

康娜的父亲康文俊是省电建三公司职工，母亲于2006年身患重病去世。母亲患病治疗期间花光了家里所有的积蓄，是省公司“金秋助学”活动让康娜青春脸上有了笑容，踏上求学之路。

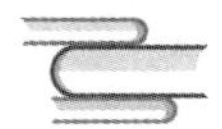

回访：如愿进入大学后，康娜刻苦学习，在班级中担任班委，并通过竞选当选为学生会干事。

一年中，在完成学业的同时，她积极加入志愿者行列。双休日里，康娜常常和学校志愿者协会会员一同到重庆九九颐园敬老院义务服务，帮老人洗衣服、收拾家、打扫卫生。在义务服务的过程中，康娜结识了一位梁奶奶。老奶奶是家中的独女，远嫁他省，老伴又走得早，在该敬老院已呆了近 7 年时间。在阳光灿烂的日子里，康娜会把老人扶出房间，享受太阳的温暖，还会一边替老人梳头，一边给老人讲故事，讲到开心处，不知情的人看到老人那张真诚的笑脸，都以为是亲祖孙俩。

闲暇之时，康娜喜欢读法律、宗教等方面的书籍。书籍给她知识，知识给她力量。她说："困难面前总是有希望，我心中时刻铭记着'金秋助学'给我的帮助，我对未来充满了憧憬，我会更加努力学习，在完成学习任务的同时多参加各种社会实践活动。今年，我打算进入学校司法实践中心，用学到的知识去义务处理各种法律事务，为社会公平贡献绵薄之力。"

传递爱心　让更多学子感受温暖

受助学生：王捷，上海师范大学大二学生。曾在 2009 年省公司系统"金秋助学"中得到运城供电分公司资助。

王捷的母亲杜艳芳是临猗供电支公司职工，身患重病，每年近万元的医药费让家人背负了沉重的外债。去年，19 岁的王捷手握大学录取通知书却难以高兴起来，一种无言的欢乐与忧愁同时困扰着她。乐的是，她如愿考上了大学，这对含辛茹苦供自己读书的父母是莫大安慰；忧的是，近万元的学费难以筹集，她害怕大学梦就此破碎。就在一家人深陷困境时，王捷获得了"金秋助学"的资助。

回访：迈进大学校门后，王捷第一次发现图书馆的书籍是如此的丰富，种类之多令她大开眼界，尤其是不用花钱就能阅读所有书籍。课余时间，她尽情扎进书堆阅读，笔记、回味、思考，尽情享受知识无穷的魅力，尽情享受书海无尽的资源。

在努力提升自身素质基础上，王捷还积极参加学校各种社团活动。每逢周末，她都会到学校生活区张贴安全小贴士、生活小提醒，检查校园生活，主动为学校各类晚会志愿服务。不仅如此，每年寒、暑假期，王捷总会放弃休息，免费给街坊邻居的孩子们当家教，辅导他们作业中遇到的各种问题，传授自己成功的学习经验。街坊们纷纷竖起大拇指夸奖她，孩子们也深深喜欢这位有耐心的大姐姐。王捷说，目前自己还没有能力去资助别人，只能以力所能及的小事回报社会。将来，她会更加努力，怀着一颗感恩的心跋涉漫漫人生路。她说："我会把这把爱心的火炬传递下去，让更多的寒门学子感受温暖。"

每年的七八月份，炎夏如约而至。酷暑难当时，全国出现大范围高温天气，我省最高气温超过 35 摄氏度。

为了百姓清凉度夏，为了确保电网安全稳定运行，国网山西省电力公司广大干部员工奋战在基层，坚守在一线，以崇高的使命感和高度的责任心检修设备、监测数据、巡视线路、排查隐患，顶烈日、战酷暑，迎战夏季用电高峰，力保电网安全度夏，只为百姓能舒心用电、清凉度夏。为此，《山西电力报》特别策划系列迎峰度夏“视觉新闻”专版，集中展示电网员工不畏艰辛、连续作战的精神，多角度展现他们为社会经济发展和人民生活幸福无私奉献的情怀，同时也以这种形式，献上对他们崇高的敬意。

E--mail:chaijing01@sx.sgcc.com.cn　2012年4月20日　星期五　第四版　责任编辑　柴晶　电话:(0351)4269112

04 视觉新闻　山西电力报

春检铿锵行……

王二平 摄

最是春寒料峭时，电网儿女忙春检。截至4月15日，省公司已完成110千伏及以上变电站检修103座，完成110千伏及以上输电线路检修101条，1792.4千米，占整个春检计划的71.4%。

在春检工作过程中，省公司合理编制停电计划，严格春检质量管理，进一步规范现场人员作业行为和检修工艺，从各个方面落实工作要求，提升管理水平，确保达到“修后的设备不临修，试后的设备无隐患”目标，为迎峰度夏奠定了良好的基础。

据悉，春检工作开展40多天来，省公司共发现缺陷765项，消缺率97.9%，其中一般缺陷727项，消除711项；严重缺陷33项，消除33项；危急缺陷5项，消除5项。——编者

平安春检·在行动……

“我宣誓：遵章守纪严要求，规范操作细把关……”在临汾供电公司春检出征仪式上，随着检修、保护等工种代表200余人的郑重宣誓，奏响了春检出征的最强音。 闫永芳 摄影报道

晋城供电公司深化“春季集中检修+大检修+状态检修”的管理模式应用，做好主网110千伏及以上24座变电站、39条输电线路停电检修工作。 宁静 摄影报道

针对今年春检启动早、任务重的特点，运城供电公司严格执行“四到位”制度（组织措施到位、技术措施到位、安全措施到位、考核措施到位），确保春检工作安全、高效。 李育彬 摄影报道

洪洞供电公司在110千伏变电站春检工作中，与检修、试验、保护工区紧密配合，确保现场安全措施齐全，人员行为规范。 韩卓锋 摄影报道

进入春检工作以来，忻州供电公司深入排查电网安全隐患，超前防范设备风险，深化设备状态管理工作，充分利用“大检修+状态检修”模式，对安全隐患进行全面消缺。 边武 李宏杰 摄影报道

春检人物·专注

王二平 摄

年年春天“检”不同，2012年的春检工作，省公司所属各单位后勤服务工作热情周到，呈现出“暖如春风”的局面。

暖如春风

黎城供电公司组建“娘子军春检后勤服务队”，先后有30余名女工到现场送餐，增强了后勤保障能力，饱了员工的胃，暖了员工的心，春检工作在安全、和谐、高效中完成。 申廷芳 摄影报道

随着晋中供电公司春检工作不断推向纵深，输电专业人员“安全出行，平安到家”这项艰巨任务，就落在了印有“国家电网”标志的供电服务车辆上。驾驭着保障安全的一台台“生命方舟”的，就是这些被称为“路路通”的驾驶员们。 李政宏 摄影报道

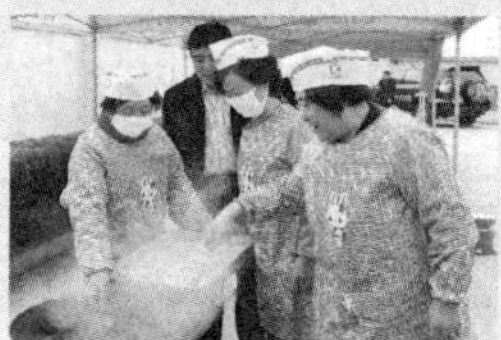

临汾供电公司组织120余名离退休女工开展包饺子活动，慰问春检一线员工。一碗碗热腾腾的“爱心饺子”温暖了春检现场每名员工的心，体现了广大离退休人员对企业的关爱之情。 尉云辉 王晓华 摄影报道

4月18日上午，阳光明媚，在阳泉城区供电公司大院内，由4名女工组成的“女工服务队”正忙碌着，她们把一件件刚刚洗好的工作服往绳子上晾晒。一上午的时间，4名女工为春检员工洗了20余件工作服。 石雷 摄影报道

“爸爸，等您平安回家！”吉县供电公司员工牢记孩子和家人的叮咛，幸福之情溢于言表。 曹晓峰 摄影报道

本报地址:太原市府东街169号　邮编:030001　电话:4269115　4269113　传真:4269124　广告经营许可证:晋工商广字1400004000285　联系电话:3722577　山西太报传媒有限公司印务公司印刷　每份0.6元

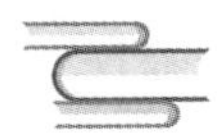

2014年6月17日 星期二
责任编辑：柴晶 电话：0351-4269112
E-mail：chaijing01@sx.sgcc.com.cn

视觉新闻 04

汗水浇铸特高压

——致敬特高压建设者

编者的话：5月16日，国家能源局印发《国家能源局关于加快推进大气污染防治行动计划12条重点输电通道建设的通知》，同意建设蒙西至天津南、山西至江苏、山西盂县电厂至河北南网500千伏输变电工程等12条重点输电通道项目。

特高压电网是高效的能源配置平台，在保障能源安全、经济、清洁发展中作用巨大。大力发展建设特高压电网，让"电从远方来"，已成为山西电网人的共识，建设运营好特高压更成为山西电网人的责任和担当。目前，被列入大气污染防治行动计划包括特高压"四交四直"在内的12项工程的批准建设，将更好地发挥特高压的作用，从而促进经济持续健康发展。

炎炎夏日，挡不住建设者的脚步，他们正挥汗坚守在特高压工程的建设工地。本报特推出"视觉新闻"版，向广大建设者献上我们的敬意！

空中舞蹈

专心致志

信念笃定

合力攻坚

刘翠 卢强港 供图

本报地址：太原市府东街169号 邮编：030001 电话：4269115 4269113 传真：4269124 广告经营许可证：晋工商广字1400004000285 联系电话：3722577 山西大报传媒有限公司印务公司印刷 每份0.6元

视觉新闻 责任编辑 柴晶 电话:(0351)4269112
山西电力报
2010年6月22日 星期二 第四版
E—mail:chaijing01@sx.sgcc.com.cn

烈日下的坚守

——聚焦『和谐电网』摄影采风获奖作品选登

6月9日，新闻中心在朔州举办了山西电力聚焦"和谐电网"摄影采风活动，旨在鼓励通讯员拿起相机，用自己独特的视角，记录工作中、生活中的动人瞬间。

活动中，通讯员们同场竞技、相互学习，拍摄出了一幅幅构图精巧、生动感人的摄影作品。经过特约专家评委对183幅摄影作品的认真评选和精彩点评，16幅作品脱颖而出。本版特选登部分获奖作品，以飨读者。

挥汗如雨 临汾电校 孙江宏 摄

神情专注 省电建四公司 李元堂 摄

电建女工

活动现场，电建女工成为摄影者的聚焦热点，她们朴实、坚毅的神情深深地打动了每个人。这些女工中，有随丈夫一起来施工现场的，有独自一人来的，工地上，她们干着和男职工一样的活儿，开拗、整夹、麻利，俨然一副巾帼不让须眉的气概。沙尘弥漫的电建工地上，她们构成了最美丽、最动人的风景，给摄影者留下了深刻的印象，也让我们对电建女工心生敬意。

激情四射 大同供电分公司 赵志宏 摄

一丝不苟 新闻中心 马学会 摄

天"井"之和 超(特)高压分公司 要磊 摄

听我指挥 吕梁供电分公司 白勇 摄

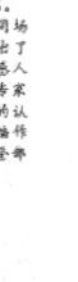

铁臂巨擘 临汾供电分公司 张天杰 摄

设备吊装 省电建四公司 王巧凤 摄

本报地址:太原市府东街169号 邮编:030001 电话:4269118(总编室) 4269115 传真:4269114 广告经营许可证:晋工商广字1400004000285 联系电话:3722577 太原日报印刷厂(桃园三巷113号)印刷 每份0.6元

山西电力报　视觉新闻
2015年7月14日　星期二
责任编辑：栾昌　电话：0351-4269112
E-mail：chaijing01@sx.sgcc.com.cn
04

酷暑送光明 清凉千万家

连日来，全省出现大范围高温天气，我省最高气温超过35摄氏度。为了百姓清凉度夏，在特高压建设工地，在电力设备检修现场，在线路运维一线……电网员工依然坚守岗位，酷暑送光明，清凉千万家。

迎峰度夏消缺忙

为确保夏季高温期间电网安全可靠运行，7月2日，晋中供电公司检修人员对220千伏白家庄变电站的设备进行消缺，确保电网安全度夏。本次消缺在安全生产自查、自纠工作的基础上，全面梳理安全管理中的漏洞，力求每一处隐患都整改到位，确保设备安全可靠运行。　米玮　孙建　摄影报道

鏖战夏峰不停步

近日，阳泉地区持续高温，室外最高气温达38摄氏度以上。该公司组织检修人员，对所辖各变电站的电气设备进行全面防火、防雷电等迎峰度夏安全大检查。面对酷暑高温，大家齐心协力，圆满完成了任务。　王君田　摄影报道

“早”字当头细入手

随着气温的逐步攀升，用电负荷不断增大。吉县供电公司以“早”字当头，立足实际，早打算、早计划、早安排、早部署、早落实，提前细化迎峰度夏各项工作，全力以赴确保用户安全度夏。　郭海涛　曹晓峰　摄影报道

深山除患

图／于永红　文／徐列娟

7月4日，晴热，天空无云无风。一大早，平朔天润云盖寺风电场110千伏变电站便毫无遮掩地暴露在白晃晃的太阳底下。运供恒运公司运维部线路、检修专业的余人正列队召开班前会。

今天，这里全站停电检修，还要为云平线全线46基铁塔加装防鸟刺。而这46基铁塔全部分布于深山中，任务不轻。负责人樊建鹏将人员分成5个小组：“登塔时一定要做好防护措施，加强监护！”在樊建鹏的叮咛声中，各小组随身带好干粮、瓶装水，背着工具袋、安全带、鸟刺装备等工具出发了。

由于前几天的连续降雨，现在被火球般的太阳一烤，还真是“上蒸下煮”。巡线队员背着20多斤重的设备工具，在几乎没有路的山野中穿行。全副武装的工作服早已是湿漉漉贴在身上。“这深山里到处是半人高的灌木丛、树林，还多亏了这身保护服，不然皮肤可就遭罪了。”李红涛深一脚浅一脚地走着，还不忘打趣。“这些铁塔，可是我们重点关注的对象。夏季雨多，得看看被雨水冲刷的根基是不是牢固，塔材有没有损坏。”吴雨说。维护重在细节，排除隐患更是迎峰度夏的重点工作之一。上半年，线路班已经排除了44处隐患，修剪了380余株超高树木，加装了380套防鸟刺，有效地保证了电网安全。

时近中午，在变电站内检修的队员也在与烈日较劲。李满兵正在奋力地摇动着变压器上方的引流线悬瓶。豆粒大的汗珠顺着脸颊直往下淌。在对悬瓶进行检查时，李满兵发现悬瓶挂点处的螺栓帽被山风吹掉，U形环倾斜，75公分长的螺杆已退出一半，其正下方就是110千伏主变压器，一旦螺杆脱落，整个悬瓶将从十几米的高空坠落，后果不堪设想。

李满兵立即将这一隐患向队长曹建华汇报。“系上安全带，绑好安全绳，准备消缺！”李满兵在队长的监护下，爬到变压器上方13米高的钢管上，骑着钢管，小心翼翼地挪到悬瓶上空，用绳索把悬瓶固定好，在地面人员的配合下，拉起线串，重新将螺杆穿好，将螺栓帽带好，用扳手拧紧，大伙儿这才长舒了一口气。

下午1时25分，全部检修工作圆满完成，检修队员们的脸各个都被晒成了“大红布”。这次检修，成功避免了一起因设备缺陷可能引起的严重停电事故。“我们愿意用自己的小辛苦，换取用电客户的大幸福。”一直坚守在现场的运供恒运公司运维部负责人黄经东说。

（作者单位：运供恒运公司）

本报地址：太原市府东街169号　邮编：030001　电话：4269115　4269116　传真：4269124　每份0.6元

E—mail:liunaoju@sx.sgcc.com.cn 2011年7月19日 星期二 第四版 责任编辑 刘晓菊 电话:(0351)4269119
04 视觉新闻 山西电力报

为了电网安全度夏

——省公司系统迎峰度夏工作剪影

编者按

七月，又一个炎夏如约而至，酷暑难当时，为确保电网安全稳定运行，省公司系统广大干部员工奋战在基层，坚守在一线，以崇高的使命感和高度的责任心检修设备、监测数据、巡视线路、排查隐患，迎战夏季用电高峰，力保电网安全度夏。

为此，本报特编发迎峰度夏视觉新闻专版，集中展示电网员工不畏艰辛、连续作战的精神，多角度展现他们为社会经济发展和人民生活幸福无私奉献的情怀，同时也以这种形式，献上对他们崇高的敬意。

本版摄影：赵旭东 田晓羽 王 鑫 赵 蕾 陈博然 尚军程 白 勇

本报地址:太原市府东街169号 邮编:030001 电话:4269115 4269113 传真:4269114 广告经营许可证:晋工商广字1400004000285 联系电话:3722577 山西太报传媒有限公司印务分公司印刷 每份0.6元

山西电力报　2014年8月8日　星期五
责任编辑:柴晶　电话:0351-4269112
E-mail:chaijing01@sx.sgcc.com.cn

视觉新闻 > 04

临汾供电公司:

执著行者

李三虎

张峰,52岁,临汾供电公司输电运检室巡线工,30多年的巡线经历使他的肤色呈现出健康的古铜色。他所负责的三条高压输电线路,每月都要进行一次巡检,杆塔悬基到位。这些年,他共巡视过15条输电线路,所走过的路加起来有两万多公里。

张峰有着丰富的巡线经验,被大家称为输电线路"活地图",不但眼神好,脚力也十分厉害,一个20岁出头的小伙子,一路小跑,也总是被他甩在身后。

进入8月份,气温不断攀升,临汾地区电网负荷不断增长。为确保迎峰度夏期间电网安全稳定运行,张峰也加大了对输电线路设备的巡检力度。一天下来,张峰几乎虚脱,满头是汗,衣服、裤子找不到干的地方。这样的例行特巡,他还要进行5天。

烈日下坚守　高温中奉献

运城供电公司:

高温下紧急消缺

孙亚东　王整梓

7月30日,运城供电公司输电运检室工作人员冒着40摄氏度的高温,对晋绛110千伏线路进行了紧急消缺。

经巡视发现,晋绛110千伏39号—40号电杆的右边导线因外力破坏造成15股断裂。同时,该线路18号杆的UT型线夹被盗,电杆拉线已经落地,失去拉力,急需处置,否则将严重影响沿线客户的正常生产、生活用电。

当天,6名线路人员扛起30多斤重的工器具、材料,穿过一人多高的玉米地,太阳烤得前胸后背衣服全湿透。顾不上休息,作业人员立即对断股的导线进行了缠补、缠绕、加固。随后,驱车20多分钟赶到8号电杆下,捡起地上的拉线,拿出备好的UT型线夹。三人合力收紧拉线,经过两个小时的不间断作业,该线路以及拉线上的3处受损问题得到处理。

吕梁供电公司:

骄阳下的身影

白勇　高晋林

7月31日,吕梁输电运检室开始了新一轮的故障巡线。为了抢时间,巡线人员由双人改为单人巡线。故障巡线后,他们又将进行日常巡视,正是这样的铁塔精神,让他们一次次坚守在老区的山间。

左上:故障巡线让人最辛苦的,就是每一基铁塔都必须登上去检查,从早上一直干到晚上。太阳快落山的时候,他们会合了。

左下:月亮已经出来了,他们的希望寄托在最后一基铁塔上。明天是最后的期限,他们下定决心,只许成功不许失败。

110千伏离青线的33号—41号是高晋林的巡视范围。夏季的高温已经到了他的承受极限,用他的话说:"水是生命之源,在我这里,尤为重要。"为了检查线路通道中风偏带来的影响,线路工放弃了车辆带来的快捷,而是在茂密的草丛中寻路查线,还要忍受蚊虫的叮咬。

张志伟,一个刚来的员工,单人巡线经验不足,高晋林隔一阵就打电话询问情况,生怕他遗漏什么。故障巡线是最耗费体力的工作,登高巡线的体力消耗则更大,但张志伟依然专注寻找线路故障,俨然一个经验老到的线路工。

临猗供电公司:

鏖战40度

和青霞　杨永军

8月的夏日,太阳似火球般烘烤着大地,室外温度一直徘徊在40摄氏度左右。在临猗35千伏北辛变电站,只见一群头戴安全帽、身着国网绿的工作人员依然穿梭于电杆配架之间……

"小军,你们刚从非洲回来吗?怎么一个个都变成黑人了。"熟悉小军的人打趣道。自北辛变电站增容改造工程开工以来,变电检修人员便起早贪黑,迎酷暑、战高温,衣服早已浸透了脊背,额头上豆大的汗珠还没顾得上擦拭就又连成了串,悄无声息地顺着脸颊流淌下来……没有人顾得上天气的炎热,没有人片刻停顿,紧张地忙碌着。在检修人员的心中,只有一个信念,那就是要以最快的速度、最精湛的技艺安装好设备,保证工程如期完工,为北辛的居民提供一个凉爽、舒心、愉快的生产生活环境。

经过持续7天的紧张奋战,北辛变电站增容工程按期完工。

本报地址:太原市府东街169号　邮编:030001　电话:4269115　4269113　传真:4269124　广告经营许可证:晋工商广字1400004000285　联系电话:3722577　山西大报传媒有限公司印务公司印刷　每份0.6元

山西电力报 2013年8月13日 星期二
责任编辑：柴晶 电话：0351-4269112
E-mail：chaijing01@sx.sgcc.com.cn

视觉新闻 04

为了百姓清凉度夏

连日来，全国出现大范围高温天气，我省多日最高气温超过35摄氏度。为了百姓清凉度夏，在特高压建设工地，在电力设备检修现场，在线路运维一线……电网员工顶烈日、战酷暑，依然坚持工作，只为百姓能舒心用电、清凉度夏。

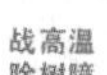

战高温 除树障

临汾供电公司输电运检班组集中砍伐、剪顶32棵20米以上影响线路安全的树木，确保输电线路设备安全迎峰度夏。图为运维人员在220千伏府明Ⅱ线砍伐高树木处理现场。

李三虎 摄影报道

8月2日，阳供检修公司输电运检组对110千伏辛马线21号、22号加装高绝缘羸磁对拉导线护套，该线路处于复杂生活区，距导线10米处新建18层高楼，易发生异物短路跳闸。高绝缘羸磁对拉导线护套的加装，可有效阻止风筝线、塑料袋、树枝等漂浮物对导线短路的潜在危害。

王贵军 摄影报道

在太原市太行路供电线路迁改工程中，太原供电公司员工顶烈日、战高温，坚守岗位、忠诚奉献，按计划圆满完成工作任务。

田晓君 摄影报道

[illegible]

[illegible]

“无检修月”培训忙

文/李斌 图/王二平

[illegible]

33摄氏度的高温天气，晋城供电公司7月最大负荷184万千瓦，同比增长3.49%。检修人员依然奋战在一线，不畏酷暑、挥洒汗水，确保电网安全迎峰度夏。

宁静 摄影报道

在大同供电公司220千伏西万庄变电站，40多名员工冒着30多摄氏度的高温，连续奋战10多个小时，完成了35千伏开关、刀闸及110千伏CT等设备的更换任务。虽然工作辛苦，但员工却说：“这么热的天能让市民用好电，享受电带来的清凉，我们流点汗也值得。”

李建辉 摄影报道

8月4日，朔州供电公司员工在龙朔35千伏变电站增容改造现场安装电气设备。连日来，持续高温，酷暑难耐，为安全、优质、高效完成农网升级改造工程，该公司错时工作避高温，防范疲劳工作导致的安全风险。

孙文慧 摄影报道

烈日下的坚守

文/岳爱莲 图/韩淑贞

8月1日，长治供电公司110千伏西井变电站内一派热火朝天的景象，检修公司检修试验专业组在对该站1号主变进行停电处理缺陷，并对三侧开关、避雷器、电流互感器等进行检查试验。

为尽快完成该站1号主变及三侧设备消缺和检查试验任务，检修试验专业出动4个班组共20人，一大早就奔赴西井变电站。在主变消缺现场，检修人员在34摄氏度的高温下打开油罐，进行主变有载开关抽油、清洗、打铅等部分渗油处理。顶在外壳温度近60摄氏度的主变上部，头顶着烈日，一顶安全帽就是他们仅有的防暑工具。此次和变压器油打交道，浑身上下都是油污，从上衣到裤管，早就被汗水反复浸透了多次，好些地方都结了白色的盐渍。虽然每个人都已汗流浃背，但手上的工作并没有停下来，只是在空闲时喝口水又接着干下一瓶水。

8月2日18时，随着现场负责人要想嘶哑的一句“大功告成”，110千伏西井站1号主变及三侧设备消缺、检查试验工作全部完成，连续奋战了两天的检修人员脸上终于露出了轻松的笑容。

本报地址：太原市府东街169号 邮编：030001 电话：4269115 4269113 传真：4269124 广告经营许可证：晋工商广字1400004000285 联系电话：3722577 山西太报传媒有限公司印务公司印刷 每份0.6元

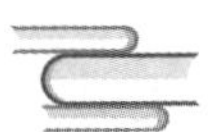

视觉新闻　责任编辑　柴晶　电话：(0351)4269112

山西电力报

2010年8月21日　星期六　第四版　E—mail:chaijing01@sx.sgcc.com.cn

鏖战彰显责任

——公司迎峰度夏工作掠影

炎夏送清凉

挥汗如雨

一丝不苟

尽职尽责

服务到田间

酷暑忙抢修

巡线在深山

本报地址：太原市府东街169号　邮编：030001　电话：4269115　4269113　传真：4269114　广告经营许可证：晋工商广字1400004000265　联系电话：3722577　山西太报传媒有限公司印务分公司印刷　每份0.6元

6. 全家福：讲述电网人的幸福

家是生活的港湾、爱的源泉，临近年末，在基层班组这个大家庭中，在妻儿老小的小家庭中，那些感动的、难忘的、幸福的、有趣的……点点滴滴，无不温暖着我们的灵魂。

《山西电力报》以家为主题，策划“全家福：讲述电网人的幸福”、最美“家”务事、“新的一年　我想对你说”“过年了我们坚守岗位”等一系列专版，展示员工家文化，讲述员工有关家的故事，从另一个侧面反映企业文化的润物细无声。

2014 年 1 月 7 日 星期二
责任编辑：柴晶 电话：0351-4269112
E-mail：chaijing01@sx.sgcc.com.cn

视觉赏析 04

新的一年 我想对你说……

王宁（忻州供电公司）

2014年，四十不惑的我们依然满怀憧憬。身为忻州供电公司一员的爱人，我想对你说，20年的工作经历，18年的婚姻，把你、我、电力捆绑在一起，公司这"大家"与我们的"小家"也旺。感谢这些年的共同努力，我们满怀希望，收获、喜悦，在这7300多天里，工作、生活交织，成功、失败交替，笑着流泪、哭着开心，相视即有默契，携手就是幸福。

2014年，祝福把最好年华奉献给电力事业的双亲，还有正在奉献着的弟弟、弟媳健康、平安、幸福！让我们共同祝福国家电网公司这个大家庭，放飞梦想，收获希望！

王海静

2013年，我们结婚了，我的世界从此变得不同。我们这对夫妻如何让爱情保鲜，我觉得，我们每年都应该有几个共同的梦想，让梦想促使一起进步。在这个过程中，让我们一起陪伴走过人生的风风雨雨，哪怕这些梦想没有实现，也没有关系，至少到老的时候聊天时，我们可以说："想当年，我们小两口也曾经这样梦想过、努力过、奋斗过。"

乔琳会（忻州供电公司）

我喜欢咱们这所在别人看来有些乱的房子，因为它盛满了故事，洋溢着平淡而深远的爱。新的一年，我想告诉女儿，妈妈喜欢吊兰，是因为她低调而平实、美丽而无华，而你，我的宝贝，要像她一样懂得谦虚，更要学会独立成长；想对老公说，希望你多多运动，不要总拿没有时间来作推托，你的健康，就是我们全家的幸福。

张卜文（吕梁供电公司）

2013年，是我晋升为爸爸的喜庆之年。小新的出生让我们的家充满欢笑、和谐。我想对儿子说："宝贝，谢谢你！给咱们家带来欢乐和希望，因为有你，爸爸在工作中更有干劲，在家庭中更有责任感。"

我想对爱人说："谢谢你的坚强和勇敢！为养育好孩子一直辛苦操劳，你付出的许多我都看在眼里，记在心里。2014年，我会负责更多家务，用心做更多美食，让你感受到属于我们的幸福。"

金治华（晋城供电公司）

2013年，晋城检修公司配电运检专业成立，加班加点，有时通宵不回家，我亏欠妻子、女儿的实在太多，感谢你们对配电人的理解和支持。

韩秀梅

老公，安全第一的工作理念，还须在日常细节中加以细化；儿子，学会照顾自己、关心他人，这也是你将来走向社会的一门必修学问。

张雁

2013年，我经历了从妻子到准妈妈的转变。即将出生的宝贝，妈妈想对你说，你的每次胎动，每次打嗝，即使在午夜被你踢醒，都令我感到满满的幸福。感谢你，让我如此深切地体会到什么叫血脉相连；感谢你，让我们的生命得以延续和扩展。我们的爱要有你才完整。让我们全家一起微笑着迎接2014！

张潜（长治供电公司）

不知不觉间，父母已经陪伴了我近30度春秋。2013年，爸爸退居二线，妈妈退休，辛劳半辈子的他们终于可以在家享清福。新的一年，我想对你们说："今后让我来。"操持了的心路你们得慢慢放下，以往报偿无知的小姑娘已经渐渐在人们眼中国来，今后的我将成为担起家庭重任的顶梁柱。任何事情都有我来分担，请你们尽情享受自己的生活，享受拥有彼此的快乐时光。困难留给女儿，快乐留给自己，让我用生命来感谢你们的付出，今后让我来！

周瑞丽（晋中供电公司）

宝贝，你学走路时，一次次摔倒，妈妈一次次地扶你；你学会走路后，摔倒后妈妈不再去扶你，因为只有经历跌倒，生命才更完美。

智向春

亲人们，你们的爱是我追寻幸福的方向，身处成功的港湾，请你们相信我，努力做好本职工作，因为有企业之家等待我们携手共进。

本报地址：太原市府东街169号 邮编：030001 电话：4269115 4269113 传真：4269124 广告经营许可证：晋工商广字1400004000286 联系电话：3722577 山西太报传媒有限公司印务公司印刷 每份0.6元

E—mail:chaijing01@sx.sgcc.com.cn　　2011年2月11日　星期五　第四版　　责任编辑 柴晶　　电话:(0351)4269112

04 视觉新闻　　山西电力报

过年了 我们坚守岗位

除夕之夜，驻守在长治特高压基地的超（特）高压分公司员工对1000千伏特高压线路及晋临线等500千伏线路进行了特巡、夜巡，确保春节期间"大动脉"的可靠运行。

李美玲　张晓玲　摄

为确保大同市人民过一个明亮、温暖的新春佳节，大同供电分公司合理安排节日运行方式，加强设备巡视检查，积极做好春节期间各项应急管理工作，确保电网安全稳定运行。

图为该分公司调度运行人员春节期间精心调度。

吕利军　摄

春节期间，在1000千伏特高压晋东南（长治）站扩建工程现场，省送变电工程公司150余名员工放弃与亲人团聚，仍然坚守在施工一线。

该工程于1月1日开工，计划2011年12月31日竣工。为确保工程务期必成，该公司员工坚持节日施工，争抢工期，为后期施工打下了坚实基础。

张玉国　张敬　摄

战斗在山阴墨光2×30万千瓦机组电厂工程施工现场的省电建四公司一线员工，在冬季施工不间断、春节期间不放假的情况下，喜气洋洋挂红灯，高高兴兴过大年。　　李元玺　摄

贴春联 包饺子 庆新春

火红的中国结象征着晋中供电分公司员工新的一年将继续团结奋进。　　王春　摄

春节期间，仍然坚守在鲁能河曲2×66万千瓦机组电厂工程施工现场的省电建四公司一线员工，一起热热闹闹包起了饺子，准备施工现场的年夜饭。

刘倩　摄

你温暖 我快乐 电网人的幸福

我叫宋杰，作为材料经营部主任，新年里，为新一轮农网改造把好质量关，是我最大的心愿。

我叫姚万葆，作为全国工人先锋号线路运检队队长，我将以确保线路安全为己任，继续做好保电工作。

我叫王瑞君，是一名修试车间的员工。看到万户千家灯火通明，是我最幸福的事。

我是基层单位负责人赵良才，2011公司"两会"进一步指明了"十二五"的发展目标，我将带领全体员工，积极做好各项工作。

我是工作在营业大厅的农电工王海霞，新年里，我将恪守"营销为大家，笑对万户人"的诺言，全心全意为客户服务。

本组图片由 韩绿玉 田忠民 提供

本报地址:太原市府东街169号　邮编:030001　电话:4269115　4269113　传真:4269114　广告经营许可证:晋工商广字1400004000285　联系电话:3722577　山西太报传媒有限公司印务分公司印刷　每份0.6元

山西电力报 2013年2月19日 星期二
责任编辑：柴晶 电话：0351-4269112
E-mail:chaijing01@sx.sgcc.com.cn

热点话题 04

全家福：讲述电网人的幸福

50后 感动山西电网人物：李恒山
（广灵供电公司变电运维班班长）

画外音

十年之变

随着党中央召开十六大至今的十年，我家生活发生了[illegible]的变化。

衣：那时买的衣服都是廉价衣，款式老，[illegible]。现在穿衣讲时尚，[illegible]，要什么款式的衣服就买什么。

食：以前吃得很简单，[illegible]。超市上各类蔬菜、肉食品应有尽有，想吃什么就买什么，[illegible]。

住：那时我家住在平房，[illegible]，现在住上楼房，冬日供暖，温暖如春。

行：那时家里只有自行车，现在有了两辆电动车，出行方便快捷。

我家生活十年的变化，只是全国亿万个家庭的一个缩影。[illegible]

李恒山（前右）2013年春节全家福

李恒山（前右）2003年春节全家福

60后 基层书记：王尚家
（朔州公司[illegible]书记）

画外音

喜迁新居

1990年年底，我来到朔州供电公司工作。当时，公司刚刚组建一年，大家工作和住宿都在办公楼中，[illegible]，办公室与住宿在同一楼层。过了两年，公司为大家建起第一批家属楼，[illegible]。随着公司的发展壮大，职工的办公和生活条件得到了进一步改善。去年，我们一家喜迁新居，孩子们也有了自己的卧室，生活品质显著提升，工作的劲头也就更高了。

王尚家（右二）2013年春节全家福

王尚家（右一）[illegible]年春节全家福

70后 全国劳模：赵巧云
（运城公司调控中心[illegible]班班长）

赵巧云（后）2013年春节全家福

赵巧云（左）2002年春节全家福

画外音

品味幸福

这张拍摄于11年前的照片，勾起了我美好的回忆。那是2002年正月十五，吃过晚饭，我们带着1岁3个月的女儿上街看花灯。大街上，游人如织，人山人海，我们生怕把女儿挤着或走散，一路上丈夫把女儿包得严严的，而她则死死拽着我的衣角不放，冲破层层“包围和封锁”，终于来到了花灯主展区。看着千姿百态、五彩缤纷的花灯，女儿睁大了小眼睛，兴奋地喊出“爸爸，灯灯”“妈妈，灯灯”，挤得浑身是汗的丈夫顿时精神抖擞，一手抱着孩子，一手指点江山：“这是孔雀开屏”“这是万马奔腾”……当然，不忘在那花灯的展区前留张全家福。那一刻，幸福的滋味油然而生。

11年过去了，女儿已经13岁，就读于运城市一所重点中学，开启了她的求学之旅，学习新知、探索未知。而近40岁的我们已融入企业，在各自的岗位上与企业同发展、共进步，在求索的道路上体味了工作的快乐和生活的幸福。

90后 新进大学生：张洋
（忻州公司[illegible]检修工）

画外音

快乐成长

小时候，[illegible]。长大后，作为90后，[illegible]，成长的[illegible]，有你们，真好。

张洋（中）[illegible]

张洋（中）2013年春节与父母、妹妹合影

80后 服务之星：郑仙荣
（临汾公司[illegible]二班班长）

画外音

感恩企业

每每静下心看这张照片的时候，我的内心总充满感恩的。我家在农村，记忆中全家福很少，记得这张照片是我和弟弟在外地求学时期唯一的一张全家福。以前的日子虽然清苦，但父母用爱教育我们要诚信正义、担当责任、感恩父母。感恩那些平凡的日子，让我拥有了阳光心态，练就了我渴望飞翔的羽翼。

十几年过去了，2013年在我的期待中款款走来。我有了自己的小家，有一份热爱的工作，有深爱我的丈夫和可爱的儿子。我一直都觉得，只有懂得感恩的人才会拥有更多的幸福，所以走过这一年之时，在我心底涌动最多的情感就是感恩。感恩父母、感恩企业、感恩身边每一个朋友。

因为感恩，生活才会充满幸福。

郑仙荣（后左）[illegible]全家福

郑仙荣（左）2013年春节全家福

本报地址：太原市府东街169号 邮编：030001 电话：4269115 4269113 传真：4269124 广告经营许可证：晋工商广字1400004000285 联系电话：3722577 山西太报传媒有限公司印务公司印刷 每份0.6元

04 山西电力报
2013年12月31日 星期二 责任编辑：尚晶 电话：0351-4269112
【山西电力报年终特刊】

【看"两个转变"，2013晋段跃升】

最美的回忆（忻州公司调控中心监控班）

"每天都能见到孩子，给孩子做饭，陪孩子玩耍，是今年最大的变化……"主值裴俊秦满脸洋溢着幸福；"上班近了，不用再跑到100多公里外的方城变电站去轮值了……"主值郭兰瑛笑着说；"今年最难忘的是高考那天我当值，整整一夜雷雨交加，共跳闸129次，值班时间没停歇一分钟，是自己当值长以来最忙碌的一次……"值长王鑫兴奋地说；"前几天，我们调控中心监控班被省公司评为'优秀班组织奖'，自主开发的监控业务职能管理系统获省公司'职工技术创新一等奖'，今年的收获可大了……"监控班班长王庆林自豪地说。

……

忻州供电公司调控中心监控班每名成员都细数着今年最美的回忆。 边武 摄影报道

最美"家"务事

——公司基层班组图片故事

编者的话

家是生活的港湾、爱的源泉，临近年末，在基层班组这个大家庭中，那些感动的、难忘的、幸福的、有趣的……点点滴滴，无不温暖着我们的灵魂。

我们为自己代言（晋中公司信通维护二班）

你只看到我们帮你解决电脑故障，却没有看到我管理整个信息网络；你有你的工器具，我有我的服务器；你告诉我关于网络和信息系统的需求，我给予你的总是满意的服务；你不会轻视我们的年轻，我们会证明这是谁的时代！

"三集五大"注定是信息化的舞台，智能电网少不了信息系统的支撑，我们是晋中供电公司信通公司维护二班，我们为自己代言！

李瑄 摄影报道

服务热线的"好声音"（临汾公司95598供电服务热线班）

"叮铃铃……您好，请问有什么可以帮助您？"临汾公司95598供电服务热线班里电话铃声此起彼伏，坐席员们的酸甜苦辣就在这悦耳的铃声中不断上演。

侯晓晶性格乐观，她把电话铃声改成了《莫愁啊莫愁》。她说："一到刮风下雨，电话就应接不暇，一个班5人，不停地接工单，头都大了，换个柔美铃声提醒自己一定要保持微笑服务。"95598客户服务热线共有18人，日夜轮班，一根电话线将她们与临汾市100多万用电客户紧紧相连。也就是说，在高峰时，一个人在日班时间平均每班要接听上百次电话。

业务主管郑仙荣说："最让我感动的是，今年8月天气最热的时候，工作量大，大家都在耐心地接听客户电话，到晚上10点半，我给她们打电话问晚上吃的什么？大家才发现连饭都忘记吃了。"95598电力热线，用"好声音"温暖着电力客户的心。

闫永芳 景晓玢 摄影报道

不是亲人胜似亲人（陌南供电所"共产党员服务队"）

"大爷，我们又来了，给您送点米面油。"冬至那天，运城公司陌南供电所"共产党员服务队"队员来到来吉社区老年人照料中心，为老人们更换节能灯，检修线路、开关、插座等。该供电所共20名员工，其中7名共产党员，他们把社区老年人照料中心的20位孤寡老人当成亲人，经常陪老人聊天、拉家常。"你们常来看望我们，就像我的亲人一样，实在是太感谢了！"年近八旬的李茂旭老人拉着所长董晓瑞的手说。 崔淑萍 李育彬 摄影报道

采花成蜜为人甜（黎城公司计量采集班）

"这一年，感到欣慰的就是一个个不稳定台区、无信号台区通过攻坚克难终于上线，上线率保持市公司前三。"班员康永军说。"我们的宗旨就是把每一件具体的事做细、做好，提高营销基础数据可用率！"班长刘国芳说。面对用电信息全采集、全覆盖的艰巨任务，班组成员齐心协力。10个无信号台区实现全覆盖，368个专变台区终端采集成功率99.48%。他们像一只只辛勤的蜜蜂，忙碌在用电信息采集的沟壑山川，挑灯夜战在系统流程作业，为的是用电采集"不掉线"。 申廷芳 摄影报道

我的班长我的班（晋城公司变电检修断路器班）

晋城供电公司变电检修断路器班，是一个洋溢着快乐的家庭。前不久，牛班长还带着班上成员一起拍摄了微电影《我的班长我的班》，影片的主角原型正是牛建军。

500千伏晋城站信号回路改造，220千伏南村站绝缘子带电测零测试，更换隔离开关，带电水冲洗……忙不完的工作浓缩在电影镜头里，只是短短几分钟。全班人员聚在一起聊聊今年的工作与收获，欢声笑语不断。别样的2013，大家都有收获，都在成长。

宁静 摄影报道

铁塔记忆（吕梁公司输电运检督察组）

2013年，我们巡视线路204条次，出工1311人次；发现缺陷97项，消除率达100%；完成新建4条线路的验收；圆满完成春检、迎峰度夏等大检修……从一个脚步到一条路的历程，点点滴滴，记忆犹新。

我是登上68米铁塔的"摸着天"高晋林；我是生产技能比武二等奖"智多星"侯红霞；我是一天加装3基避雷器的"黑旋风"杜鹏；我是漫山遍野中日行30里的"神行太保"张志伟；我是对所辖线路了记于心的"活地图"李恒玺……我们是输电运检督察组员工，一年来，当累了一天的我们，吃一口淡饭、端一杯粗茶，干，只因那基基铁塔把你我相连。 白勇 高晋林 摄影报道

本报地址：太原市府东街169号 邮编：030001 电话：4269115 4269113 传真：4269124 广告经营许可证：晋工商广字1400004000285 联系电话：3722577 山西太报传媒有限公司印务公司印刷 每份0.6元